Nattens doft av kaprifol

Fler böcker av Carina Blid:

När kärleksörten blommar på hösten, Visto förlag 2022
Glimtar av minnen, Lassbo Förlag, 2021
En dag helst att glömma, Solentro, 2021
Himmel, helvete och pannkakor, BoD, 2021

Nattens doft av kaprifol
© 2023 Carina Blid
Grafisk form: Visto förlag
Förlag: BoD - Books on Demand, Stockholm, Sverige
Tryck: BoD - Books on Demand, Norderstedt, Tyskland
ISBN: 978-91-8057-577-5

Nattens doft av kaprifol

Carina Blid

KAPITEL 1

Korgstolen knarrade till när kvinnan böjde sig fram mot terapeuten. Hon tvekade först men sa det som hon länge velat fråga.

"Är jag hård, är jag det?"

Terapeuten begrundade det hon sa och funderade på vad hon menade egentligen. Hon betraktade forskande kvinnans ängsliga ögon och munnen som drogs ner emellanåt. Hur kvinnan satt längst fram på korgstolen, inte lugnt tillbakalutad som klienterna oftast satt. Hennes kropp var spänd och hon satt rak i ryggen som om hon var på väg att resa sig upp. Samtalet hade varat i en halvtimme och kvinnan borde ha blivit trött av ställningen. Terapeuten ville be henne sitta mer avslappnat men hejdade sig, tänkte att vid nästa samtal var det planerat med avslappningsövningar. Korgstolen verkade för stor för kvinnan, som var kort och smärt, på gränsen till mager. Om hon hade suttit tillbakalutad, skulle hon nästan ha försvunnit i de mjuka kuddarna som låg runt ryggstödet. Kvinnans ansikte var litet, till och med näpet, för att vara en kvinna i femtioårsåldern. Blonda små lockar ramade in ansiktet. Ända sedan första samtalet hade hon fått empati för den lilla kvinnan framför sig och imponerats av hennes styrka, trots det som hade hänt.

Agneta tog upp handen, strök bort en blond hårslinga som ändå inte låg för ansiktet. Rörelsen var mer som en inövad reflex som antydde att hon inte kände sig tillfreds i situationen.

"Är det någon som säger det?" undrade terapeuten. "Som har sagt det om dig?"

"Nej, men har det som hänt ... gjort mig hård och känslokall?"

"Du är varken hård eller känslokall. Däremot har du fått vara stark och fått kämpa och det är en annan sak."

Agnetas lättnad kunde nästan höras i rummet, där det fanns så mycket tystnad och där allt fick ta sin tid. Mellan terapeuten och Agneta stod ett litet runt glasbord, med värmeljus som flämtade i varsin blå glasskål. Fönstren var otäta i den gamla byggnaden som var från slutet av 1800-talet, emellanåt fick ljusen extra syre och lågan sträckte sig lång. Nu var det sommar och den extra luften som sipprade in behövdes i det varma och kvava rummet.

Agneta tittade ner på sina händer som låg stilla i knät – använda, slitna händer med trasiga nagelband som gjorde ont. Naglarna var helt nedklippta eftersom de var sköra och gick lätt sönder. Hon kände med fingret över knogen vid pekfingret, den var värst, så sträv. Varför slarvade hon med att smörja in händerna? Hon som tvättade sig så mycket på sjukhuset. Hon lyfte armarna några centimeter utåt och kände att det var klibbigt i armhålorna, så blev det alltid vid samtalen med terapeuten.

Det här var tredje samtalet. Vid det första samtalet hade hon beskrivit att hon kände sig orkeslös och nedstämd. Terapeuten hade på ett skickligt sätt hittat kärnan för de negativa känslorna. Vid samtalen hade hon blivit ledsen och gråtit. Hon som inte trodde att hon kunde gråta, att hon var hård och okänslig. Plötsligt kom det över henne, hjärtat kramades ihop i bröstet och klumpen växte i halsen. Vad var det med detta rum, med denna kvinna och deras samtal, som lockade fram känslor? Gråt som inte hade funnits förut. Hon tittade runt på de mestadels kala väggarna när ögonen blev våta. På en av väggarna hängde en tavla med ett grönt, odefinierbart motiv. Var det mossa eller tång i havet? Gardinlängderna, i mjuka gröna färger, var långa och såg tunga ut, men passade rummet som hade högt i tak. Blicken vände hon åter mot terapeuten, som betraktade henne med snälla, vaksamma ögon.

"Jag ser att du är ledsen. Berätta vad du tänker."

Agneta funderade, men det gick inte att sätta fingret exakt på vad det var. Däremot var känslan tydlig – knipet i magen, händerna som vilade tungt och slappt i knät, axlarna som var nedtyngda, halsgropen där klumpen fanns, mungipan som ibland ryckte till. Det som slog henne var att när hon kom in i rummet, där hon vid tidigare samtal hade öppnat sig, återkom känslor och minnen.

"Det är svårt, tungt", sa Agneta med en blick som för att ursäkta sig att hon inte kunde berätta mer.

"Vi kan återknyta till det som du beskrev för mig förra gången. Vill du det?"

"Ja", svarade Agneta med en suck.

Terapeuten betraktade Agneta samtidigt som hon sneglade på klockan. Hon hade en ny klient direkt efter Agneta och behövde en stunds avkoppling mellan samtalen, annars fanns risken att hon inte orkade vara aktiv och intresserad. Hon såg Agneta öppna munnen flera gånger som om hon var på väg att säga något och bestämde sig för att hjälpa henne på traven.

"Förra gången vi träffades berättade du om när du gick sista året på gymnasiet, när allt började. Kan du fortsätta där?"

Agneta började trevande berätta. Orden kom stötvis, med en tystnad mellan varje ord. Sedan föll orden snabbare, för det var så mycket att berätta. Ljusen fladdrade igen, inte bara av luften från de otäta fönstren, utan även från Agnetas häftiga andhämtning när hon forcerat berättade.

KAPITEL 2

Rebecka gick avsiktligt långsamt genom Göteborgs Centralstation. Skulle hon se någon där som hon hade träffat under dagens arbete? Så här sent på kvällen, strax efter elva, var det lugnt och relativt ödsligt i de olika hallarna. Affärer, restauranger och kaféer var stängda, det var bara hamburgerstället som var öppet. Enstaka människor var, som hon, på väg genom centralstationen. Andra stod vid informationstavlor och läste om ankommande och avgående tåg. Några trötta och håglösa satt på de hårda bänkarna i vänthallen, antingen skulle de själva resa med ett kvällståg eller så väntade de på någon som skulle anlända.

Rebecka betraktade de få människor hon mötte, särskilt *de där* som hon tidigare aldrig hade noterat. Tre personer hann hon se innan hon kom fram till den stora bussvänthallen. Tre livsöden, tre hemlösa. För ett år sedan såg hon dem inte, de fanns inte i hennes värld. Nu kände hon till ett femtiotal från arbetet. Det blev att hon gav en nick eller ett igenkännande leende till de som lyfte blicken mot henne. Rebecka tittade länge efter den tredje hemlöse som försvann i centralstationens inre och undrade vilka hon skulle träffa nästa dag. Det fanns andra världar, osynliga i den vanliga världen.

Det var tio minuter kvar till dess bussen skulle komma och hon sjönk tungt ned på den hårda, lackade träbänken. Fötterna värkte efter dagens arbete, det blev mest att stå upp. Hon andades ut, nu var det bara att vänta i lugn och ro. Ingen mer stress, inget mer rusande efter att hinna det där lilla extra, ingen mer upphetsning för att hon faktiskt hann, det som skedde på bekostnad av hälsan. Så fel det hade varit tidigare. Hon tänkte på det som läkaren hade upprepat: ta djupa, lugna andetag när du hamnar i en reaktion. Läkaren hade också sagt att hon skulle prioritera sig själv för ingen annan gör det. Hon koncentrerade sig på andningen och kände sig nöjd, inte bara med andningen utan även med dagen som sådan. Det hade gått riktigt bra, ingen hjärtklappning och ingen yrsel. Hon var klart mycket bättre nu. Till stor del var det tack vare föreståndaren, Lise-Lott, som kände till det Rebecka hade gått igenom. Lise-Lott månade om att hon skulle må bra och hon såg till att Rebecka fick lugn och ro när hon arbetade, så gott det nu gick.

Rebecka tittade ut genom det stora glasfönstret i vänthallen för att se om bussen var på väg in i bussfållan, men såg ingen. I fönstret såg hon sig själv speglas. Halvlångt, mörkt, rakt hår som idag var uppsatt i en tofs för jobbets skull. Smalt ansikte och höga kindknotor, ögonbrynen var mörka och markerade. Hon var smal, behövde inte träna för att behålla sin figur, den bara fanns där. Träna, det hade hon slutat med när hon började jobba som journalist, det hann hon inte med. Det fanns även annat än träning som hon inte hade prioriterat för att satsa på arbetet. Nu vid trettiotvå års ålder borde hon nog börja träna igen, hon var inte ung längre. Rebecka granskade kritiskt ansiktet i fönstret. Syntes det att hon var över trettio år? Såg hon sliten ut? Avslöjade hennes ansikte vad hon hade gått igenom? Så märkligt livet hade förändrats för henne och hur skulle det bli framöver? Skulle det vara möjligt att hitta en ny mening i livet, nu när önskedrömmen hade raserats?

Hon hörde hasande steg, vände sig om och såg Toni komma gående. Hans långa hår såg fett och otvättat ut och han var orakad. Rocken var gråsmutsig och alldeles för stor, precis som byxorna. Toni gick rakt fram och såg henne inte. Han bar sin stora väska som antagligen innehöll alla hans ägodelar. Var skulle han sova i natt? I ett härbärge eller i en trappuppgång?

Blicken svängde över till pressbyråns fönster där de svarta tidningsrubrikerna slog emot henne. Genast kom hjärtklappningen och hon fick vända bort ansiktet. Hur var det möjligt att reagera så snabbt, det var något sjukt över det. Hon tog de djupa andetagen och tänkte på det som läkaren hade sagt att hon skulle göra i stressande situationer.

Plötsligt gled dörrarna isär och bussen tornade upp sig. Hon reste sig hastigt upp och letade efter busskortet i fickan. Det var bara hon och tre till som gick på bussen, det var ju måndag kväll och inte en utekväll för ungdomar. Inte ens det gjorde hon – roade sig. Men kanske om ett tag – ett halvår, ett år. När hon blev frisk skulle hon nog klara en stökig miljö. Nu saknades också lusten. Hon sjönk lättad ner på det hårda, kalla sätet. Lutade huvudet mot bussfönstret och slöt ögonen under bussfärden hemåt.

En stund senare stod hon framför entrédörren till trevåningshuset där hon bodde och letade frenetiskt i handväskan. Hon stirrade ilsket på den obarmhärtigt stängda entrédörren. Sekunderna gick, var hade hon senast lagt nycklarna? Minnet hade försämrats kraftigt med sjukdomen. Läkaren hade sagt att när hon blev bra igen skulle minnesfunktionerna återställas. Hon hoppades att det var sant, för det var jobbigt att glömma, missa uppgifter och känna sig dum inför andra. Försöken att dölja misstagen lyckades inte alltid. Hon kände efter i ytterfickan och visst, där låg nycklarna och hade gjort så ända sedan hon gått i väg till jobbet. Med en suck låste hon upp entrédörren, gick trappan upp och låste upp dörren till sin lägenhet – en bostadsrätt som hon hade köpt när hon var tjugotvå år. Dessförinnan hade hon bott i andra hand i flera år men tröttnat. Pappa och mamma hade övertalat henne att köpa en lägenhet, men hon hade varit tveksam först. Det kändes för stort att köpa, behöva ta lån och bli skuldsatt. Eftersom hon var student kunde hon inte ta lån själv heller, utan mamma och pappa fick skriva på. Kontantinsatsen hade hon sparat till efter att ha jobbat inom vården i två år. Allt klarade hon – men inte det hon brann för.

Hon älskade sin lägenhet, tryggheten i tillvaron. Ett rum och kök bara, men ganska stor på fyrtiofem kvadratmeter. I rummet fanns en mörkgrå hörnsoffa med schäslongdel, och framför stod ett vitt soffbord. Soffan var hennes stolthet, men den tog också en stor del av utrymmet. Kuddarna i soffan hade hon valt med omsorg, de var härliga färgklickar eftersom rummet i övrigt hade färgsättningen grått, svart och vitt. Hon tyckte själv att inredningen var som i möbelbroschyrerna. Luftigt, enkelt och stilrent. Den avskalade inredningen passade dessutom bra när hon var som mest sjuk. Intrycken skulle vara så få som möjligt, hjärnan behövde ro.

Hon gick till kylskåpet, hämtade ut mjölkpaketet och hällde upp ett glas. På stående fot drack hon det i ett svep. Kanske borde hon ha tagit en smörgås, men hon orkade inte. Klockan var tolv och det var hög tid att lägga sig. Efter en snabb, het dusch låg hon i sängen, gäspade stort och bläddrade mellan kanalerna. Det här älskade hon, att ligga i sängen och slötitta på en serie. Då blev hon lugn och kunde gå ner i varv. Att släcka och försöka somna direkt var dömt att misslyckas. I tre år hade hon haft sömnstörningar – det också! Problemen hade växt fram på grund av stressen och kraven från det älskade arbetet. Sömntabletterna låg strategiskt i nattduksbordet och det kändes tryggt.

Under den värsta perioden åt hon tabletter nästan varje natt. Hon visste att de var beroendeframkallande, vilket oroade henne, men valet var inte svårt. Att jobba och högprestera efter en sömnlös natt var som tortyr. Med en tablett klarade hon nästa dag – prestera, leverera och ta sig an nya projekt, allt som cheferna önskade sig. Hon hade lyckats komma ifrån den stora förbrukningen av tabletter, nu tog hon bara när något hade hänt som skulle kunna störa sömnen. Läkaren hade berömt henne för hennes krafttag att komma ifrån tabletterna. Frågan som hon ofta ställde sig var; varför drabbades just hon av utmattning? Hon som hade trott sig vara stark, framåt och handlingskraftig. Var framtiden förstörd nu?

Mitt i avsnittet började ögonen grusa sig. När avsnittet var nästan klart hade hon nickat till flera gånger. Då var det dags, nu borde det gå att sova. Fjärrkontrollen lade hon på nattduksbordet och släckte lampan. I minnet glimtade det till från de människor som hon hade träffat under dagen. Vilka hemlösa skulle hon träffa under morgondagen och vilka tragiska öden skulle hon få ta del av? Med en suck slöt hon ögonen.

KAPITEL 3

Spårvagnen bromsade häftigt till, men Agneta höll ett stadigt tag i stången och lyckades stå stilla. Några av passagerarna som stod upp snubblade till, men ingen ramlade. Varför kör de ofta så ryckigt? tänkte Agneta och försökte få en skymt av chauffören innan hon gick av spårvagnen, men såg bara hans nakna nacke och ett brunt kortklippt hår. Var han stressad, ouppmärksam eller bara slarvig? När hon passerade spårvagnen kastade hon en blick på förarstolen och såg en ung man. Han kände tydligen hennes blick för han tittade tomt åt hennes håll. Strax efter klingade spårvagnen till och körde i väg lika ryckigt som den hade stannat.

Agnetas steg var snabba, längtan hem var stark och avståndet till lägenheten kändes alltför långt. Hon passerade den täta fredagstrafiken på Munkebäcksgatan och gick genom gångtunneln som var full av färgglatt klotter. Sedan var hon framme vid radhuslägenheterna. Hon bodde i en trea på första plan, med en minimal uteplats. Som insynsskydd mellan sin uteplats och grannens hade hon planterat en häck av tuja om vardera sida av uteplatsen. Nu i november fanns det runda grå aluminiumbordet och de fyra hopfällbara stolarna i skydd under en grön presenning, med rep runt i flera varv för att klara höststormarna.

Hon låste upp ytterdörren och tittade på hallklockan som visade tre och konstaterade att hon hade en timme på sig innan sonen skulle komma för att bo en vecka hos henne. En av fördelarna med att jobba som sjuksköterska var att hon kunde byta tider med kollegor och komma hem tidigt när hon behövde. Veckan när hon inte hade sonen tog hon extrapass, vilket gjorde att hon kunde vara mer ledig under veckan med sonen. Hon hade inte sett Anton på en vecka, inte ens talat med honom på telefon, och hon längtade med värk i hjärtat. Han hade det bra hos pappan och det kändes skönt. Pappan höll lika bra ordning som hon på sonens läxor, kläder och aktiviteter.

Hon tittade som hastigast i kylskåpet och konstaterade att där fanns allt som skulle behövas för helgen. Sonens favoritläskedryck hade hon kommit ihåg att lägga in i kylskåpet för kylning. Dagen innan, före sitt arbetspass, hade hon hunnit med veckohandlingen. Hon var nöjd med att allt var klart och förberett inför Antons ankomst, han skulle verkligen få känna sig välkommen. På vardagsrumsbordet stod fruktskålen med druvor, päron och ananas som var hans älsklingsfrukter. Lägenheten var välstädad, och det enda hon hade kvar att göra var att duscha, byta om, läsa mejlen och ringa ett samtal till kompisen som ville ha besked om hon skulle med på en teaterföreställning om en månad. Hon hade konstaterat nöjt, efter att ha sett schemat på sjukhuset, att hon var ledig den kvällen.

Tre täta signaler ljöd och hjärtat slog extra högt. Hon hade fördrivit tiden, i väntan på sonen, genom att läsa tidningen och ändå blev hon överraskad. Direkt ropade hon högt att dörren var upplåst. Varför gick han inte rakt in som han brukade? Hade hon råkat låsa dörren? Antons pappa stod utanför, ensam, med en fullmatad väska i ena handen och i andra handen en väska där sladdar stack ut. Han log ett kort ögonblick, munnen putade ut som vanligt av snusen, snabba ögonrörelser avslöjade att han hade bråttom.

"Det här ska vara allt. Är det något särskilt som du vill prata om? Jag har lite bråttom, ska resa i väg med Eva-Maria."

Antons pappa vägde på benen och tittade bort åt det håll han kom ifrån. Var Eva-Maria med honom i bilen, tänkte Agneta.

"Nej, jag vet inget nu, jag antar att allt är bra med Anton som det brukar vara. Ska ni resa långt bort?"

Frågan hade bara ramlat ur hennes mun, den lät nyfiken och obetänksam. Han hade ju ingen anledning att upplysa henne om vart han och hans kvinna skulle resa. Men han tog inte illa upp, han var alltid trevlig.

13

"Vi ska ta en korthelg i Skåne, bo på slott och ta det lugnt bara. Det kan nog bli en konstrunda också."

"Låter trevligt, ha det så kul då."

Antons pappa försvann i väg samtidigt som Agneta såg Anton komma gående med den stationära datorn under ena armen och skärmen under den andra. Han hade blivit lång och gänglig, bara femton år men redan etthundraåttio centimeter. Han skulle behöva växa på bredden innan han blev man. Han gick med en slängig, släpig stil. Även om han var lång som en vuxen, syntes det på långt håll att det var en ung människa vars armar och ben rörde sig okontrollerat. När han kom fram var det som om han tornade upp sig framför henne, hon var ju bara etthundrafemtiosju centimeter. Anton fick en snabb kram. Han gillade inte kramar längre, det märktes, men hon såg i hans ögon att han var glad att träffa henne.

"Du dröjde!" sa Agneta. "Jag undrade vart du tog vägen."

"Men mamma, jag fick samtal från Sebbe, jag kom ju sen", sa Anton med en lätt irriterad ton och krånglade sig förbi med packningen.

Håret var halvlångt, rakt. Ansiktet var runt och när han log förvandlades hela ansiktet i ett brett leende och man såg den snälla killen som han var. När han var liten var han söt, kunde nästan ha varit en flicka. Nu i tonåren fanns inget av det söta kvar, bara en finnig ung kille som hade smalnat av. Han ville inte verka trevlig längre och var inte heller alltid det. Anton hade mycket synpunkter om henne och om pappan. Kommenterade vad hon sa, det som inte stämde med vad hon tidigare hade sagt, hur hon var klädd och hur hon lät när hon åt. Agneta hade tidigare inte kunnat tänka sig att Anton skulle kunna vara tyken och tonårsstrulig. Han hade alltid varit snäll och omtänksam, men att han var i tonåren nu fanns ingen tvekan om. Anton gick med datorn och skärmen till sitt rum. Väskorna som redan fanns i hallen ignorerade han, viktigast var som vanligt att få i gång datorn. Anton hade fått det största sovrummet i lägenheten, medan hon självklart hade tagit det lilla rummet. I hennes rum fanns en smal säng och ett litet skrivbord där hon hade sin laptop och ett minimalt nattduksbord, mer utrymme än så behövde hon inte.

Anton var fullt sysselsatt med att koppla ihop dator, skärm, tangentbord och router. Hon hörde hur han rörde runt i rummet. Han hade blivit riktigt duktig på datorer och kunde hjälpa både henne och pappan när det strulade, förutom när han var inne i ett spel där varje sekund var dyrbar.

"Vill du ha en kopp te?" ropade Agneta. "Vi ska inte äta förrän vid sextiden, blir det bra eller är du hungrig redan nu?"

Hon insåg att hon hade ställt tre frågor på varandra. Stackars pojk, tänkte hon. Hon borde kanske låta honom vara en stund, han hade ju precis kommit.

"Va", svarade Anton, med en röst som avslöjade att han var under skrivbordet.

"Jag undrar om du vill ha en kopp te?"

"Nu? Nej, har inte tid."

Lite besviken blev hon, för i tankarna hade hon sett sig och sonen sitta och småprata i lugn och ro med varsin kopp te. Hon fyllde upp vattenkokaren och tog fram burken med tepåsar. Efter en kort stund hörde hon mumlande från Antons rum. Han hade stängt dörren och pratade med kompisarna och naturligtvis hade han redan hunnit påbörja ett spel. Agneta suckade och fortsatte med tidningsläsandet. Köket var litet med plats för ett mindre köksbord och tre stolar, men det räckte utmärkt till för henne och Anton. När hon hade väninnorna hemma hos sig var de i vardagsrummet, där hade hon ett matsalsbord med plats för fyra. Dessutom kunde hon lägga i en bordskiva om de var ännu fler.

En timme senare var det dags att börja med middagen och hon lyckades få ut Anton till köket. Men det var hot och tjat som krävdes och hon saknade den lilla goa killen som pratade konstant och ville vara med sin mamma, särskilt vid matlagningen. Anton satte sig tungt vid köksbordet och det var som att han fyllde upp hela det lilla köket. Agneta såg hans tonårströtta kropp där han satt med böjd rygg, huvudet i handflatan och armbågen på köksbordet. Hon gav honom chansen att välja arbetsuppgift, antingen att göra potatisklyftor eller att steka fläskfilén. Han valde att steka och Agneta insåg att den klena fläkten

15

inte skulle räcka till för hans stekteknik som innebar mycket os och att brandlarmet kanske skulle gå. Det fick väl bli att öppna fönstret efteråt för vädring. De åt middagen i vardagsrummet. Köket var kaotiskt eftersom det var för litet för att två personer skulle kunna arbeta där samtidigt. Agneta tände värmeljusen och i det svaga skenet betraktade hon Anton som slevade upp potatisklyftor så att större delen av tallriken täcktes. Trots jätteportioner var han alltid lika smal. Hon kände i smyg under bordet på sina valkar på vardera sidan av magen, som fanns där trots att hon var smal. Men det blev kanske så när man var över femtio år. Hon tittade på sonen som hade fyllt upp tallriken med fläskfiléskivor ovanpå potatisklyftorna och sås över. Grönsakerna, ärtor i en skål, nonchalerade han trots att hon sköt skålen diskret åt hans tallrik. Han högg in direkt på maten utan att vänta på henne.

Så stolt hon var över honom. Han var trevlig och duktig i skolan och skötte sig i allt. Vilken tur hon hade haft som fått en sådan fin son. Även om han var jobbig ibland och klagade på hennes fel och brister, så uppvägde det andra. Stundtals kom tankarna över henne; *det hade kunnat gå fel.* Hon som inte hade haft en vanlig uppväxt, hon hade kunnat påverka honom på ett negativt sätt. Men hon var ju inte ensam. Antons pappa var bra, en bättre pappa till pojken skulle hon aldrig kunnat hitta. Varför blev det skilsmässa? Borde de inte ha rett ut problemen i stället för att ge upp? Nu var det för sent, Antons pappa hade ny fru och två barn. Skilsmässan var nog hennes livs största misstag – att släppa Antons pappa.

Hon borde ha tagit tag i missbruket då, men gjorde inte det. Tabletterna hade styrt hennes liv. De första åren hade hon missbrukat vanliga huvudvärkstabletter, men sedan gått över till starkare värktabletter, sådana som hon hade fått tag på genom arbetet på sjukhuset. Det här var något hon hade skämts över, att hon hade snott en här och en där. Hon hade ändå haft en vansinnig tur, ingen hade kommit på henne. Om det skulle ha hänt hade hon förlorat arbetet. Hon hade inga problem med alkohol, det hade ju luktat och det hade inte fungerat att arbeta bakfull. Men tabletter märktes inte lika mycket och hon tog aldrig tabletter när hon skulle arbeta, bara hemma. Antons pappa märkte att hon blev trött och lugn och fick ett sluddrigt tal. Han blev arg, men även sårad. En dag tröttnade han och det blev skilsmässa när Anton bara var fem år, själv var hon då fyrtiotre år. Men det var inte bara detta med tabletterna som orsakade skilsmässan, han var ändå på väg bort från henne. Det som fick henne att ta tag i missbruket var hotet från Antons pappa. Om hon inte slutade att ta tabletter skulle han inte låta henne ha Anton. Detta tog hårt och hon insåg faktum. Inte ville hon riskera att förlora sin son och inte ville hon heller att det skulle hända Anton något på grund av att hon var påverkad av tabletter.

Varför hade hon börjat med värktabletter? Hon var inte helt säker, men anade att det berodde på den allmänna oron, de gamla tankarna och minnena. Oron hade successivt vuxit fram, särskilt efter det att Anton kom in i hennes liv. Sonen fick henne att tänka på den andra lilla pojken, han som hade varit hennes bror och som inte fick den starten i livet som han borde ha fått.

Nu var hon fri från tabletterna sedan många år tillbaka och även sparsam med att dricka alkohol. När Anton var hemma drack hon nästan inget, kanske ett glas rödvin på lördagskvällen när Anton spelade datorspel i sitt rum. Anton var viktig, mer än något annat i livet. Hon kunde inte hjälpa sin egen lillebror, men sitt eget barn skulle hon aldrig svika.

Senare på kvällen hörde hon mumlet från Antons rum, det lät mysigt. Anton skulle nog vara uppe flera timmar till, men hon tänkte gå till sängs. Det var ju fredag, arbetsveckan hade förflutit och hon var trött, rejält trött. På tisdag skulle samtalet med terapeuten äga rum. Det var hennes räddning och möjlighet till ett bättre liv. Hon var stolt över att hon vågade ta steget och öppna sig för en främmande människa. Att blotta sitt innersta, det svarta och bråddjupa. Anton visste inget och hon skulle berätta för honom först när han var äldre, vuxen. Det var hennes hemlighet.

KAPITEL 4

Rebecka huttrade till och drog jackan tätare runt sig. Blåsten ven runt henne och hon gick böjd mot vinden. Det fanns inget bra med hösten alls, det blev bara mörkare, kyligare och blåsigare. Det som var särskilt utmärkande för Göteborg på hösten var råheten i luften som gjorde att kylan gick rakt igenom märg och ben. Från Kungsportsavenyn vek hon av och gick de sista hundra metrarna i skydd av de höga byggnaderna. En snabb titt på klockan bekräftade att hon var i tid. I tid, som hon alltid hade varit – med allt. I tid med alla reportage, all research, alla uppdrag, men det hade kostat hennes hälsa och förstört flera år av hennes liv.

Från markplan gick hon stentrapporna ner, låste upp och drog med ansträngning upp den kraftiga dörren. Dörren gick långsamt igen av sig själv och hon låste som hon var tillsagd att göra. Med en gång var blåst och kyla borta och hon andades lättad ut. Sakta tog hon av sig jackan och huttrade till av frusenheten som hade dröjt sig kvar i kroppen. Det stora samlingsrummet som hon hade kommit till var tomt och öde, men om en dryg timme skulle det fyllas med folk. Hon hörde svaga ljud och gick som hon brukade till kontorsrummet längst bort i korridoren. Lise-Lott satt som vanligt böjd över datorn, djupt koncentrerad med veck i pannan. Lise-Lott tittade upp, log vänligt och sa att Rebecka var först som vanligt. Det var lugnande att se Lise-Lott, höra hennes lätt skorrande dialekt, se det burriga håret. Alltid klädd i storskjorta och jeans. Hon hade varit föreståndare för kaféet sedan starten och hade utformat verksamheten efter sina tankar och idéer. Kaféet var till för de hemlösa, de som drev omkring i staden utan mål och utan en vardag som för andra innebar arbete, hem och en familj som väntade på en. De hemlösa trivdes på kaféet, där fick de bara "vara".

Förutom Lise-Lott fanns Ann som var fastanställd, men hon hade inte kommit ännu. Det fanns också tre volontärer som arbetade utan lön. Volontärerna, två unga kvinnor och en ung man, var kristna och i tjugoårsåldern. De verkade ganska religiösa, två av dem gick i bibelskolor och en av flickorna hade jobbat i Afrika på ett kristet barnhem. Rebecka var den enda som hade helt andra skäl att jobba på kaféet. Hon arbetstränade för att komma tillbaka från sin utmattning. Hon undrade ibland vad de tänkte om henne, om de visste att hon var sjukskriven för utbrändhet. Det var inget som hon hade berättat själv om. Vad Lise-Lott hade sagt om henne, det visste hon inte. Ungdomarna verkade ta för givet att hon skulle finnas där. Kanske tyckte de att hon var gammal med sina trettiotvå år. Hon kände sig också mycket äldre än dem och hade mer gemensamt med Lise-Lott och Ann fastän de var i femtioårsåldern. Lise-Lott skulle sitta kvar en stund till på kontoret, det fanns en hel del att administrera. Hennes smala fingrar hoppade runt på tangenterna och glasögonen såg ut att ramla av där de hängde på nästippen. Rebecka konstaterade snabbt att hon, som var van vid att skriva texter, hade en betydligt högre skrivhastighet.

Rebecka gick till köket som låg bredvid samlingsrummet och började med det som hon brukade göra när hon kom dit. Hennes uppgift var att göra smörgåsar innan kaféet öppnade. Då skulle de hemlösa och andra socialt utsatta droppa in. Rebecka lade ut limpsmörgåsar framför sig på den bruna träbänken och gjorde det rationellt genom att först bre alla brödskivor innan hon lade på omväxlande ost och skinka. Smörgåsarna fick en liten grönsak på, en tomatskiva eller några gurkskivor, men några blev utan. Det var inte så populärt med grönsaker på smörgåsarna, men Lise-Lott hävdade att grönt fick de allt tåla.

Ungdomarna ramlade in en efter en, glada och positiva. Rebecka hälsade på dem och de försvann till olika sysslor. Flickorna skulle arbeta med kläd- och skoförrådet, det hade kommit in flera säckar med skänkta persedlar. Den unge killen försvann i väg till Lise-Lott och Rebecka antog att han fick en uppgift av henne. Hon hörde fnittret

19

från flickorna i förrådet. Hon kunde tänka sig att de var nöjda med sina liv, utan alltför tunga sinnen och funderingar. Genom de goda gärningarna fick de sin belöning. Tryggheten fanns med det kristna budskapet som genomsyrade allt vad de företog sig. Kanske var det inte så dumt att vara troende ändå. Att veta att det alltid fanns någon som stöttade och som gav förlåtelse, en känsla av trygghet och ro. Vad det därför som de alltid var så glada eller var det för att de var unga och opåverkade av livet? Ibland kunde hon känna ett stygn av avundsjuka mot deras ungdomliga naivitet och spontana glädje. Hon hade aldrig varit lättsam, inte ens som tjugoåring. Hade hon verkligen blivit utbränd om hon hade tagit livet lättare och inte haft sin starka drivkraft och ambition?

I stort sett skötte hon sig själv och beblandade sig inte med ungdomarna. De verkade också trivas mest med varandra. Antagligen förstod de att hon inte var religiös, eftersom ingen av dem hade pratat med henne om kristendomen. Det var hon tacksam över, hon ville slippa varje källa till irritation. Eller tog de hänsyn? Hade Lise-Lott sagt något om hennes sjukdom och att hon inte var helt återställd? Hon umgicks mest med Lise-Lott och Ann. De var båda troende, men det var inget som märktes. Inte som med ungdomarna som bubblade av glädje och pratade om musikgudstjänster och aktiviteter i kyrkan.

Rebecka fortsatte att lägga omväxlande ost och skinka på smörgåsarna. Det här var en bra sysselsättning för henne, en avgränsad uppgift som hon kunde göra i sin egen takt. En stund senare låste Lise-Lott upp ytterdörren till kaféet och direkt kom det in tre män. De hade väntat utanför, hur länge var oklart men de verkade inte frysa trots att kläderna såg tunna och slitna ut. Lasse gick först fram, tog kaffe och två mackor och satte sig i soffan. Efter honom kom Micke och en som Rebecka inte visste vad han hette, men hon hade sett honom lite då och då. Den siste var alltid tystlåten, tog smörgåsar och te och satte sig för sig själv. Han verkade alltid trött, ibland hände det att han somnade där han satt i soffan. Micke var alltid pratsam och stod kvar vid mackorna utan att ta någon. Det såg ut som att han letade efter något. Rebecka stod på andra sidan bänken och plockade i ordning kopparna.

"Ska du inte ta något?" undrade Rebecka som såg hans tvehågsenhet. "Mja, men jag vill inte ha me kaninfödan, varför måste ni lägga på de?" sa Micke och log samtidigt med en mun där tandgluggar syntes i ovan- och underkäken.

"Det finns smörgåsar utan grönt, titta på andra brickan!"

Micke såg glad ut, valde en stund och tog sedan försiktigt tre smörgåsar som om de var guldklimpar. Han plirade mot Rebecka, som undrade vad han hade i tankarna.

"Du har varit här ett tag nu, va? Trivs du?"

"Jo, jag trivs, här är bra".

Micke tog tag i hennes hand och tittade henne djupt i ögonen. Hon ville ta tillbaka handen, såg hans gråsmutsiga hand men ville samtidigt inte såra honom. Det fick bli handtvätt efter, tänkte hon. En svag oro kom över henne, fanns det ett intresse bakom hans känslosamhet? Som hon hade hört av Lise-Lott, så var Micke en snäll kille som var go mot alla. Det hade inte blivit av att hon pratade så mycket med honom. Det var många hemlösa som kom till kaféet och det gick inte att prata med alla.

"Dom unga kommer och går. Men det är roligt om dom är kvar men de försvinner alltid. Jag hoppas att du är kvar. Du har snälla ögon."

Det gladde henne att Micke såg henne som ung, som ungdomarna. Hon undrade hur gammal han var. Det gick sällan att gissa rätt på de hemlösas ålder. De som var alkoholister eller knarkare såg oftast äldre ut, ibland tjugo år äldre än de var. Övriga, som hade andra problem, såg inte så mycket äldre ut än sin verkliga ålder, men var också slitna eller tärda. En och annan kunde, trots hemlösheten, se hyfsat välvårdad ut med mjukisbyxa och huvjacka. När hon hade börjat arbeta på kaféet hade hon sett dem som en hemlös grupp, idag såg hon dem som enskilda personer.

"Jag kommer nog i alla fall inte tillbaka till mitt gamla jobb. Jag är här ett tag till, troligen till våren i alla fall, sen får jag se."

"Va gjorde du innan då?"

"Jag arbetade som journalist, men det var stressigt och jag var dålig på att ta hand om mig själv ... jag slet ut mig i princip."

Micke skakade på huvudet, han var tyst en kort stund. Rebecka hörde trampet i trappan och förstod att fler var på väg ner för värmen och lite mat.

"Konstigt, de som har jobb blir utslitna och de som inte har jobb blir också utslitna. Jag har också jobbat en gång, skött mig. Sen sket sig allt. Vet du, jag har jobbat på stora fartyg och vart över hela världen, maskinist va ja. Duktig med händerna serru, kan fixa motorer och pumpar."

Micke lommade i väg, han ville väl inte att de nya gästerna skulle höra, tänkte Rebecka och tittade länge efter honom. Micke sjönk ner i soffan bredvid Lasse. Den tystlåtne mannen vände huvudet mot Micke och en svag ansats till hälsning kunde synas. Alla hade sin historia, så var det. Alla hade sin tragik och trauman. Vissa berättade och andra inte. Rebecka kunde tänka sig att de hemlösa skämdes nog för att de inte passade in i samhället, att inte klara av det som andra människor gjorde. Vissa hade familj och barn som var besvikna på dem och det var nog inte lätt att leva med den känslan. Men här på kaféet behövde de inte känna sig utanför, här såg ingen ned på dem, här var de accepterade.

De första månaderna hade hon tyckt synd om alla och emellanåt hade hon blivit ledsen av de olika livsöden som hon såg eller som Lise-Lott berättade om. Nu var hon van, inställd på att det hon gjorde på kaféet var ett arbete och hon blev inte lika känslomässigt påverkad. En stund senare var det fullt i kaféet, närmare hundra personer, mest män som satt på stolar och i sofforna. Eller så stod de upp i väntan på en ledig plats. De få kvinnor som hade kommit såg erbarmligt slitna och tärda ut och hon undrade varför det var så. Eller förväntade hon sig att kvinnorna, trots hemlöshet, skulle vara mer noggranna med kläder och utseende än männen? Det hon hade hört var att kvinnorna var mer utsatta för övergrepp och våld. Och att synen på en hemlös var hårdare när det var en kvinna. Hon bestämde sig för att fråga Lise-Lott senare till kvällen varför kvinnorna såg ut att vara mer drabbade av sin hemlöshet.

Rebecka gick i väg för att plocka med disken. Hon hörde musik från samlingsrummet. Det var en av ungdomarna, Jens, som spelade. Han hade tagit med sig en gitarr hemifrån och den brukade han ta fram på kvällarna. Ibland lånade han ut den till någon av de hemlösa som kunde spela. Hon hörde Jens sjunga, en del religiösa sånger och en del vanliga. Ibland hördes många sjunga tillsammans, ibland var det bara Jens ljusa, lätta röst som hördes. Han var duktig. Hon däremot kunde varken sjunga eller spela något instrument. Hon tänkte på det som Micke hade undrat, om hon skulle vara kvar. Hon började där i våras och skulle vara kvar åtminstone ett år, till nästa vår, till dess kaféet stängde för sommaren. Och därefter? Tillbaka till tidningen? Skulle hon klara det? I huvudet malde frågorna hotfullt.

KAPITEL 5

Det ekade i trappuppgången för varje steg Agneta tog. Stegen blev långsammare och långsammare, det var många trappor men också för att ett svagt obehag infann sig. Vid varje samtal hade hon fallit i gråt och det var kämpigt, men hon mådde alltid bra efteråt. När hon kom till översta våningen var andningen häftig. Konditionen var inte bra trots allt springande på sjukhuset. Hon stod framför den mörkbruna, av ålder gistna dörren och väntade till dess att andningen var under kontroll innan hon ringde på. Det tog en bra stund innan dörren öppnades men så brukade det vara. Innanför dörren fanns en lång mörk korridor dit stora och små rum anslöt, inte var det konstigt att det tog tid innan terapeuten öppnade dörren. Karin stod där med tjocka grå raggsockar på fötterna och iförd en spräcklig tröja i alla dess färger. Har hon stickat den själv, hann Agneta tänka hastigt, när hon hälsade på henne och ställde kängorna på skohyllan. Karin hälsade med ett leende som låg kvar, det var som om de var gamla bekanta. Hon tog en lätt hand på Agnetas överarm och ledde henne varsamt, som en gammal vän, till samtalsrummet. Det var alltid samma rum, rummet med de gröna, tunga gardinerna. Agneta hängde kappan och mössan på metallhängaren bakom dörren.

"Vill du ha en kopp te?" frågade Karin fortfarande leende. "Jag har rooibus, chai, grönt och vanligt svart."

Agneta blev förvånad, tidigare gånger hade hon bara fått ett glas vatten.

"Rooibus blir bra."

Karin gick i väg, hasande med de grå raggsockarna. Efter en stund kom hon tillbaka, försiktigt gående med två koppar te. De heta ångorna från tekopparna spred sig ringlande upp i det kalla rummet och Agneta tog ett djupt andetag när hon kände den kryddiga doften.

"Det är kallt härinne. Det drar från fönstren så en kopp hett te kan behövas", förklarade Karin och sneglade på Agneta. "Det är inte som i somras, då var rummet för varmt. På vintern är det tvärtom."

Agneta höll koppen i sina kalla händer, det var skönt med värmen. Trots att hon använde vantar hjälpte det inte, händerna blev kalla, ibland kunde fingertopparna bli vita. Hon betraktade Karin som bläddrade i sitt block. Hon letar väl efter de sista anteckningarna, tänkte Agneta medan hon följde Karins rörelser. Hon förundrades över att Karin verkade glad av att träffa henne, men hon förstod inte. Hon måste ju vara en i mängden av alla klienter. Eller var hon så mot alla? De hade träffats åtta gånger, ändå var det som om Karin kände henne sedan gammalt. Var Karins intresse äkta eller spelat? Vetskapen om att Karin kände till hennes innersta och visste mer om henne mer än någon annan kändes märklig. Agneta hade avsiktligt inte berättat för väninnorna om sitt liv. En av väninnorna hade hon stort förtroende för, väninnan som varken skulle döma eller se ned på henne, men ändå berättade hon inte allt. Ingen visste allt om henne, de flesta bara brottstycken om hennes uppväxt. Det var så det var, hon skämdes för det som hade hänt och mycket gjorde ont. Hon orkade inte berätta.

I många, många år hade hon levt utan att det onda inom henne hade tagit överhanden, men till slut gick det inte att komma undan minnena. De hade kommit i fatt och hon började må sämre, kände sig nedstämd. Hon bestämde sig för att det inte fanns någon återvändo, hon måste på något sätt ta tag i tankarna och minnena. För pojkens skull, sin älskade son, måste hon ta tag i situationen och få hjälp, det var hon ändå skyldig honom. Trycket fanns också från Antons pappa, med hans hot om att hon kunde mista vårdnaden om sonen. Idag var hon tacksam, hotet blev signalen att göra något åt situationen. Först blev hon kvitt missbruket av värktabletterna. Det tog ytterligare några år innan hon beslutade att börja träffa en psykoterapeut. Känslan av pinsamhet och svaghet hade övertrumfats av hennes önskan att få hjälp med tankarna. Hon ville få möjlighet till ett bättre liv utan att ständigt känna av den gnagande känslan av skam och sorg. Träffarna med terapeuten var dyra, hon gick privat och hade bestämt sig för att sätta stopp vid tionde gången. Samtalen hade bidragit till att hon började förstå och acceptera. Nu kände hon att det var dags att gå vidare. Hon var värd ett bra liv för sin egen skull, men också för att kunna vara en bra mamma till Anton. Sammantaget kändes allt mycket bättre nu. Vetskapen om hur hon skulle förhålla sig till det som hade varit, att acceptera det som hade hänt. Hon skulle aldrig kunna ändra historien, bara sig själv och tankarna. Det var en viktig sanning.

"Om du får chansen … vill du ha kontakt med honom?" sa Karin och såg med stadig blick på Agneta.

Agneta klarade inte av att se in i Karins frågande ögon, utan slog ner blicken och funderade. Det här var svårt, mycket svårt och tåldes att fundera över.

"Ja – och jag vet inte", svarade Agneta med en röst så låg att Karin automatiskt böjde sig fram mot henne. "Jag vet att jag inte kan göra något nu. Det har vi ju pratat om."

"Det är sant", sa Karin, "det är det som du måste acceptera. Har du sett honom?"

"Nej."

Agneta tog kudden som låg bredvid och lade den på magen. Tyngden och värmen kändes tryggt mot det obehag som fanns i magen. Hon smekte sakta mönstret av vågor på kudden.

"Om du får kontakt med honom, hur långt är du beredd att gå? Vill du bara prata eller vill du ha en nära kontakt? Skulle du till exempel kunna låta honom bo hos dig?"

Det var det som Agneta var osäker på, framför allt med tanke på sonen. I grunden fanns hennes dåliga samvete och önskan om att göra allting bra igen. Men var hon redo att hantera alla konsekvenser?

"Du ska inte ha ett dåligt samvete", sa Karin. "Du har inte kunnat göra något, det har vi ju talat om. Men du ska nog fundera över vad du vill med kontakten. Vara förberedd i tankarna, om det kommer en dag då du får möjligheten."

Sedan var det tystnad igen och det var som om universum fanns i rummet, stillheten och oändligheten och samtidigt ingenting. Agneta hade vant sig vid att det fick vara tyst. Karin hade redan vid den första träffen sagt att det var viktigt med tystnad och eftertanke. Det fick aldrig finnas ett tvång att prata om man inte ville. När tystnaden bredde ut sig i rummet kunde det kännas skönt och ibland stressande. Karin lade huvudet eftertänksamt på sned.

"Du ska känna dig stolt. Du har ditt jobb som du är duktig på, du har barn och lever ett bra liv. Jag har funderat, det har växt fram efter våra träffar ... skulle du kunna tänka dig att skriva ned det du varit med om? Det är ett bra sätt att bearbeta känslor och minnen."

"Jag kan inte skriva", sa Agneta torrt och tittade ner i knät på de två händerna som nu låg sammanflätade på kudden. "Och jag vill inte, jag har tänkt nån gång att det hade varit bra *om* jag hade kunnat. För min sons skull. Det har känts svårt att berätta. Får bli när han är vuxen."

Karin lade ifrån sig anteckningsboken på bordet och böjde sig fram mot Agneta.

"Jag har en god vän, hon är också terapeut. Vi gick samma utbildning och har hållit kontakten. Hon heter Lise-Lott och är chef för ett kafé för hemlösa och för andra som inte syns i samhället. Det är inte omöjligt att hon kan veta något om honom eller kanske till och med sett honom. Skulle du vilja fråga?"

"Ja", svarade Agneta och lyste upp.

Men sedan högg rädslan till, vad skulle mötet med brodern föra med sig? Hon tänkte på det hon hade gjort, som hon ångrade. Samtidigt – det skulle kunna vara den möjlighet som hon hade väntat på.

"Ja, det vill jag", svarade Agneta ännu en gång. Nu mer bestämt och med blicken fäst på Karin.

Karin tog upp blocket från bordet, rev ut en sida, skrev snabbt och gav pappret till Agneta.

"Här får du mobilnummer och även mejladressen, men jag vill prata med Lise-Lott först innan du ringer så hon är beredd. Vänta till dess jag har sms:at dig."

Agneta promenerade från västra delen av Kungsgatan mot Östra Hamngatan. På Kungsgatan hängde de gyllene krongirlangerna. I skyltfönstren var julskyltningen i full gång, vackert inslagna paket i röda och gröna färger låg utströdda runt julklädda skyltdockor. Röda och gröna färger dominerade överallt, i reklamen, tv-programmen, på bussarna. Efter jul skulle hon vara trött på allt som hade med julen att göra, då brukade hon snabbt plocka undan julpyntet hemma. Ville inte bli påmind om de dagar när hon var ensam hemma.

Den här julen skulle sonen vara hos henne på julafton. Nästa jul skulle det vara tvärtom, då skulle han vara hos sin pappa på julafton och först på juldagen komma till henne. Det var alltid bara hon och Anton på jul. Så hade det blivit. Hennes mamma var död sedan fyra år och hennes pappa hade gått bort för tio år sen. Storebror Mikael umgicks hon inte med. Det skilde drygt nio år mellan dem och de hade tappat kontakten i barndomen. När hon var sex–sju år lämnade Mikael familjen och hon mindes honom inte.

De flesta av väninnorna hade familjer eller sambo, några var ensamstående med eller utan barn. Till de som undrade när hon skulle vara ensam på julafton, sa hon att det var skönt att vara själv. Det var mycket stress i arbetet och hon behövde lugn och ro. Dessutom skulle sonen komma dagen efter. De trodde henne, ingen anade att hon inte trivdes med ensamheten, särskilt på jul. Det blev tv, filmer och rött vin. Det drack hon vanligtvis inte så mycket av, men på jul behövdes det.

Hon kom att tänka på sin klädgarderob. De flesta kläder var gamla eller till och med mycket gamla, en del slitna men älskade, men framför allt var merparten omoderna. Behovet av att förnya sig var inte så stort. På arbetet fanns den blå rocken och hemma – där var det mer avslappnad klädsel. Kanske borde hon ändå ta ledigt en dag, unna sig något och även passa på att leta julklappar till sonen.

Från Östra Hamngatan gick hon förbi NK-huset med julskyltningen som i år var ett vackert sagolandskap. Mammor och pappor med barn, men även äldre med sina barnbarn, stod stilla och beundrade skapelserna. Det fanns en fascination från både stora och små. Ibland kunde hon längta tillbaka till tiden när sonen var fem år och det fanns så mycket att upptäcka tillsammans med honom. Känslan när han satt i hennes knä och hon läste för honom. Hon hade varit så nära, hållit om hans knubbiga varma kropp. Då hade hon inte kunnat låta bli att böja sig nära, blunda och sniffa in den honungssöta doften av honom. Hon hade kunnat känna igen honom bara genom doften.

Vid Brunnsparken ställde hon sig i skydd av spårvagnskuren och väntade på att spårvagnen skulle komma. Hon såg att klockan var tre och konstaterade att snart skulle mörkret lägga sig som ett tak över staden. Människor skulle skynda sig hem till sina familjer, förbereda julen i skydd från mörker och kyla. Tanken på det fick henne att känna sig ensam. När det var barnfri vecka var det tomt när hon kom hem. Hon hade inga plikter och ingen att planera helgen med.

Den här gången hos terapeuten hade hon inte gråtit, vilket var ovanligt. Hon kände sig lättad efter varje samtal, tyngden från axlarna minskade och det grå diset som fanns som ett filter för ögonen avtog. Efter samtalen kunde världen se annorlunda ut. Människorna på hållplatsen var inte längre grå och intetsägande. Hon kunde förnimma dofterna från munkförsäljningen vid Brunnsparken och känna stråk av glöggdoft från ett julstånd. Bara det att fylla lungorna med luft kunde ge njutning. Att känna kroppen spritta till och glädjen över det lilla i tillvaron som att snart vara hemma. Dricka en kopp kaffe i soffan och äta en färsk bulle, ligga uppkrupen med den grå-vita yllefilten, tända ett ljus och läsa deckaren som hon köpt i Pocketshop. Det var enkla saker som numera gladde henne, efter samtalen med Karin.

Spårvagnen kom rasslande och stannade tvärt till och på en gång försvann hälften av människorna. Agneta stod kvar, nästa gång skulle det vara hennes spårvagn som kom. Hon letade med blicken bortåt vägen och tänkte på kvinnan, den okända, på kaféet. Vad skulle samtalet leda till?

KAPITEL 6

Som tjugofemåring var Rebecka färdig journalist. Hon mindes det första sexmånadersvikariatet på kommuntidningen. Så stolt hon hade varit. Det var en mindre redaktion där hon fick göra lite av varje, det var roligt och lärorikt. Sedan gick hon arbetslös några månader men lyckades därefter, otroligt nog, att få ett vikariat på elva månader på en dagstidning. Det var en speciell värld, hetsig och med snabba kast mellan olika skrivjobb. Ibland kom uppdragen med minsta möjliga marginal, jobbet skulle göras direkt och det var knappt att hon hann förbereda sig. Fakta forcerades fram och hon fick kasta sig i väg för intervjuer. Många gånger fick hon också fotografera själv, det fanns inte alltid möjlighet att få med sig en fotograf. Hon ville inte bara göra ett bra arbete, hon vill göra sitt bästa. Därför presterade hon maximalt och pressade sig till det yttersta. Ville hinna, även om tiden för uppdraget var för kort. Övertidstimmarna tickade på och hon såg inga problem med det, hade ju ingen familj att ta hänsyn till. Killen som hon var tillsammans med pluggade fortfarande. Han hade också fullt med studier och extraarbeten och de hann oftast bara träffas på helgerna.

När de elva månaderna av vikariatet höll på att närma sig sitt slut frågade hon en av de äldre journalisterna, Gun, om möjligheterna att få en fast tjänst. Gun, med det långa håret i en knut där bak och glasögonen hängande i ett band runt halsen, hade skrattat till. Tagit fram en duk och putsat glasögonen. Lyft blicken och fnyst.

"Räkna inte med det, då gör du dig själv en björntjänst. Det är så jävla utstuderat av arbetsgivaren. Har du inte märkt att alla vikarier är anställda elva månader eller kortare. Det är för att dom inte ska bli lasade."

"Lasade?"

Rebecka hade känt sig dum, okunnig. Visst hade hon hört ordet, men glömt exakt vad det innebar. Gun hade förklarat att om arbetsgivaren anställde på tolv månader eller mer, så var tidningen tvungen att återanställa personen när en ny tjänst uppkom. Och det ville inte cheferna, de ville ha vikarier eftersom det gav mer flexibilitet. Många tidningar hade i princip satt detta i system. Gun böjde sig närmare Rebecka och såg sig snabbt runt.

"Har du inte tänkt på", sa Gun med låg röst, "att ni vikarier jobbar som om ni har en blåslampa i baken. Arbetsgivaren får ut mycket mer från er än från oss fastanställda. Ni gör ju övertid utan att ta betalt eller hur?"

Det var som om ett ljus hade gått upp för Rebecka. De fastanställda tog det lugnare, det hade hon noterat, men hade trott att det var för att de var äldre och mer erfarna. De flesta vikarier jobbade som hon, hårt och målmedvetet eftersom de ville ha en fast tjänst, en trygg anställning.

Efter månaderna på dagstidningen var hon åter arbetslös ett tag, men fick sedan ett annat vikariat och därefter följde ett vikariat på radion. Under denna tid tog det slut med killen, de hade ju inte hunnit träffas så mycket och inte kunnat bygga upp en nära relation. Den stora anledningen till uppbrottet var brist på kärlek. I början fanns attraktionen, men hade allt eftersom drunknat i det vardagliga. Till sist fanns bara vanan att träffas på helgen och göra det sedvanliga; äta på den närliggande krogen, hem och se film eller någon serie, kvällssex och sova. Det blev ingen ny kille. Däremot ett nytt elvamånadersvikariat på en dagstidning igen. Denna gång jobbade hon ännu mer, ville verkligen visa vad hon gick för. Försöka få ett fast jobb och slippa att hoppa mellan vikariaten. Hon mindes vad Gun hade sagt, men – om hon skrev de bästa artiklarna, fick de bästa intervjuerna, då borde det väl ordna sig intalade hon sig. Trots att arbetet var stressigt var det samtidigt inspirerande, spännande och lärorikt. Hon försökte klara de tvära kasten mellan de olika reportagen. Alltid denna tidspress, ha deadlines och leverera hela tiden slet på henne. Men hon hade ett mål.

Att få bli fastanställd som journalist på tidningen och att slippa oroa sig över att inte veta vad hon skulle göra nästa månad.

Rebeckas mamma gjorde ständiga försök att träffa henne, men Rebecka hade inte tid eller så hände det något på tidningen som hon fick prioritera. Till slut sa mamman irriterat att hon *gärna* ville träffa sin dotter mer än bara på julafton. Lite middag kunde väl Rebecka hinna med, äta måste hon ju ändå tyckte mamman. Jag hinner inte just nu, men om några veckor blir det bättre hade Rebecka svarat. Men det blev aldrig bättre. Uppgivet hade mamman kontrat med att hon kunde komma hem till Rebecka en kväll över en enkel kopp kaffe. Gör du det, hade Rebecka svarat, men jag är inte hemma, jag jobbar ju.

Hon hade efteråt insett att hon hade svarat onödigt tyket. Stressen och kraven påverkade henne. Hon märkte att hon inte längre var så trevlig och tappade lätt humöret mot både kompisar och föräldrar. Det var trots allt ett faktum att hon nästan aldrig var hemma. Hon hann inte besöka föräldrarna, det gick en månad, två månader, fyra månader innan hon dök upp. Sina kompisar försökte hon hinna träffa, men det var också svårt, hon visste ju inte när ett jobb skulle vara klart. Hade de lyckats bestämma en kväll, så nog hände det något och hon fick fixa artikeln i stället. De fastanställda kunde gå hem till sina familjer men hon satt kvar på redaktionen till sent på kvällen. När klockan var över tio stapplade hon hem utmattad, med ett bultande huvud.

KAPITEL 7

Agneta gick med trippande steg ner för stentrappan, ifall de var hala. Stannade upp och betraktade den kraftiga portdörren. Det var alltså en källarlokal där mötet skulle vara. Hon var en kvart för tidig och ville inte ringa på. Det hade gått fortare att komma dit än hon trott. Hon tog upp kalendern i almanackan och slog upp veckans sida. Hela helgen skulle hon arbeta och dessutom det sena passet, lite trist för då skulle hon inte hinna träffa någon vän. Men de hade antagligen ändå inte tid att träffa henne, det var ju bara en vecka kvar till jul, alla var upptagna med julförberedelser. Hon slog upp anteckningarna i almanackan och funderade. Veckan innan hade hon köpt det speciella tangentbord som Anton hade önskat sig. Det var dyrt och borde vara tillräckligt, men något mer ville hon ändå köpa, inte bara ge *ett* paket. Så det blev en tuff t-shirt från märkesaffären, efter att den unga expediten hävdat att unga killar gillade just den. Anton brukade bli glad för det hon köpte till honom i klädväg, han gillade inte att handla kläder.

Till sig själv hade hon köpt en tunika som hon hade slagit in i julpapper i affären. Det var löjligt att slå in ett paket till sig själv, men hon var barnsligt förtjust i att få paket. Anton skulle ha med sig något till henne, han glömde aldrig att köpa till sin mamma. Paketen skulle ligga fint arrangerade under granen och hon skulle njuta av anblicken och förväntansfullt invänta julafton. Ibland kom önsketänkandet om en jul med en stor familj, barn, mor- och farföräldrar och annan släkt. Om att det skulle vara stökigt och bullrigt och alla skulle vara glada och förväntansfulla. Goda dofter av glögg, vörtbröd, kryddnejlikor, saffran och ugnstekt julskinka. Prasslet från julklappar som öppnades samtidigt. Spel på kvällen i gemenskap. Hennes jul blev alltid den mer tysta och ensamma.

En blöt fläck spred sig i almanackan och hon tittade upp. Stora snöflingor dalade sakta ner och det blev med ens så vackert. Skulle det ändå bli en vit jul i Göteborg? Hon stod länge och tittade upp mot den grå himlen och de långsamt fallande snöflingorna som inte mötte något luftmotstånd på vägen ner. Snöflingorna lade sig vackert på trottoarer och gator och ett tunt vitt puderskikt bildades på ytorna. Hon tittade på klockan och såg att det var några minuter innan avtalad tid, nu kunde hon nog ringa på. Hon tog ett djupt andetag, tryckte på knappen, men hörde ingen ringsignal och knackade i stället på dörren. Efter en stund hörde hon steg och den kraftiga trädörren öppnades. En kvinna i samma ålder som hon själv stod framför henne. Hon såg snäll ut med vänliga blå ögon, brunt burrigt hår och med en lugg som spretade åt olika håll. Hon bar en jeansskjorta som hängde över byxorna som också var i ljust jeansmaterial.

"Hej, det är jag som är Agneta."

"Välkommen. Lise-Lott", presenterade hon sig och räckte fram handen.

Agneta fick en varm och bestämd hand. Hon kände sig med ens blyg. Vad tänkte denna okända kvinna om henne och vad hade Karin, terapeuten, berättat? Hon hade förberett, tänkt på hur hon skulle förklara sig men det var ändå svårt, framför allt på grund av att hon var osäker på reaktionen. Hon gick tätt efter Lise-Lott och tittade sig skyggt omkring i den murriga, mörka lokalen som visade sig vara helt tom på människor. Lise-Lott slog sig ner i ena änden av lokalen i en tresitssoffa med gråmelerat tyg. Agneta tittade sig snabbt runt och valde mellan tre olika nedsuttna fåtöljer i olika murriga färger. Hon satte sig i fåtöljen som var mittemot soffan, ytterst på kanten. Sin jacka hängde hon på armstödet och handväskan ställde hon försiktigt på golvet, efter att först ha tittat att det såg rent ut.

"Vill du ha något att dricka?" frågade Lise-Lott. "Kaffe, te eller ett glas vatten?"

Först nu märkte Agneta att Lise-Lott var söderifrån, kanske Skåne eller Halland. Hon hade ett lätt skorrande som inte fanns i göteborgskan. Dialekten passade väl till Lise-Lotts väna utseende.

"Tack, men jag har druckit kaffe innan jag kom hit, du kan ta."
Lise-Lott skakade på huvudet, log och hennes hår flög vilt omkring henne. Agneta såg att Lise-Lott satt lugnt och avslappnat, själv kände hon sig obekväm. Det var pinsamt att behöva berätta och öppna en dörr inom sig som oftast var stängd. Men nu satt hon här och måste göra det som hon hade planerat. Hon harklade sig reflexmässigt, svalde utan att det behövdes och sträckte på sig, men Lise-Lott förekom henne. Såg hon att Agneta tyckte att situationen var obehaglig?

"Karin, som du har haft kontakt med, har berättat för mig att du söker din bror."

Lise-Lott tystnade, lade det bångstyriga håret bakom örat. Agneta nickade och tog ett djupt andetag. Det tydliga intresset från Lise-Lott borde lugna henne, men hjärtat slog hårt som om hon var nervös, precis som i skolan en gång i tiden.

"Han finns inte på Eniro eller på andra ställen. Verkar inte ha någon adress. Kanske är han hemlös, jag vet inte. Jag har inte sett honom på snart trettio år. Det är inte säkert att han vill ha kontakt med mig."

Agneta tystnade och tittade efter hur Lise-Lott skulle reagera. Tyckte hon att detta lät underligt? Lise-Lotts blick var fortsatt vänlig och intresserad, med ett lugn i den avslappnade kroppen.

"Tror du att han är i Göteborg?"

"Ja kanske, men jag vet inte."

"Vad heter din bror och hur gammal är han?"

"Han heter Arne, han är min lillebror ... han är tre år yngre än jag."

Direkt kom klumpen i halsen, hon borde inte ha sagt detta med lillebror. Det väckte bara känslor som hon ville hålla borta under samtalet med kvinnan framför sig.

"Vi har två Arne som kommer hit ibland. Kan du beskriva honom? Skulle du känna igen honom?"

"Jag vet inte om jag kan, det var så länge sen jag såg honom. Han var etthundraåttiofem centimeter ... är ... det är han väl fortfarande."

Agneta skrattade nervöst men tystnade tvärt. Insåg att det sista lät dumt. Hon tittade ner på handväskan på golvet, flyttade den närmare sig och tittade upp mot Lise-Lotts snälla ögon.

"Han har brunt hår och blå ögon. Men han kanske har grått hår nu eller vitt kanske? Eller inget hår alls?"

"En av de två som heter Arne har den längden, så kanske. Den andre är kort och satt. Den längre kommer hit ibland, inte så ofta. Om du vill så kan jag fråga honom nästa gång, om han har en syster och om han vill träffa dig. Vill du det?"

"Ja, det är snällt. Det är nog bättre att du frågar än att jag dyker upp."

Agneta tystnade, minnet kom som ett hugg i hjärtat. Hon blundade ett kort ögonblick, tog ett djupt andetag och tittade på Lise-Lott med blanka ögon.

"Jag minns sista gången jag såg honom ... jag har dåligt samvete för det jag sa då, men också för annat. Jag bodde i en tvåa. Jag var strax över tjugo år. Han fick bo hos mig, hade ingen bostad. Det hade hänt tråkigheter innan ... inget brottsligt, absolut inte, det var annat."

Nu såg hon för första gången bestämt på Lise-Lott för att se om det fanns någon skepsis eller värdering av det sagda. Lise-Lott log utan att kommentera.

"Det blev jobbigt att bo två på en liten yta. Han hjälpte inte till att handla och städa. Han försökte inte få jobb heller, inte i den omfattningen som jag ville. Låg mest hemma och lyssnade på musik. Jag blev arg, sen ursinnig, som man kan bli på syskon. Tyvärr blev han inte arg utan tog emot allt jag sa, vilket inte gjorde mig snällare. Nästa dag var han borta, jag såg honom inte mer."

Agneta suckade. Hon hade sagt mer än hon hade tänkt sig, det bara blev så. Orden ramlade ur henne, nästan snubblade sig ur munnen. Lät det rörigt, märkligt? Att en utskällning skulle leda till ett försvinnande? Men Lise-Lott verkade ta det med ro, inget verkade göra henne förvånad.

"Precis som du sa, du var ung och det är inte orimligt att kräva att man hjälps åt när man bor ihop. Jag vill att du ska veta att Karin, din terapeut, *inte* har berättat om dig utan bara sagt det som du själv har okejat. Jag förstår att du och din bror har varit med om en del, men det är inget jag känner till. Karin nämnde för mig, att hon tyckte att du borde skriva om det du har varit med om."

"Jag vet, men jag kan inte skriva ... och gillar det inte. Jag tyckte inte om skrivning i skolan. Men visst, jag förstår vad hon menar."

"Jag har ett förslag ... jag har grunnat sedan Karin kontaktade mig. Jag vet inte vad du känner till om vår verksamhet, har Karin berättat?"

"Nej, inte så mycket."

"Jag ska berätta kort. Jag har varit med ända från starten här. Kaféet är till för de hemlösa eller andra som är socialt utsatta, de är våra gäster. Hit kan de komma för en bit mat, och känna gemenskap utan en massa krav. Kaféet är en mötesplats och här är de accepterade och respekterade. Det är de inte ute i samhället. Här ska de kunna vila sig, ta det lugnt, få lite hjälp med praktiska saker, enkel sjukvård när vi har sådan resurs. Till vår hjälp har vi volontärer."

Agneta förundrades över att det fanns verksamheter i samhället som inte syntes och som inte många visste om. Hon hade själv aldrig hört om detta ställe innan Karin berättade om det.

"Vad är det för ... förslag som du har?" sa Agneta och skruvade på sig.

"En av våra volontärer är en journalist, Rebecka. Hon har arbetat här ett år och ska sen antagligen gå tillbaka till sitt arbete. Hon är duktig på att skriva och hon har hjälpt oss med hemsidan och olika skrifter, men mest jobbar hon i köket. Min tanke är att hon skulle kunna hjälpa dig med att skriva din berättelse. Jag har inte frågat henne ännu, men jag kan tänka mig att hon skulle vara intresserad. Jag tror att uppgiften är bra för henne, bra för er båda. Vad tror du?"

"Jag vet inte. Det kostar väl?"

"Inte så mycket, det kan till stor del vara inom ramen för arbetet här på kaféet. Fundera du. Jag ska prata med Arne nästa gång han kommer till kaféet. Blir det bra så?"

"Ja. Jag är väldigt tacksam för att du har tagit dig tid med mig. Det är viktigt för mig ... om det nu är den Arne som kommer hit."

"Inga problem, jag hjälper gärna till. Fundera på detta med journalisten."

När Agneta en stund senare gick mot utgången, passade hon på att kasta en blick runt, kanske var det sista gången som hon var i denna lokal. Det var svårt att föreställa sig den murriga, mörka lokalen fylld av kaffesugna hemlösa människor.

Efter mötet gick Agneta Kungsportsavenyn mot Brunnsparken. Hon var djupt koncentrerad och såg inte de människor hon mötte. Inom sig hörde hon samtalet med Lise-Lott spelas upp, om och om igen. En röst fångade henne i hennes rörelse.

"Hej, är du också ute och julhandlar? Men du ser inte ut att ha kommit så långt!"

Det tog någon sekund men sedan kände Agneta igen Else, som var stor, kraftig och bullrande. Else skrattade hjärtligt och bar på färgglada småpåsar som avslöjade inköp i ett stort antal affärer. Else var en kompis från gymnasiet men nuförtiden träffades de sällan, bara via andra kompisar och på större kalas som kom med jämnt decennium. Senast var det på ett femtioårskalas.

"Du har rätt – en hel del kvar att få tag i", sa Agneta som inte ville säga något om att hon hade varit i stan av annan anledning.

Else fortsatte att prata glatt och mycket om allt och inget. Agneta noterade droppen som hängde under Elses näsborre och undrade när den skulle falla och varför inte Else kände det själv. Hon orkade knappt lyssna, fick heller ingen syl i vädret, hann mest bara säga ja eller nej. Samtidigt funderade hon intensivt över ett bra sätt att avsluta samtalet. Hon längtade efter att få gå ensam och fundera över samtalet med Lise-Lott, om vad som skulle hända framöver och det där med journalisten. Else slutade prata lika snabbt som hon hade börjat genom att säga att hon hade bråttom och måste vidare. Agneta blev lättad, men visade inget utan låtsades ha lika bråttom hon och skyndade vidare.

Några dagar senare, fem dagar innan jul, ringde Agneta till Lise-Lott och frågade om erbjudandet fanns kvar. Det gjorde det, svarade Lise-Lott, men hon hade inte hunnit fråga journalisten ännu och lovade att återkomma.

KAPITEL 8

Klockan var elva och de sista hemlösa hade gått för kvällen, inte hem tyvärr utan ut till ensamhet, kyla och utsatthet. Lise-Lott låste ytterdörren och sedan plockade hon, Ann, Rebecka och ungdomarna undan och städade färdigt. När de var klara satte de sig i samlingssalen en stund för att sammanfatta läget. Det hade varit en lugn kväll som det brukade vara. Rebecka kunde inte påminna sig om att hon någonsin sett något bråk. De hemlösa var tacksamma för att de kunde komma dit, få kaffe och mat. Få omvårdnad och någon som brydde sig. Kaféet var det ställe där de fick vara sig själva. Ett ställe där ingen knuffade undan dem, såg ner på dem eller förbi dem. Saknade någon bra skor eller jacka så fanns förrådet där de kunde hämta ut nytt. De kunde också få annan hjälp som att få en personal med sig när de skulle till socialkontoret eller när de behövde gå till läkare eller tandläkare.

Rebecka kom ihåg sitt första samtal med Lise-Lott. Då visste hon inget om de hemlösa, men kaféet kände hon till från informationen om volontärsarbetet. Samtalet fanns för alltid ingraverat i minnet.

Lise-Lott och hon hade suttit i de slitna, nersuttna sofforna med varsin kopp grönt te. Det var tyst och tomt i lokalen. Trots att det var mitt på dagen räckte inte källarfönstren för att få in ljus, utan lokalen var mörk. Det fanns en svag, unken, sur doft av något obestämbart, troligen av de gamla nersuttna möblerna och av de som inte hade tillgång till en dusch. Lise-Lott satt avslappnad, tillbakalutad i den stora, bruna soffan. Hon såg ut som en sagofe. Brunt burrigt hår med en lugg som var kort, blå ögon, små fina rynkor runt ögonen och smilgropar i kinderna. Hon såg snäll ut, genuint snäll. Lise-Lott berättade om verksamheten och om de hemlösa på ett lugnt och sakligt sätt med en röst full av trygghet. Lise-Lotts utstrålning hade trollbundit henne. Lise-Lott var inte upprörd över de hemlösas situation, inte forcerad, utan berättade lågmält om ett samhälle som inte brydde sig och om tragiken i det. Hur var det möjligt att berätta så lugnt och oberört?

"Det är viktigt att vi har en bra relation med våra hemlösa, våra gäster. De måste bli bemötta med respekt, det är inget som de är vana vid. Många av dem har varit med om tragiska händelser och tråkigheter, som förlorat arbete och splittrade familjer. En del har varit fast i alkoholmissbruk eller knarkmissbruk. Många är stigmatiserade av samhället och har gett upp."

Lise-Lott tog en klunk te, svalde och satte ner koppen på det mörkbruna slitna bordet. Rebecka höll med båda händerna runt koppen, nära magen, det kändes varmt och tryggt. Hon kunde förnimma den svaga doften av grönt te, men valde att inte dricka just då för att inte missa det som Lise-Lott fortsatte med.

"De får inte den hjälp som de behöver. Soc, socialtjänsten alltså, som ska hjälpa dem har ett ovanifrånperspektiv och lyckas inte. Tyvärr. Det är min uppfattning. Jag tycker inte att soc förstår vad de hemlösa behöver. Vi här på kaféet kan hjälpa till som stödpersoner, vi kan följa med dem till soc. Våra gäster, jag säger hellre det än hemlösa, känner sig underlägsna när de sitter på andra sidan skrivbordet. Vi kan hjälpa till att förklara för handläggaren. Men oftast vill de inte gå till soc. Det är skämmigt att be om hjälp och oftast får de ingen hjälp."

Lise-Lott tystnade för en kort stund medan hon betraktade Rebecka som andlöst, fascinerat hade lyssnat.

"Här ska de kunna vila sig, ta det lugnt, få mat och hjälp. Ibland kommer en sjuksyster och fotvården har vissa dagar. Här på kaféet vill vi ge en härlig samvaro, utan en massa krav. Kaféet ska vara ett andningshål för våra gäster."

Rebecka hade redan under det första samtalet med Lise-Lott bestämt sig för att detta ville hon verkligen arbeta med. Lise-Lott hade inte sett hennes utbrändhet som något problem utan menade att allt fick ta sin tid. Rebecka kunde arbeta i sin takt och efter sin förmåga. Rebecka kände lugnet som strålade ut från Lise-Lott, ett lugn som hon behövde. Volontärsarbetet skulle bli en nystart för att komma tillbaka som en hel människa.

Det var dags att gå hem efter kvällens arbete och Rebecka försökte kväva en gäspning där de satt samlade. Hon var trött av alla ljud och stimmet och hoppades att inte Lise-Lott och de andra skulle märka hennes gäspningar. Som utbränd eller under läkning så innebar minsta moment en ansträngning, även om hon var bättre nu. De kände nog inte till hennes diagnos, kanske var det bara Lise-Lott och det var bra, hon ville inte att de andra skulle tycka synd om henne.

Den gemensamma avslutningen var viktig och prioriterad med frågor som: Vad hade hänt under kvällen? Fanns det någon bland besökarna som såg ut att ha problem utöver det vanliga? Vad behövde de tänka på inför nästa kväll? Efter genomgången var kvällens arbete slut. Allt var klart i kaféet, undanplockat och städat. Ungdomarna gick först uppför trappan och försvann snabbt i väg. Rebecka kom strax efter dem, men gick för sig själv. Hon ville gå ensam, vila öron och huvud. Hon ville inte prata med någon, bara vara själv med sina tankar.

Hon promenerade nerför Avenyn, förbi Kungsportsavenyn. Hon såg spårvagnen glida förbi, men hade ingen lust att åka den korta sträckan till centralstationen. Efter kvällens arbete i lokalen med sjuttiotalet gäster var det skönt med promenaden på en kvart i friska luften till Drottningtorget. Från Kungsportsplatsen genade hon via Östra Larmgatan. Gatan var ödslig och hon ångrade sig. Normalt brukade hon promenera Avenyn till Östra Hamngatan, där fanns det alltid folk. Hon ökade takten och tittade sig runt för att se om någon lurpassade där hon passerade. Lättad kom hon fram till kanalen och det öppna Drottningtorget där det fanns folk som trots den sena timmen väntade på bussar och spårvagnar. Ett högt ringande fick henne att hoppa till. I sin lättnad att vara framme hade hon inte märkt spårvagnen som kom. Hade det varit någon av de äldre vagnarna hade hon hört den, men de nya spårvagnarna var tystare och gled fram. Hon andades häftigt och hjärtat slog för snabbt så hon stod stilla en kort stund för att lugna ner sig.

Hon fortsatte mot centralstationen och gick in i den folktomma järnvägsstationen. Pressbyrån var fortfarande öppen, men hon såg att den dräktförsedda personalen förberedde stängning. Inne i pressbyrån stod några som skulle köpa kvällstidning och godis, kanske ville de ha med sig detta på tåget. Hon passerade bänkarna mitt i centralstationen där det satt ett blandat klientel. De flesta var så kallade vanliga, men hon noterade den gamle mannen med långt tovigt skägg och med en rullvagn. Hon kände igen honom, en gäst som ibland dök upp på kaféet. Längre bort såg hon en kvinna, sjaskigt klädd, tjock och med grått hår. Hon satt och vaggade och verkade vara i sin egen värld. Kvinnan hade hon aldrig sett på kaféet, men ganska ofta på centralen. Hon var förvånad över att vissa hemlösa ändå kunde vara så kraftiga, de som borde ha svårt att få tillräckligt med mat. Kanske var det helt fel mat som de ändå fick i sig.

På vägen in till bussterminalen mötte hon en hemlös. Han hade kommit till kaféet några enstaka gånger, hon visste inte vad han hette. Kanske hade hon hört det, men de var så många. Vissa kom varje kväll, andra sporadiskt. Han kände igen henne, men ville inte hälsa utan tittade bort som om han inte hade sett henne. Han var lång, ovanligt välbehållen och hade inga missbruksproblem. På ryggen bar han en stor svart väska som med all säkerhet innehöll allt han ägde. Varför han var hemlös hade Rebecka ingen aning om. Hon kände bara till bakgrunden för ett fåtal av de hemlösa, de som Lise-Lott hade berättat om. De flesta ville inte prata om hur de hade förlorat bostad och annat. Rebecka slog bort tankarna på honom när hon kom fram till bänken och satte sig ner.

Det var åtta minuter kvar innan bussen skulle komma. Åtta långa, tråkiga minuter men ändå vilsamma. Reflexmässigt drog hon upp mobilen, den var avstängd. Hon övervägde att sätta på den, men insåg att ingen kompis ändå var vaken så här sent mitt i veckan. Ett av flera delmoment i rehabiliteringen var att ha mobilen avstängd så mycket som möjligt. Listan från läkaren var lång men hon lyckades följa det mesta bra och det som gällde mobilen relativt bra. Det som var svårt däremot var motion, hon hade inte börjat ännu.

Ingen fanns hemma som väntade henne. Pojkvänner hade hon haft nästan hela vuxentiden, knappt något avbrott mellan dem. Lite hysteriskt kanske. Men de sista åren hade hon levt ensam, att ha en relation när hon jämt arbetade gick inte. Sedan hade hon blivit sjuk och inte träffat folk. Det som hon absolut inte saknade när hon var sjukskriven var männens värderande blickar. Det var tröttsamt, liksom deras försök att få hennes intresse. Hon visste att hon var vacker och attraktiv. Det som hade berört henne illa var när de manliga cheferna också höll på så där. Det var obehagligt och irriterande, men framför allt pinsamt trots att det inte var hon som betedde sig fel. Hur skulle hon bete sig? Säga till? Men hur då? Det var svårt att säga till en chef. Tänk om han blev stött, då fanns risken för att hon inte skulle få mer jobb. Och vad var skillnaden mellan sexuellt trakasseri och att en man visade ett starkt intresse för en kvinna?

Rebecka hade diskuterat detta med journalistkompisarna. Hon hade lärt känna flera på utbildningen som hon fortfarande höll kontakten med. Åsikterna spretade mellan dem, när exakt blev det sexuellt trakasseri och när var det bara flört? Hon ville bli bedömd som journalist och inte som en attraktiv kvinna som råkade vara journalist, ville vara seriös och professionell. Hon ville inte bli utsatt för kollegors avundsjuka, att de skulle tro att hon fick förmåner eller arbete på grund av sitt utseende. Till slut blev det så att hon medvetet klädde sig så att kroppen inte framhävdes. Hon slutade också att sminka sig, men det verkade inte hjälpa.

Hon slöt ögonen, lutade sig bakåt och kände hur trött hon var. Det tryckte i huvudet och käkarna var spända. Hon rörde hakan för att mjuka upp käkarna. Ikväll borde hon inte ha problem med att somna.

Bussen kom, hon gick på och satte sig i mitten. Till slut tog nyfikenheten överhanden och hon tog skamset upp mobilen och kontrollerade om någon hade ringt. Där fanns ett missat samtal från Ellen, bästa kompisen, men nu var det för sent att ringa tillbaka, Ellen sov väl. Rebecka stängde av mobilen och stoppade tillbaka den i handväskan. Hon drog upp kapuschongen och lutade sitt huvud mot fönstret med kapuschongen som skydd. Hon hörde sitt eget hjärta dunka i huvudet.

Hon mindes inte om detta hade kommit med sjukdomen eller om hon alltid hade kunnat höra hjärtslagen. Ibland gjorde hjärtslagen henne rädd, rädd för att höra extra hjärtslag eller att hjärtslag upphörde och att hon dog. Idag var hjärtslagen bara sövande tillsammans med ljudet från bussen och värmefläkten under bussfönstret. Strax efter slappnade hennes kropp av och domnade bort.

KAPITEL 9

Det var de sista dagarna innan jul och Rebecka hade ännu inte köpt några julklappar till mamma, pappa och lillasyster Linn. Dessutom var hon nog tvungen att hitta något till Linns kille eftersom han skulle fira jul med dem detta år. Lusten att förbereda julen hade försvunnit och Rebecka kände mest för att gömma sig. Hon ville också slippa sin mammas jobbiga omsorg och sin pappas oro över vad det skulle bli av henne. Hon skulle vara ledig dagen innan julafton, då hade hon planerat att göra alla "måsteärenden" som att fixa julklapparna.

Rebecka kom till kaféet med huvudet fullt av funderingar över julklappsstöket. Lise-Lott ropade till henne inifrån sitt kontor. Hon tog av sig den tunna långa schalen och krängde därefter av sig jackan. Lise-Lott, som hade glasögonen på näsan, kikade på Rebecka över kanten på dem när Rebecka med ett frågande uttryck ställde sig vid tröskeln. Skulle hon gå in och sätta sig eller var det bara något snabbt? Ibland frågade Lise-Lott henne om att hjälpa till med något som behövdes skrivas, det kunde vara en gäst som behövde hjälp med en ansökan. Det kunde också vara något problem med beställningarna inför kvällen. Lise-Lott log vänligt mot henne och som vanligt kände Rebecka ingen oro inför vad som komma skulle. Det var inte som när hon blev inkallad till redaktören på tidningen. Då kryllade det av frågor inom henne. Känslan av adrenalin som pumpades runt i kroppen, handlade det om nya uppdrag och i så fall – hur lite tid fick hon på sig att förbereda? Ibland handlade oron om redaktören inte var nöjd med den senaste artikeln. Hon tyckte själv inte att artiklarna blev så bra som de hade kunnat bli om hon hade fått tillräckligt med tid för research. Men det var alltid brist på tid och det var bråttom.

"Slå dig ner", sa Lise-Lott och pekade med handen på en av de två besöksstolarna som stod i det trånga lilla rummet.

Rebecka satte sig tillbakalutad. När hon hade satt sig ner fortsatte Lise-Lott: "Jag är väldigt glad för att du trivs här hos oss. Jag hoppas att det stämmer fortfarande?"

"Jo, det gör jag verkligen, det här arbetet har gjort mig gott. Det är som natt och dag jämfört med hur jag har arbetat tidigare. Jag är inte helt bra ännu, men mycket bättre."

"Det märks en stor skillnad från i våras när du kom till oss. Jag vet inte vad du har tänkt göra när ditt år hos oss är slut, om du vill tillbaka till ditt gamla yrke eller om det är något annat du vill syssla med?"

"Jag vet inte ännu. Det är för tidigt att fundera på. Nu skulle jag inte klara av att börja arbeta på en redaktion – tyvärr."

"Du har hjälpt oss med en hel del annat som våra volontärer normalt inte brukar göra och jag är tacksam för din suveräna hjälp. Hemsidan har du fått bättre struktur på och det var bra att du gjorde den säkrare. Du har hjälpt oss med skrivelser som våra gäster behövt hjälp med, som när de har fått avslag på sina biståndsansökningar från soc eller annat. Jag hoppas att de extra arbetena inte varit till nackdel för din rehabilitering. Som jag förstår har du gillat skrivarbetet."

"Det är riktigt, jag älskar att skriva, det är inte *det* som har gjort mig sjuk. Jag har varit dålig på att säga nej. Hur som helst så gillar jag att hjälpa till med skrivelser, brev och ansökningar till myndigheter. Jag lärde mig på journalistutbildningen om myndigheter och deras skyldigheter."

"Det gläder mig att jag uppfattade det rätt. Nu har jag en fråga om ett annat skrivarbete som jag undrar om du skulle vara intresserad av?"

Lise-Lott tystnade en kort stund och fuktade läpparna, den smala tungan rörde sig snabbt. Rebecka hade själv känt att både händer och läppar blev torra i lokalen. Trots att det var en källarlokal, så var det den låga luftfuktigheten under den här årstiden som orsakade den torra luften. Lise-Lott betraktade forskande Rebecka under lång tystnad. Rebecka skruvade på sig, anade att det var något speciellt som Lise-Lott hade i tankarna. Hade någon av de hemlösa kommit i klammeri med rättvisan?

"Jag vet inte riktigt hur jag ska börja?"

Lise-Lott skrattade lågt åt sin egen tvekan och tystnade.

"Jag har fått besök av en kvinna, inte en gäst. Hon hade ett särskilt ärende, sökte en försvunnen bror och undrade om han kommer hit. Jag lovade att kolla om det var så. Den här kvinnan … det finns en historia runt henne, jag känner inte till den själv. Hon har en bakgrund som är speciell. Jag är ledsen att jag inte kan säga mer. Hon skulle behöva hjälp av någon som vill skriva hennes berättelse. Jag tänkte … det är det som jag vill fråga dig om. Skulle du vara intresserad?"

Rebecka blev ställd. Hon hade förväntat sig att det var något knivigt fall, en trilskande myndighet eller en hemlös som hade snattat, åkt fast och behövde hjälp. Att hjälpa till med hemsidor och skrivelser, som var snabba och lätta arbeten, det var roligt och lagom.

"Varför skriver hon inte själv. Varför frågar du mig?"

"Alla är inte så duktiga på att skriva som du. Många tycker att det är svårt att formulera sig. Jag frågade dig för att jag trodde att du skulle tycka det var intressant. Du gillar ju att skriva och det är kanske ett sätt att komma tillbaka till ditt gamla arbete."

Rebecka suckade djupt och tittade bort för att slippa Lise-Lotts enträgna blick.

"Du kan väl fundera", sa Lise-Lott. "Du behöver inte bestämma dig på momangen, utan ta några dagar. Jag tänkte att du får göra större delen av arbetet under arbetstid här och sen får du en mindre ersättning."

"Hur lång tid tar det?" undrade Rebecka.

"Kanske två till tre timmar, jag vet inte."

"Jag får fundera. Det hör inte till de skrivarbeten som jag brukar göra."

Inom sig kände hon spontant att detta inte var något för henne. Hon var ju journalist, inte en skrivmaskin.

"Jag vill absolut inte att du ska känna dig tvungen, men jag tror att det hade varit bra och intressant för dig", sa Lise-Lott. "Det är nog inte så betungande."

Rebecka som alltid hade sagt ja till alla jobb på tidningar och radio, vad det än var, försökte nu säga nej. Hon visste att det var ett av hennes problem, att hon tog på sig för mycket, och det hade drivit henne mot stupet. Lise-Lotts mjuka bevekande sätt gjorde att hon kände ett måste, för Lise-Lotts skull. Möjligheten att säga nej kändes på gränsen till obefintlig. Vilka var hennes argument emot? Hon visste inte, bara att det inte lät så kul och det kunde hon inte säga. Rebecka log svagt och svarade med dämpad röst.

"Jag ska fundera."

Hon reste sig upp, hejdade sig och stod avvaktande och såg på Lise-Lott, innan hon vände på klacken och gick ut med en olustig känsla. Varför hade Lise-Lott varit påtryckande? Det var inte likt henne och dessutom kände ju Lise-Lott till hennes bakgrund. Visserligen var det inte skrivandet som hade gjort henne sjuk utan allt runtomkring, kraven och tidspressen. Det var första gången som hon blev irriterad på Lise-Lott och det kändes inte bra.

Den natten sov Rebecka oroligt, vaknade mitt i natten och blev klarvaken. Hon hade drömt något och kvar fanns en orolig, sugande känsla i magen. Hon satte sig upp, fick fötterna i filttofflorna och gick i mörkret ut till köket och öppnade kylskåpet. Den kalla mjölken hällde hon i en kopp, lade i några teskedar honung och värmde blandningen i mikron. Hon tände den lilla lampan på fönsterbrädet i köket som fick sprida ett svagt, gult ljus. Hon satte sig tungt vid köksbordet och drack sakta den ljumma mjölken. Det var en stjärnklar natt och på himlen blinkade ett rött sken med jämna intervall, troligen ett flyg på väg till Säve flygplats. I trevåningshusen runt om var alla fönster mörka. Aldrig kände hon sig så ensam som på natten, när alla sov och inte hon. Den oroliga känslan i magen försvann efter att hon druckit upp den varma mjölken. Hon gick tillbaka till sängen och kröp ner under täcket som fortfarande var varmt. Värmen i magen spred en tung och behaglig känsla. Tankarna kom tillbaka, det skulle inte ta så många timmar hade Lise-Lott sagt. Hos Lise-Lott fanns bara omtankar. Hon bestämde sig. Skulle kvinnan vara alltför svamlig och berättelsen ointressant så fick det bli ett snabbt avslut.

KAPITEL 10

Med handen i ett stadigt tag i halsduken som var virad flera varv runt halsen, gick Agneta i en kraftig lutning upp mot Götaplatsen. Blåsten ven ihärdigt runt henne och den råa fuktigheten gick tvärs igenom kappan och in till kroppen som var spänd för att kunna stå emot kylan. Hon hade arbetat hela veckan trots att hon hade känt sig matt och kanske var på väg in i en förkylning. Nu frös hon, ryste till och ångrade den tunna koftan över blusen. Och inte bara det, hon ångrade nästan allt – tidpunkten, platsen och framför allt förslaget. Hon skulle alltså sitta framför en okänd kvinna och lämna ut sig och sin hemlighet. Då, när hon hade hört förslaget, lät det bra men nu kramade hennes inre ihop sig av olust.

Hon stod framför entrén till stadsbiblioteket och stannade upp ett kort ögonblick, tittade upp mot den höga byggnaden med alla glasfönstren. Efter svängdörrarna hamnade hon mitt i den stora vestibulen. Hon lyfte blicken och såg de övre våningarna och människorna som rörde sig långsamt, som i slow motion, på de olika planen. Det var många år sedan hon hade varit på stadsbiblioteket. Var det när hon gick i skolan? Hon läste inte så många böcker och inte så fort heller, det blev mest en pocket någon gång emellanåt. En bok kunde bli liggande ett bra tag på nattduksbordet. Ibland kunde hon få en utläst bok av någon kompis som hävdade att just den måste hon läsa eller så plockade hon en ur boklådan på arbetet.

Var fanns kaféet någonstans? Hon tittade sig hjälplöst omkring och letade efter skylten. Blickarna brände på ryggen, en kvinna såg nyfiket på henne. Kvinnan satt på en bänk till höger om entrén och höll en bok i handen. Tydligen var den inte tillräckligt bra eller väntade hon på någon? Var kvinnan Rebecka, men det var ju i kaféet som de skulle träffas? Agneta tog några steg framåt och såg två låga skyltar som stod på ben, en av dem visade att kaféet var en trappa upp. Borde inte kaféet vara i entrén? Nu fick hon i stället gå genom halva byggnaden för att ta sig uppför den långa trätrappan till andra våningen.

Vid trappans slut slogs hon av det enorma ljusinsläppet från de stora glasfönstren som ramade in kaféet. Från fönstren kunde man se myllret av människor som promenerade utefter Avenyn. Agneta hade föredragit ett mysigare och mer ombonat kafé, men det var Rebeckas val. Det var halvfullt i kaféet och det kändes lugnande. Hon tittade på klockan och såg att hon var minst tjugo minuter för tidig. Då fanns tid för att hinna med en smörgås och en värmande kopp te. Från kaféets glashylla plockade hon en ostfralla med en tunn grön paprikaring ovanpå och därefter en vit porslinskopp. Framme hos kassörskan fick hon hett vatten och blev rådvill inför vilken tesort hon skulle välja. Det blev ett svart te med smak av passionsfrukt och apelsin.

Det fanns både runda och fyrkantiga vita bord, stolarna var svarta med vita ben. Så naket och enkelt, tänkte Agneta. Inga dukar på borden och inga blommor, men mycket ljus från fönstren. Längst inne i ena hörnet vid en pelare fanns ett ledigt runt bord med två stolar, och där satte hon sig ner. Där skulle hon kunna prata lågt och utan att känna sig avlyssnad. Frallan var färsk och seg och krävde ett ordentligt bett innan hon fick av en bit att tugga på i munnen. Tekoppen rymde nästan en halv liter och allteftersom hon drack spred sig värmen i kroppen. Efter en stund kunde hon ta av sig halsduken, mössan och kappan. Hon vickade på tårna som fortfarande var stela och kalla i läderstövlarna. De skulle nog snart bli varma, men fingrarna däremot var iskalla. Klockan närmade sig två, och hjärtat slog ett extraslag. Det gick inte att hindra den tunga sucken som följde på vetskapen om att … snart. Lite förstrött fuktade hon pekfingret och fångade upp smulorna från tallriken. I smyg kikade hon mot entrén till kaféet för att se vem som skulle kunna vara journalisten.

Rebecka sprang den sista biten, bussen hade inte kommit i tid. Skulle hon bli försenad? Hon andades häftigt och funderade över om hon

gjorde rätt som sprang, var det bra som motion eller blev det en stress?
Vid nästa läkarbesök skulle hon fråga.

Oräkneliga antal gånger hade hon varit på stadsbiblioteket, det var som ett andra hem. Hon älskade platsen med dess stora fönster, ljusinsläppet, de dämpade ljuden, människorna som satt tysta och koncentrerade med en bok eller som stod fascinerade framför bokhyllorna med lutade huvuden och letade. Under utbildningen hade hon varit här många gånger, gjort projektarbeten och tillbringat håltimmar i någon läshörna. Pluggandet inför tentor hade fungerat bättre på stadsbiblioteket än hemma, där hon lätt fastnade i andra sysslor som städning, tvättning eller att ringa kompisar.

Det var hennes förslag med stadsbiblioteket, en neutral plats som också kändes hemma. Efter att andningen blev normal gick hon med bestämda steg till kaféet och ställde sig i öppningen. Hon letade med blicken efter en äldre kvinna, kanske var hon också försenad. Vid disken beställde hon en slät kopp kaffe. De stora semlorna låg i ögonhöjd men hon var inte sugen, vispgrädden fick henne ibland att bli illamående. Njutningen av bakverk och av mat hade också förändrats efter utbrändheten. Hon tog koppen och gick långsamt runt och letade. Vid flera bord satt äldre kvinnor, men de var inte ensamma. Några ensamma män noterade hon också. Längst bort i kaféet satt en liten äldre kvinna som tittade skyggt på henne. Det måste vara den kvinnan, tänkte Rebecka. Hon insåg samtidigt att nu fanns det inte någon återvändo. Hon tog ett djupt andetag och gick med bestämda steg mot bordet. Kvinnans ansikte var som en dockas, näpet på något sätt. Hon var liten och mager, det korta håret var blont och lockigt. På hennes stela och raka hållning förstod Rebecka att hon också tyckte att situationen var obehaglig. Varför gjorde de båda det här?

"Är du Agneta?" frågade Rebecka, fastän hon anade svaret.

Kvinnan nickade stelt och hälsade med en smal hand som var alldeles iskall. Rebecka undrade om hennes egen hand var lika kall. Hon slog sig ner och tittade runt på de närmaste grannarna, två äldre damer i pensionsåldern som inte verkade bry sig alls om något annat än sig själva och sina halvätna semlor. En av dem hade florsocker och grädde på näsan och Rebecka vände sig äcklad tillbaka till kvinnan framför sig. Rebecka tog av sig kappan, harklade sig och sa:

"Lise-Lott har berättat för mig att du behöver hjälp med att skriva din berättelse."

"Ja, det stämmer."

Rebecka drack en klunk av kaffet och noterade den tomma tallriken framför Agneta. Hade hon också ätit en semla? Det såg hon ut att behöva. Hur länge hade hon suttit här egentligen med tanke på den tomma tallriken?

Agneta granskade den unga kvinnan framför sig, hon var lång och mycket smal. Var det denna unga flicksnärta som skulle höra hennes berättelse? Vad visste hon om livet och om trauma? Skulle hon se ner på Agneta och det hon hade att berätta? Det här kändes inte bra. Det hade varit bättre om journalisten hade varit äldre, mer erfaren, en mogen kvinna, någon man kunde anförtro sig åt. Det här samtalet fick bli kort. Och berättelsen fick i stället bli sammanfattande utan att gå in i detaljer.

"Jag har med mig en bärbar dator", sa Rebecka. "Om du vill kan vi börja med en gång. Har du någon tanke om hur många gånger vi behöver träffas?"

Rebecka tänkte att det var lika bra att sätta i gång och få ett snabbt avslut – på något sätt.

"Jag tror … kanske högst en gång till", sa Agneta lågt och tittade i tekoppen. På botten låg tebladen som virvlade upp varje gång hon tog en klunk. Vid nästa klunk försökte hon att inte få med tebladen i munnen. När det svalda gled ner för strupen tänkte hon på att det nog fanns en möjlighet att dra sig ur projektet redan efter en träff och nu hade hon förvarnat om det.

Rebecka funderade. Kanske skulle hon göra uppdraget två gånger och sedan avsäga sig, meddela att hon inte orkade på grund av sin sjukdom. Förslaget från Lise-Lott var ogenomtänkt med tanke på hennes utbrändhet och behov av att ta det lugnt. Det hon inte behövde var ytterligare arbete, förutom volontärsarbetet på kaféet. Vad för människa var Agneta? Lat, som inte orkade skriva själv? Saknades kunskap och förmågor? Det var svårt att dra några slutsatser om Agneta utifrån hennes klädsel, men med tanke på att hon hade en gammal svart kappa som såg noppig ut var hon inte välbärgad i alla fall. Varför hade kvinnan kontaktat Lise-Lott? Fanns det annat i bilden än det som Lise-Lott hade nämnt, "kvinnans försvunna bror". Vad det inte polisens uppgift att arbeta med försvunna människor? Uppdraget var olustigt och Rebecka ogillade känslan av att vara inmålad i ett hörn, med ett uppdrag som kändes påtvingat på grund av relationen med Lise-Lott. Arvodet var dessutom skrattretande lågt, även om hon fick göra arbetet huvudsakligen på volontärstiden.

"Vi kan börja lite kort idag och ta en längre stund nästa gång. När funkar nästa gång?" frågade Rebecka med en röst som hon själv tyckte blev hård, men som speglade sinnesstämningen.

Agneta nickade, tittade ned i handväskan och tog upp en svart fickalmanacka. Trots koppen med te var stämbanden skrovliga och hon fick harkla sig flera gånger för att få fram rösten.

"Jag arbetar olika från vecka till vecka", sa Agneta.

Rebecka föreslog torsdag om två veckor, i slutet av februari, klockan 15.00. Tänkte att då skulle hon kunna göra timmen med Agneta och därefter gå direkt till kaféet, utan att inkräkta på fritiden allt för mycket.

Agneta tittade i kalendern och bekräftade med ett knappt hörbart ja.

Rebecka flyttade stolen närmare bordet.

"Var?" undrade Agneta och tittade sig runt. "Här är inte bra ... kanske kan bli mycket folk ... något annat ställe?"

Rebeckas tankar for vilt, ville Agneta vara hemma hos henne? Nej! Absolut inte ta hem en okänd människa.

"Det finns en restaurang på Södra Hamngatan. Vid tretiden är det inte mycket folk. Jag tror vi måste äta något där men det är inte så dyrt. Man kan sitta enskilt i små bås, då går det att jobba."

Agneta kände sig lättad. Det var bra att träffas på stan, på ett neutralt ställe. Hon hade ingen lust att ta hem den okända unga kvinnan. Då fanns det risk för att hon kritiskt skulle granska lägenheten med den enkla möbleringen som saknade modern elektronik, och den lilla tv:n skulle hon väl skratta åt. Men Anton hade en stor platt-tv i sitt rum. Det som oroade henne mer än något annat var hur Rebecka skulle reagera inför hennes berättelse. Skulle hon ana ett förakt, se en nedlåtande blick eller, ännu värre, se Rebeckas ansikte helt nollställt? Agneta försökte lugna sig med att om det inte kändes bra kunde hon avbryta, gå därifrån och avsluta det hela. Det här var heller inte hennes idé, det var ju terapeutens förslag.

Agneta lyfte tekoppen, det var inte mycket kvar. På botten låg de svarta bladen och hon svalde det som följde med, ville få stadigare röst av teet.

"Har du arbetat länge som volontär på kaféet och varför?" sa Agneta.

Om nu Rebecka var journalist, varför arbetade hon som volontär? Plötsligt fanns rynkan mitt i pannan i Rebeckas ansikte och de blå ögonen hade smalnat av.

"Snart ett år, jag har gjort ett avbrott från mitt arbete", svarade Rebecka tonlöst och böjde sig ner för att plocka fram en bärbar dator ur sin slitna blå axelremsväska i tyg. Väskan var i kontrast mot den svartvita kappan som såg ny ut. Rebecka knep ihop munnen.

Agneta frågade inte mer, oviljan var tydlig. Den unga kvinnan borde ha hela livet framför sig, verkade framåt och driven. Såg otroligt bra ut med sitt mörka hår runt det smala ansiktet och starkt klarblå ögon. De markerade ögonbrynen fick henne att se ut som en kvinnlig farao. Hon var lång, kanske runt en och sjuttiofem, och smärt. Tyckte hon att Agneta var väl liten, hon var ju nästan två decimeter kortare?

Rebecka kontrollerade att det fanns tillräckligt med batteritid och tog upp ett tomt word-dokument som hon döpte till Agneta. Som rubrik för dokumentet stod helt naket *Agneta*. Hon noterade på dokumentet vad klockan var för att inte gå över tiden.

Rebecka tittade upp från datorn och mötte Agnetas stela frånvarande blick.

"Vad jobbar du själv med förresten?" undrade Rebecka.

Hon hade svårt att se vilket yrke som Agneta kunde ha, kanske arbetade hon på dagis, i affär eller var hon sjukskriven, kanske utbränd?

"Jag är sjuksköterska", svarade Agneta lågt och tittade ut genom fönstret. Hon längtade efter att få befinna sig utanför stadsbiblioteket på väg hem till tryggheten. Till och med att gå i den kalla blåsten föredrog hon jämfört med att sitta inne i värmen med den unga kvinnan, som hon uppfattade som skarp.

Rebeckas ögonbryn höjdes. En äldre sjuksköterska var för henne en större och kraftigare kvinna med pondus, inte liten och lövtunn som Agneta.

Agneta satt stel och rak i ryggen med händerna hoppressade, blicken långt bort till världen utanför.

"Du kan börja nu", föreslog Rebecka, mjukare denna gång. Hon visste att de som blev intervjuade av journalister inte alltid kände sig bekväma.

Agneta fortsatte att titta ut genom fönstret, där människor strömmande upp mot Götaplatsen men desto fler strömmade nerför mot Kungsportsavenyn. Hon satt tyst så länge att Rebecka till sist började trumma med fingrarna och undrade om det skulle bli något överhuvudtaget.

"Du kan välja själv var du vill börja, vi kan flytta runt styckena senare", sa Rebecka stillsamt.

Agneta vände sin tomma blick tillbaka, betraktade som hastigast den bärbara datorn och flyttade blicken runt till de närmaste borden. Hon konstaterade att ingen såg åt deras håll. Med låg röst, ett ord i taget, försiktigt, berättade hon det som ingen tidigare hade hört. Rebeckas fingrar rörde sig långsamt, men när orden flöt som en jämn ström flög hennes smala fingrar vant över tangentbordet.

KAPITEL 11

Jag var sju år och hade ramlat när jag var ute och lekte. Jag sprang hem, stannade vid tvättstugedörren och ropade. Jag visste att pappa var i källaren någonstans. Där brukade han vara på helgerna, antingen i garaget bredvid tvättstugan eller i det lilla verkstadsutrymmet innanför tvättstugan.

"Pappa, pappa, jag blöder!"

Han kom från verkstadsdelen, med sin slitna rödsvartrutiga flanell-skjorta och ett par utnötta svarta byxor. Håret stod rakt upp som om han precis hade vaknat, men ögonen jag mötte var glada och pigga. Från näsan droppade blodet rakt ner på marken utanför tvättstugedörren, jag ville inte blöda ner innanför. Pappa lyfte upp mig och bar mig till en av tidningshögarna, där han satte ner mig försiktigt. Han verkade inte bry sig om att det kom blod på skjortan där mörka fläckar växte fram. Han smekte mig på kinden och gick bort till rullen med hushållspapper, rev av och blötte ner. Han torkade av mig på kinden med det blöta pappret och stoppade in en liten tuss i min näsborre.

"Lägg dig ner, så får vi se om det slutar snart. Började det blöda utan vidare eller har du ramlat?"

"Jag ramlade", sa jag och betraktade pappa som gick bort mot tvätt-hon och blötte ner ytterligare en bit papper och kom tillbaka.

"Du får ligga här ett tag", sa pappa medan han torkade av blodet från ansiktet.

Vattnet var iskallt och jag hoppade till av kylan. Jag kände smaken av blod när en seg klump gled ner i strupen.

Pappa satte sig tungt på den andra tidningshögen och tittade ut genom fönstret. Jag önskade att han skulle fortsätta att tvätta av mig,

ville att han skulle titta på mig och prata. Varför hade hans ögon slock-
nat och varför var han tyst, han som brukade skratta och busa? Var det
för blodet på skjortan? Ljud kom från ovanvåningen och sedan hördes
mammas röst.

"Har du sett Agneta? Antingen så får du passa Arne eller så måste
Agneta göra det. Jag måste åka och handla."

"Hon är här med mig", ropade pappa tillbaka.

Blicken var spänd och tröttheten hängde i hans ögon. Jag drog in
pappalukten blandat med cigarettlukten. Den lukten var trygghet, om
att inget ont kunde hända. Han böjde sig mot mig.

"Kan inte du gå upp till mamma och hjälpa henne? Jag måste åka i
väg en stund."

"Det kan jag väl", sa jag stolt.

Jag blev glad när pappa frågade om hjälp, jag kände mig stor och
duktig när jag klarade av det som pappa bad mig om. Pappa tog ut
tussen ur min näsborre, det hade slutat blöda. Han hjälpte mig av med
kängorna. Därefter gick jag upp för trapporna men vände mig om på det
översta trappsteget och såg pappas breda rygg försvinna ut genom dörren.

Mamma stod i hallen framför spegeln och målade sig. Det blev bruna
böjda linjer för ögonbrynen, sedan fortsatte hon med svart mascara på
ögonfransarna. Plötsligt snodde hon runt och fick syn på mig som hade
studerat henne i smyg.

"Står du där? Du måste passa Arne en stund. Mikael är inte hemma
som vanligt. Jag ska strax i väg till affären. Förresten ... är pappa kvar
där nere?"

"Nej, han skulle i väg."

"Jaha! Sa han vart?" sa mamma. Hennes mun var ihopknipen och
ögonen små.

"Nej", svarade jag.

Det var något som inte var bra mellan mamma och pappa. Det oroade
mig. Hade det något med Arne och mig att göra? Mamma sa att det var
jobbigt med barn och att pappa var borta mycket. Och hon var trött på
att tjata på Mikael, min storebror, för att få honom att hjälpa till. Han
var sällan hemma och hade alltid en ursäkt. Mamma vände sig tillbaka

57

mot spegeln, men nu ställde hon sig så att hon såg mig. Utan att vända sig om, sa mamma:

"Gå upp nu till Arne som jag sa. Jag är bara borta en liten stund. JAG tar i alla fall ansvar i den här familjen. Skynda dig nu så jag kan komma i väg."

Jag sprang uppför hela trappan utan att stanna en enda gång. När jag kom högst upp var jag trött och andades häftigt. Hade mamma hört hur fort jag hade sprungit? Jag lutade mig över räcket men såg henne inte. Dörren var öppen in till Arnes och mitt gemensamma rum. Arne satt på mattan mitt i rummet, tyst och koncentrerad. Runt honom var tågbanan och tåget gick i olika rundlar. Han tittade upp på mig och log stolt.

"Titta, den går runt. Pappa lagade den."

Jag gick fram till våningssängen och satte mig på den understa sängen, den var Arnes. Arne körde tåget runt, runt. Jag förstod inte hur han kunde tycka att det var roligt. Men han var bara fyra år och jag var sju år och gjorde riktiga saker. Stegen uppför trappan hördes och mamma stod på tröskeln. Hon hade tagit på sig ytterkappan, den röda hatten och de svarta handskarna. Hon är vacker, tänkte jag och hoppades att jag också skulle bli vacker en dag. Nu var jag inte det med min runda mage och tjocka ben. Hur skulle jag kunna bli smal och vacker som mamma?

"Jag åker. Nu är du hos din lillebror hela tiden. Ni får inte gå ut och inte öppna dörren, förstår du?"

"Ja, jag fattar", sa jag.

Det var en lätt uppgift att passa Arne, han var lugn och snäll. Han bråkade aldrig, inte som mina kompisars lillebrorsor. Han tog inte mina saker.

Mamma försvann nerför trappan och ytterdörren slogs igen. Jag andades ut, nu var det lugnt. Ingen mamma som for runt, som inte var glad. Lillebror lekte oberörd av att mamma både hade kommit och gått. Jag gick till skrivbordet och satte mig på stolen. I ritboken ritade jag en flicka med tjocka hårflätor, sådana som jag ville ha, inte de tunna testarna som hängde på huvudet. Bredvid flickan ritade jag en lillebror. Vid sidan om barnen en mamma och en pappa. De fick munnar som var streck, inte böjda uppåt. Arne sa plötsligt att han var hungrig. Jag suckade, mamma var inte glad när vi letade i kylskåpet eftersom det hände saker då. Jag sa till Arne att mamma skulle komma hem snart och att vi kunde leka något. Arne blev glad, han älskade att leka med mig.

"Vi kan leka grotta", föreslog jag.

Det ville Arne och han sprang fram till lekkistan och drog ut ett täcke. Jag klättrade upp till min säng och Arne lyfte upp täcket till mig. Jag tryckte ned täcket under madrassens långsida. Arne hämtade en handduk och den satte jag fast med klädnypor på kortsidan i lakanet. Nu var grottan klar och vi kröp in i det halvmörka. Vi viskade, men efter ett tag var det tråkigt och vi kom inte på vad vi skulle göra mer i grottan.

"Jag är hungrig", gnällde Arne.

"Måste du ha mat nu när mamma är borta?"

"Jag vill ha smörgås."

Arne hoppade ut från grottan. Bestämda steg tonade bort. Jag lyfte undan täcket och förstod att han var på väg till köket. Det här skulle inte bli bra. Då måste jag hjälpa honom, jag var mycket bättre på att göra smörgås. Dessutom måste det se fint ut efteråt, så att mamma inte skulle kunna se vad vi hade gjort.

När jag ändå gjorde smörgås till Arne så tog jag en själv också. Vi bar varsin smörgås och glas med mjölk till köksbordet och åt sedan i tysthet. Det här gick ju bra, tänkte jag. Vi gick sedan tillbaka till rummet. Jag satte mig vid skrivbordet, tog fram ritboken och fyllde färg i en bild med ekorrar. Arne satte sig med bilar mitt i tågbanan och lastade på bilarna.

Ytterdörren smällde till och jag undrade om det var mamma eller pappa som kom hem. Jag väntade andlöst på nästa ljud och det lät inte bra. Arne tittade på mig med en orolig blick och tittade ned. Mamma ropade och jag skyndade mig ner. Trots att jag hade försökt att vara ordentlig och ta bort efter oss, såg mamma att det var mjölk på golvet. Mamma som borde ha varit som vanligt igen, en glad mamma, halvsatt på golvet och torkade upp med trasan. Bredvid stod två fulla matkassar. Mamma lyfte blicken mot mig, suckade och skakade på huvudet.

"Jag är trött, så trött. Måste ni söla när jag är borta? Jag har det tillräckligt jobbigt ändå."

Jag sprang upp, skämdes och tyckte synd om mamma.

En stund senare låg jag i sängen med täcket över huvudet. Jag tittade i en bilderbok och förde ett finger över orden under varje bild. Återigen kom tankarna tillbaka på pappa. Varför var han borta mycket, tyckte han inte om henne och Arne mer? Varför var mamma trött? Vad det Arne och hon som gjorde mamma trött och ledsen?

KAPITEL 12

Rebecka halvlåg i soffan med laptoppen i knät, kastade ett öga på tv:n som var på med svagt ljud. Hon lyfte på locket, tryckte i gång datorn och väntade. Under tiden sträckte hon sig efter tekoppen och tog en första klunk av det heta teet.

Hon tänkte på det som kvinnan, liten och späd med ett docklikt ansikte, hade berättat. Först tvekande, med ord som sökte sig fram, för att därefter flyta som en jämn, lugn ström. Rebecka upptäckte att hon efterhand blev fängslad av berättelsen och nyfikenheten tog tag i henne. Det blev svårt att skriva när hon ville stanna upp och fråga, men samtidigt ville hon inte hindra det jämna berättandet. Det fanns ingen möjlighet att hinna göra någon språkbehandling under tiden. Agneta hade knappast tittat på henne, det var ovanligt och nära på obehagligt. Rebecka var van vid att alltid ha ögonkontakt med den hon intervjuade, men det fick hon inte med Agneta. Hon förstod inte varför, var det blyghet eller något annat?

Det fanns något i Agnetas berättelse som tog tag, fångade henne. En underton som gjorde att hon ryste i kroppen. Rysningarna kom också när hon låg bekvämt i sin soffa, med varmt te inom räckhåll, och tänkte på berättelsen.

Rebecka tittade på mobilen som låg på bordet bredvid och noterade att hon hade en timme på sig att gå igenom det skrivna och bearbeta det. På kvällen hade hennes mamma och pappa bjudit hem henne på middag, och hon hade motvilligt tackat ja. Deras omsorger och oro om hennes hälsa var tröttsam, även om hon förstod dem. Rebecka fortsatte med språkbehandlingen från den första träffen med Agneta.

Jag bodde i Linköping med mamma och pappa, storebror Mikael som var femton år och lillebror Arne, fyra år. Själv var jag sju år. Mikael hade en annan pappa än jag och Arne. Hans pappa fanns inte, i alla fall var det ingen som pratade om honom.

Bråken mellan mamman och pappan kom med jämna mellanrum och i perioderna mellan bråken fanns en isande tystnad av besvikelse och bitterhet. Mikael var jobbig under dessa perioder. Han kunde vara snäll men ofta var han riktigt dum, retades så att jag började gråta. En dag var han borta. Mamma och pappa sa att han hade rymt och fått ett arbete. De kände sig nog skamsna. Mikael hade kommit i kläm när de var upptagna med sitt ställningskrig. De hade inte sett hans behov och bråken hade nog varit bidragande till att han stack. Jag såg honom inte mer. Ibland kunde jag sakna honom, trots att han hade varit retsam och jobbig, men minnet av honom bleknade bort.

En dag när jag kom hem från skolan, var mamma i köket och det var fullt med kartonger runt henne. När jag kom in i köket hajade mamma till, hon hade inte hört att jag kom. Hennes ansikte var spänt och munnen hoppressad. Hon tittade allvarligt på mig och sa det oväntade:

"Vi ska flytta men pappa ska inte med. Vi ska flytta till Göteborg där jag har växt upp."

Jag stod orörlig och stel. Det var okänt och skrämmande det som mamma berättade. Med bitterhet i rösten berättade hon att pappan var oärlig och hade haft en annan kvinna. Det var bra att de äntligen skulle komma bort från honom. Hon vände sig om och packade vidare i kartongerna. Jag stod kvar och väntade, ville veta mer men vågade inte fråga. Mamma packade fort och kraftfullt, en del kökssaker slängde hon i kartongerna med en smäll. Jag gick upp till mitt rum. Hur skulle det bli med kompisarna? Var skulle pappa ta vägen?

I Göteborg började ett annat liv. Arne gick i lekskolan och jag i tvåan. Mamma, som tidigare varit hemmafru som många var i slutet av sextiotalet, började arbeta. Arne och jag blev nyckelbarn, vi fick varsin nyckel i en kedja runt halsen. Vi fick fixa mellanmål själva innan mamma kom hem från arbetet vid sextiden på kvällen. Då var hon trött men ställde sig ändå direkt och lagade middag. Hon klagade ofta på den *höga takten vid bandet på Volvo. Pappa ringde någon gång men oftast innan mamma kom hem. Vi frågade när pappa skulle komma. Snart, sa han varje gång eller till sommaren, men när sommaren kom så kom han inte. Jag saknade hans lukt och hans händer som klappade mig på kinden. Arne och jag pratade inte om pappa, särskilt inte när mamma var hemma. Hon klagade på att underhållet var försenat eller ibland inte kom alls. Hon sa också att pappa hade förstört hennes liv, lurat henne och varit otrogen. Jag tyckte synd om mamma, som var trött av arbetet och av att ha oss att ta hand om.*

Jag minns helger när mamma hade legat länge i sängen och vi var tysta för att inte störa. Först på kvällen kom hon upp och lagade mat. Andra helger var hon gladare. Då gick vi tillsammans på lördagen och handlade för att laga något gott till kvällen. Vi fick lördagspeng och kunde köpa en godispåse. Helgerna när mamma låg i sängen och inte kom upp på hela dagen, kom tätare. Arne och jag blev hänvisade till varandra när mammas sovhelger blev allt fler.

Sista sidan nu, konstaterade Rebecka, när hon gjorde korrigeringarna av texten. Rebecka smålog vid minnet från stadsbiblioteket. Hon, som hade tänkt hålla kontroll på tiden för att inte gå över, blev i stället uppslukad av berättelsen och ville veta mer. I stället var det Agneta som tittade på klockan och påpekade att hon var tvungen att gå. Hon hade fixerat Rebecka med blicken. Med en röst som knappt hördes sa hon:

"Borde jag ha tänkt på hur det var för Arne? Han sa inget."

Rebecka slog ihop laptoppen och suckade. Om en stund skulle hon åka hem till sin mamma och pappa, en vanlig familj. Det ovanliga var väl att deras dotter var en utbränd journalist med förlorade framtidsdrömmar och som de oroade sig för – allt för mycket.

KAPITEL 13

När kaféet öppnade kom en strid ström av gäster, både hemlösa och andra. Det regnade och blåste ute så det var väntat med anhopningen. Trots att de fick stå i kö för att få kaffe och smörgåsar var det ingen som beklagade sig. De var tacksamma för att få komma in, få något att äta och träffa andra. De satt vid borden, åt och småpratade. Stämningen var lugn som vanligt. Rebecka hade aldrig varit med om något bråk eller grums dem emellan. Hon kunde tänka sig att andra, vanliga människor trodde att det ofta var bråk, men så var det inte.

Rebecka var ute i lokalen för att servera kaffe till de som ville ha påfyllning. Vid det första bordet närmast utgången satt Micke, Pekka, Jojje och en till som hon inte visste namnet på. De var alkoholister. I kaféet satte sig oftast knarkarna för sig och alkoholisterna för sig, de umgicks inte så ofta med varandra. Det var lätt att se vem som tillhörde vilken grupp. Knarkarna hade ryckningar och var magra medan alkoholisterna kunde vara kraftiga och med ett annat utseende och beteende. Det fanns hemlösa som inte var missbrukare utan hade andra orsaker till hemlösheten. De verkade inte blanda sig med de andra grupperna. Att avgöra de hemlösas ålder var omöjligt. Rebecka hade lärt sig att de såg mycket äldre ut än de var. Livet som hemlös slet på hälsan. Hon förundrades över att de klarade minusgrader och blåst, särskilt de som var uteliggare och inte tog in på härbärgen. På något sätt överlevde de. Om inte den stränga kylan kom. Då fick de vandra runt på natten för att inte frysa ihjäl, men en del fick köldskador, andra dog. Livet som hemlös var hårt, en kamp för överlevnad och de kunde sällan slappna av.

Hon hörde hur de pratade om pengar. Micke berättade att han

hade fått ihop etthundrafemtio kronor under dagen. De verkade inte ta någon notis om att hon hörde dem prata.

"En bra dag, nu blir det cigg och öl ikväll", sa Micke med stolthet i rösten.

Rebecka gick vidare. Många av dem hade inget socialbidrag utan levde på vad de fick in på annat sätt. En del sålde Faktum, de hemlösas tidning, och fick in pengar den vägen. Några var sjukpensionärer och fick bidrag. Några tiggde, men de var inte så många. De flesta skämdes för att de var hemlösa. Rebecka förstod det nu, efter att ha arbetat på kaféet. Hon hade själv sett hur människor vände bort blicken när de såg hemlösa som satt på bänkar eller på öppna platser med sina väskor och påsar. Något hon hade lärt sig, både av Lise-Lott och av gästerna på kaféet, var att det som de flesta hemlösa saknade mest, var ett eget hem. Att kunna låsa om sig, att kunna sova ostört utan att behöva vara vaksamma över det lilla de ägde. Att slippa släpa med sig sina saker dagarna i ända och ständigt riskera att bli bestulen. Det var inte konstigt att de kände sig mindre värda än andra människor. De saknade ju både arbete och bostad, det som utgjorde det normala för en människa i samhället. Det blev som ett moment tjugotvå, inget jobb – ingen lägenhet, ingen lägenhet – inget jobb.

Lise-Lott stod vid disken och vinkade till henne att komma. Rebecka gick tillbaka med sin tomma kaffekanna och följde med till Lise-Lotts kontorsrum. Den här kvällen fanns det tillräckligt med volontärer och det var inga problem för Rebecka att gå ifrån en stund.

"Slå dig ner", sa Lise-Lott och log vänligt mot henne. "Nu är jag nyfiken, hur har det gått med Agneta och skrivandet? Ni skulle väl träffas igår?"

"Joo", sa Rebecka och drog på det.

Agneta ville säkert inte att hon pratade om det som Agneta berättat, även om Lise-Lott inte var vem som helst. Rebecka berättade att det var en fascinerande historia, mer än så sa hon inte. Lise-Lott frågade inte mer. Rebecka nämnde inget om de farhågor hon hade haft och inget om att hon hade ångrat hela upplägget. Hon sa att de skulle träffas igen om två veckor och fortsätta. Lise-Lott såg nöjd ut och nickade precis som om hon hade väntat sig svaret.

"Men, jag undrar", fortsatte Rebecka, "på vilket sätt har kaféet med det här att göra? Varför har Agneta tagit kontakt med dig?"

"Kontakten har gått via min kurskamrat. Agneta söker sin bror som kanske är hemlös, hur som helst så är han försvunnen för henne."

"Men det är ju polisen som letar upp försvunna personer, det är väl inget som vårt kafé har något med att göra?"

"Det är riktigt", höll Lise-Lott med om. "Det är bara när man tror att det är ett brott bakom försvinnandet som det är polisens arbete. Det är inte kriminellt att hålla sig undan, om det nu är det som har hänt."

"Hur vet Agneta att det *inte är* ett brott?"

"Du får fråga, jag har bara träffat henne en gång."

Senare på kvällen, när Rebecka satt i bussen och var trött efter ljuden från kaféet och alla gäster som kommit och gått, så kom hon att tänka på att hon inte hade frågat Lise-Lott vad den försvunne brodern hette. Strax därefter kände hon sig dum, hon hade ju skrivit namnet hur många gånger som helst, när Agneta berättade. Arne var ju Agnetas lillebror. Hon tänkte vidare på det som Agneta hade berättat och kom fram till att brodern måste ju också vara i femtioårsåldern nu. Tänk om han var en av dem som hon såg på kaféet? Hon skulle be Agneta visa kort på brodern. Vad hade hänt, varför hade han försvunnit?

Hon tittade ut genom det gråsmutsiga bussfönstret på den mörka natten, tankarna försvann efterhand och hon nickade till. Nästan direkt vaknade hon till och satte sig rakt upp. För att inte somna mer tog hon upp mobilen ur handväskan. Det hade kommit flera sms under kvällen. Ellen frågade hur det var med henne och ville att hon skulle höra av sig. Rebecka suckade så ljudligt att hon trodde att de andra i bussen skulle höra henne. Hon tittade sig försiktigt omkring på de fåtaliga som satt utspridda men ingen verkade notera henne. Det var så pass bullrigt i bussen att hennes suckar försvann i bruset. Om hon inte skärpte sig snart skulle hon nog riskera att förlora sina sista vänner. Alltför ofta hade hon tackat nej till kompisarnas förslag, sa att hon inte orkade eller inte hade någon lust, men det var ju sant. I morgon skulle hon ringa Ellen, men till dess måste hon känna efter om hon skulle orka hänga med på det som Ellen skulle föreslå.

KAPITEL 14

Agneta tog tag i den bruna, kraftiga dörren och märkte att hon verkligen fick ta i för att få upp den. Hur kunde de ha en sådan tung dörr i entrén till en restaurang? Eller var hon ovanligt svag? Hon tränade aldrig så hon blev väl svagare och svagare för varje år. I och med att hon rörde sig en hel del som sjuksköterska så tyckte hon inte att hon behövde träna. Hon hade provat löpning och cykling men det var tråkigt, för att inte tala om simning. Gym hade hon inte ens velat prova.

Garderoben var direkt vid entrén och där lämnade hon in kappan. Vakten tittade på henne med en uttryckslös blick och gav henne en plastbricka. Hon gick förbi baren och sökte med blicken efter Rebecka. Tydligen var hon först igen, unga människor kanske inte var så noga med att passa tiden?

Rebecka var ungefär tjugo år yngre och åldersskillnaden störde henne. Den fick henne att känna sig gammal, trots att Rebecka inte hade sagt något om hennes ålder. Det som hon mest gruvade sig nu för var *hur* Rebecka skulle reagera för det som skulle komma i berättandet. Det var en annan tid när allt det där hände och hon skulle behöva förklara.

Vid det här mötet skulle hon nog kunna vara mer avslappnad än vid det förra. Då, på stadsbibliotekets kafé, var hon stel och obekväm med att berätta för en okänd människa. Under berättandet hade hon känt av Rebeckas ökande intresse och fokusering. De smala, långa fingrarna som flög över tangenterna, den intensiva blicken som gled mellan det skrivna och på henne. Frågorna som fanns i Rebeckas ansikte och som hon ville ställa, men som hon verkade hålla inne av försiktighet, eller fanns det andra orsaker? Frågorna kom efter hand, lirkande, som om berättelsen behövde vissa förtydliganden. Berättelsen blev mer detaljerad än hon hade tänkt sig från början. När hon hade tittat på klockan på armen, fortsatte Rebecka att ställa frågor. Det skulle nog bli fler möten med den unga journalisten, trots det hon tänkte på stadsbiblioteket.

Hon slog sig ner vid ett tomt bord längst in i restaurangen. Det var inte mycket folk vid tretiden, mest pensionärer som tog en sen lunch. När servitrisen kom fram, förklarade Agneta att hon väntade på ... hon blev ställd. Inte kunde hon säga en väninna. Efter tvekan, blev det att hon "väntade på en person". Klockan hann bli 15.10 innan Rebecka dök upp, med andan i halsen och ursäktade sig. Hon drog en harang om vad som hade hänt. Agneta påpekade att hon skulle till arbetet efteråt och måste gå om en och en halv timma. Rebecka bet sig i läppen, tittade ner och såg skamsen ut. Agneta ångrade sin något kärva ton när hon såg reaktionen. Hon log i stället och försökte låta vänlig, inte ville hon att Rebecka skulle tycka att hon var stingslig och gnällig. De beställde maten direkt, tanken var att de skulle äta först och därefter arbeta. Agneta tog en stekt lax med mineralvatten och Rebecka biff à la Lindström med cola light.

"Jag ska också arbeta efteråt", sa Rebecka med en antydan till leende.

De hämtade sallad från buffébordet och hann äta upp den innan maten kom. De åt under tystnad. Agneta sneglade på Rebeckas cola light.

"De där lightdryckerna är jag tveksam till, man vet inte om socker-substitutet är farligt. Min son dricker sånt också, men jag är inte glad i det."

"Har du en son?" sa Rebecka förvånat, men insåg att det var mer självklart än att Agneta inte hade barn.

"Han är femton år, går sista året på högstadiet. Men vi är inte så lika." Agneta skrattade till. "Han är lång som sin far."

"Jag tror inte att det är farligt med lightdryckerna, då skulle de inte få säljas", svarade Rebecka tvärsäkert och stoppade in en bit av biffen med potatis i munnen.

Efter maten hämtade de kaffe. Rebecka sköt undan tallriken, ställde upp laptoppen och startade den. Agneta drack kaffe och åt kakan som hon inte hade kunnat motstå. Rebecka hade inte tagit någon och hade heller inget socker i kaffet. Agneta funderade om den gängliga Rebecka höll noga reda på kalorierna, men ville inte säga något mer efter sin kommentar om lightdrycken. Rebecka tittade upp från datorn och log och Agneta märkte att hon log tillbaka. Kändes fånigt, varför log de mot varandra?

"Innan vi börjar ... har du med ett foto på din bror?"

Rebecka hade sms:at Agneta för några dagar sedan och bett henne ta med ett foto.

"Jag har bara foton från när vi var barn och några enstaka från när vi var ungdomar. Jag har tyvärr inget foto efter det att Arne gick ut gymnasiet."

Agneta lyfte upp sin handväska och tog ut fotona.

"Jag har två bilder, den svartvita är från när vi var sex och tre år och bodde med mamma och pappa. Den i färg är ett skolfoto på Arne från gymnasiet."

Rebecka fick fotona i sin hand. Den första bilden visade Agneta som stod längst fram och en liten pojke snett bakom henne som kikade fram. Agneta såg kavat ut där hon stod bredbent medan Arne såg blyg ut, kanske var han rädd. Kläderna såg gammalmodiga ut. Agneta hade en klänning som var rak och Arne hade, trots att han var liten, en skjorta på sig och shorts med hängslen. Rebecka tittade på den andra bilden med en tonårig Arne. Han hade ett fint utseende med hög panna och rak näsa. Ögonen var mandelformade och allvarliga. Hade hon sett någon med det utseendet? Frågan var om det var möjligt att känna igen en person efter drygt trettio år.

"Vet du något om hur han ser ut idag?"

"Nej", sa Agneta och fick ett ledsamt drag. "Jag vet inte om jag skulle känna igen honom."

De var tysta. Så sorgligt, tänkte Rebecka. Hon försökte tänka sig in i om hon inte hade sett sin syster på trettio år – bara tanken var kuslig.

"Ska vi börja?" sa Rebecka.

Agneta nickade, tog en mun mineralvatten och ett andetag som kom djupt från magen.

"Kan du läsa upp det jag sa sist så kan jag fortsätta där."

Rebecka scrollade bakåt och läste upp de fem sista raderna med låg röst. Agneta lyssnade koncentrerat och tittade ner på bordet. Med fingret följde hon en trääder fram och tillbaka medan Rebecka läste.

KAPITEL 15

Mamma, Arne och jag flyttade till en större lägenhet, men vi kunde fortfarande gå kvar i våra gamla skolor. Jag var fjorton år och gick i högstadiet. Arne var elva år och gick i mellanstadiet. Jag gick ofta hem till kompisar efter skolan. Däremot tog jag inte alltid hem kompisar, eftersom jag inte visste hur mamma mådde. Arne hade en kompis som han lekte med, men han var ganska ofta själv och verkade trivas med det.

Mammas humör gick upp och ner. Hon hade perioder när hon kunde vara glad och verkade trivas med livet. Men hon hade också perioder när hon var deprimerad. Vi visste inte då att hon var deprimerad, vi såg bara att hon var dämpad och inte hade lust till något. Det var i sådana perioder jag inte ville ta med någon hem. Jag var uppmärksam på vilket sinnesläge hon hade för tillfället.

Vi var duktiga i skolan, särskilt Arne som knappt behövde göra några läxor. Han fattade och kom ihåg allt. Perioderna när mamma var deprimerad var jag och Arne ganska mycket själva. Jag fixade middag till oss för mamma orkade inte. Pappa pratade vi sällan om, han försvann tidigt från våra liv. Mamma pratade illa om honom och var bitter för hans otrohet. Så vi vande oss vid ett liv utan pappa. Hur Arne tog det vet jag inte, vi pratade inte med varandra om pappa. Det kändes fel med tanke på vad mamma sa om honom. Jag tror att jag fick en stor betydelse för min bror, mamma hade ju sina perioder och Arne fick ty sig till mig.

Rebecka avbröt Agneta.

"Gick inte din mamma till läkare när hon mådde dåligt?"

"Nej. Det tror jag inte. Man pratade inte om psykisk ohälsa eller depressioner på sextiotalet, det var skambelagt. Idag är det inget konstigt med att gå till en psykolog. Vi var barn och vi pratade inte med varandra om hur det var med mamma, det var bara naturligt för oss. Något vi vande oss vid."

Rebecka noterade att Agneta hade ändrat sin kroppshållning, från den avslappnade när de precis hade träffats, till att sitta spänd och rak.

Det var oktober och under flera veckor hade blåst och regn varit ihållande. Kvällarna blev mörkare och mörkare. Jag slutade skolan vid halvtre och stretade mig hemåt med tung skolväska. Arne skulle vara hos en kompis och äta middag. Mamma var på arbetet och jag skulle vara ensam några timmar innan mamma kom hem. Jag funderade på vad jag skulle göra för middag till mig och mamma. Mamma hade haft en svår period, men sedan några dagar tillbaka verkade hon må bättre. Jag tänkte överraska med middag när hon kom från arbetet. Jag låste upp dörren, slängde skolväskan på golvet, hängde upp min jacka och ställde skorna på skohyllan, men då – där fanns en annan lukt. Jag såg mig omkring. Något var fel. Jag frös, för jag var rädd. Jag gick till vardagsrummet, men såg inget. Jag fick en känsla av att jag inte var ensam och gick till köket och till de andra sovrummen. Det var bara badrummet kvar och jag behövde gå på toaletten. Dörren var öppen. Där såg jag mamma.

Agneta tystnade och tårar syntes i ögonen. Hon andades tungt och darrade till. Rebecka stannade upp, fingrarna var stilla. Hon sa inget, visste inte vad hon skulle säga, var förstummad. Agneta torkade bort tårarna från ögonen med ovansidan av handen och tog flera djupa andetag innan hon fortsatte.

Mamma låg i badkaret med blod omkring sig. Hon hade skurit sig i handlederna men det såg jag inte då, jag såg bara blodet och mamma som var avsvimmad. Jag skrek, sprang ut till hallen och visste inte vad jag skulle göra. Då såg jag telefonen, kastade mig på den och ringde 90 000 som var nödnumret på den tiden. Jag skrek i telefonen:
"Mamma är död, mamma är död, hon ligger i badkaret."
Jag skrek, till slut förstod jag att jag måste tala om adressen. Kvinnan

försökte lugna mig och jag pratade med henne ända till dess ambulansen kom. Jag åkte med mamma till sjukhuset, allt var som i en dimma.

Senare på kvällen, när jag satt på sjukhuset och väntade, då kom jag att tänka på Arne och att han skulle komma hem på kvällen. Jag gick bort till expeditionen och bad att få låna en telefon, det fanns inga mobiler då. Arne var hemma och undrade var vi var. Jag vågade inte säga något, utan sa att mamma och jag var i stan men att vi skulle komma om ett tag. Jag lade på innan Arne hann fråga något mer. Med tunga steg gick jag och satte mig på den hårda stolen i väntrummet, lutade huvudet i händerna och grät ljudlöst eftersom det satt andra människor runt om mig.

En hand lades på min axel. En stor man i vit rock stod bredvid mig, han hade en penna bakom örat, vilket såg konstigt ut. Jag följde med honom till ett rum, där han satte sig på en brits och jag på den enda stolen som fanns. Han betraktade mig bekymrat, sa att mamma hade klarat sig bra tack vare att hon hade skurit sig ytligt och blivit funnen snabbt. Därefter fick jag träffa mamma. Hon låg blek och matt i sängen, hon var ensam i rummet. Jag gick fram och föll i gråt.

Hon tittade på mig och sa med en svag röst: "Förlåt mig min flicka. Nu måste du vara stark, ta hand om Arne."

Därefter pratade jag med en sjuksyster och fick reda på att mamma skulle flyttas till annan avdelning. Hon tyckte att jag skulle åka hem, särskilt när hon hörde att Arne var ensam hemma.

Det var tungt att komma hem. Arne låg på sängen i sitt rum och läste. Hans ögon var oroliga och flackande när han tittade på mig. Han frågade varför det var blod i badkaret och var mamma var. Han tittade på mig med sina stora vackra uppspärrade blå ögon, han var chockad och grät. Jag satte mig på sängen nära honom, men lyckades dåligt med att trösta honom eftersom jag själv var ledsen.

Nästa dag var det skola, men ingen av oss gick dit. Vi ringde till våra skolor och sa att vi var sjuka. Mamma ringde några dagar senare till oss, då var hennes röst förändrad. Hon lät trött och inte riktigt närvarande. Hon sa att vi kunde komma och hälsa på henne. Hon var på ett mentalsjukhus, Lillhagen. För mig lät det förskräckligt, att mamma var på mentalsjukhus. Varför var hon där och när skulle hon komma hem?

Nästa dag gick vi till skolan men jag sa inte till någon om vad som hade hänt. Jag skyndade mig hem efter skolan för att finnas för Arne. Jag lovade honom att vi skulle hälsa på mamma men vi fick inte förrän på söndag. Jag tog med mig Arne och vi gick och handlade mat. Jag köpte lite extra gott så att det skulle kännas bättre för oss. Tyvärr tänkte jag inte på att pengarna var begränsade, hushållskassan som låg i plåtburken skulle snart ta slut.

"Men hur kom det sig att ingen tog om hand om er, du var fjorton och Arne elva?" sa Rebecka upprört.

"Det här var sextiotalet", förklarade Agneta stillsamt. "Att barn fick vara ensamma var inte lika konstigt då. Mamma skaffade hjälp men det var inte lätt i hennes tillstånd, hon blev ju drogad med både lugnande, ångestdämpande och antidepressiva medel. Jag och Arne höll tyst om det som hade hänt, vi skämdes. Idag är det helt annorlunda."

På söndagen hälsade vi på mamma. En vårdare i helvita kläder följde med oss till rummet och lämnade oss där. Jag hatade Lillhagen, lukten av något konstigt, de kala vita väggarna och stålsängen som mamma skulle ligga i. Allt var kallt, hårt och omänskligt. Mamma satt på en stol och tittade ut genom fönstret, armarna var bandagerade. Hon var orörlig och märkte inte att vi hade kommit. Håret var okammat och de nakna benen syntes under den vita rocken. Arne sa med en osäker röst "mamma" och då vände hon sig mot oss. Hon visade knappt någon reaktion, det var som om hon inte kände igen oss. Jag blev förskräckt och undrade vad de hade stoppat i henne. Vi fick prata med läkaren senare som sa att mamma hade fått medicin, hon behövde det och att hon snart skulle bli bättre. Nästa gång när vi kom skulle hon säkert känna igen oss. Han frågade om vi klarade oss, om pappa hjälpte oss. Jag svarade tyket, att vi klarade oss utmärkt och att pappa fanns hemma. Arne tittade förvånat på mig, men sa inget. Läkaren frågade inte mer. På vägen hem köpte jag choklad som vi åt på spårvagnen.

Arne var tyst, sluten och jag blev orolig för honom. Jag funderade på om vi skulle säga till någon att vi var ensamma. Jag funderade på Mikael, min halvbror, men hade inte sett och inte hört av honom sedan han rymde och det var fem, sex år sedan. Jag visste, eftersom mamma hade nämnt det, att Mikael bodde i Stockholm och arbetade på en verkstadsindustri. Mamma hade kontakt med Mikael, men det var inget som vi tänkte på. Hon pratade ibland om honom med oss. Men vad skulle Mikael kunna göra? Arne och jag skulle klara oss själva, jag var stor, fjorton år. Pappa ringde jag inte, jag hade inte haft någon kontakt med honom på många år och dessutom hade jag inte hans telefonnummer eller adress.

Ett problem visade sig ganska snart. De pengar som fanns i plåtburken tog slut och vi hade inga mer pengar förutom det som fanns i våra spargrisar. Jag hade ju trott att mamma skulle komma hem snart och att det skulle ordna sig.

Mamma kontaktade sin kusin Ann och hennes man Bertil och berättade sedan för mig i telefon att de skulle hjälpa oss, men hon ville inte säga hur. Dagen efter ringde det på vår dörr och de gick rakt in utan att vänta på att vi skulle släppa in dem. Jag gillade inte tanken på att någon skulle hjälpa oss. Jag var vuxen, det var bara pengar vi behövde. Jag hade taggarna ut mot allt och alla just då. Jag satt i vardagsrummet i fåtöljen med armen om Arne och stirrade stint på Ann och Bertil som satt i soffan och log osäkert. De försökte övertala oss om att vi skulle komma och bo hos dem till dess att mamma blev frisk.

”Aldrig”, sa jag upprört. ”Jag och Arne ska bo själva. Jag är fjorton år och kan ta hand om Arne.”

De fortsatte med att vi inte kunde bo själva men jag vägrade styvnackat och tänkte att mamma snart skulle komma hem. De gick med bekymrade miner och på vardagsrumsbordet låg sedlar som de hade lämnat kvar. Om jag hade vetat då vad som skulle hända, så hade jag hellre valt att bo hos dem.

Agneta tystnade och tittade på klockan.

”Jag måste åka till arbetet, tiden har bara sprungit i väg.”

Rebecka var tagen, den här berättelsen hade blivit något helt annat än hon hade kunnat föreställa sig. Hon ville höra mer, men hon skulle också till arbetet. Hon sparade det skrivna och stängde igen locket till laptoppen med en lätt smäll. När hon lyfte blicken var Agnetas granskande blick på henne.

"Du sa förra gången att du jobbar som volontär på de hemlösas kafé? Är det av idealistiska skäl? Jag menar ... att göra något gott?"

Rebecka hade ingen lust att prata om sin utbrändhet, det kändes futtigt i detta sammanhang, men hon hade fått frågan.

"Jag har varit sjukskriven en längre tid", sa Rebecka dröjande. "Utmattning, jag blev utbränd. Jag arbetstränar nu."

Agnetas ögonbryn höjdes, ögonen blev stora.

"Men ... du är så ung, utbränd?"

Rebecka förstod reaktionen, det var inte första gången som någon äldre blev förvånad. Det var ingen som visste hur jobbigt journalister hade det. Rebecka berättade kort om åren med vikariat, hetsen och stressen. Symptomen som kom smygande när hon närmade sig trettio år, sömnstörningar och hjärtklappning. Hon fick svårt att koncentrera sig och få klart artiklarna i tid, vilket stressade henne ytterligare. Året efter kulminerade sjukdomen, hon visste exakt på dagen när allt brast. Hon var trött efter ytterligare en sömnlös natt och hade läst om och om igen samma rad utan att förstå vad som stod där, trots att det var hennes egna ord. Tårarna välde fram, synen blev konstig, det var som om hon såg allt genom en tratt. Hjärtat slog extraslag och hon tänkte "nu dör jag". Det blev sjukskrivning på två månader med förlängning. Hon var extremt trött och orkade inte göra något. Minnet fungerade heller inte. Hennes mamma och pappa ville ta henne hem till sig men det hade varit lite som att ge upp, att bli barn igen hemma hos dem.

"Stackars dig", sa Agneta och skakade på huvudet. "Fruktansvärt att bli sjuk av arbetet och för att du är ambitiös."

"Ja", sa Rebecka, "jag tog inte hand om mig."

"Ska du tillbaka?"

"Jag vet inte, kanske inte till samma för då blir jag väl sjuk igen. Jag älskar mitt yrke och jag älskar att skriva, men blev sjuk av det."

Agneta tittade på henne med en fundersam min. Hon såg på klockan igen och bleknade.

"Jag måste rusa, jag är sen. Vi får höras per telefon om nästa gång."

Agneta skyndade sig till garderoben i entrén, fick sin kappa och halvsprang i väg. Rebecka tog långsamt på sig jackan, hon hade en halvtimme kvar till dess att hon skulle börja arbeta och det tog bara tio minuter till kaféet.

Hon tänkte på det som Agneta hade berättat. Så förfärligt att som barn behöva uppleva sin mamma deprimerad och som dessutom försökt ta livet av sig. Så lyckligt lottad hon själv var med sin trygga uppväxt. Hennes mamma och pappa hade alltid funnits där för henne och de hade inte haft några krav på henne och hennes syster. Ambitiös, det hade hon alltid varit med läxor och projektarbeten. Överarbetat, sa lärarna på högstadiet och gymnasiet. Men inte hade hon då blivit för stressad eller sjuk. Det var först som journalist som hennes ambitiösa driv hade varit till nackdel. Hon ville vara duktig och trots tidspress skapa utmärkta artiklar. Hon ville, som alla andra, bli fastanställd och slippa osäkerheten. Det som också fanns med i problembilden var att hon aldrig kände sig riktigt nöjd med det hon hade skrivit. Idag hade hon en annan insikt. Hon tittade på sina naglar. Nu var de fina, då var de nerbitna. Hon mådde mycket bättre nu, men frågan hängde i luften, när skulle hon bli helt bra och vad skulle hon göra i framtiden?

KAPITEL 16

Det var i slutet av mars och träden stod nakna och stela, ingen vind fick dem att röra sig. Motvilligt stod Rebecka utanför Skatåsanläggningen och tittade på det bruna trähuset som inte såg det minsta inbjudande ut. Strax skulle hon in och byta om, och då var möjligheten till återvändo borta. Ett svagt obehag spred sig inom henne. Hon huttrade, trots att det inte var särskilt kallt och trots att det inte fanns någon vind. Det var bara Karolina som var nöjd med att äntligen få med Rebecka på den gemensamma sportaktiviteten. Hon hade belåtet påpekat att väderförhållandena var utmärkta för en löpning. Karolina upptäckte, väl framme vid entrédörren, att hon hade glömt löparskorna som hade legat i en påse för sig. Nu stod Rebecka och väntade på att Karolina skulle komma tillbaka från bilen.

Svettiga, löparklädda människor gick andfådda in genom dörren och kom ut nyduschade, rosiga om kinderna och belåtna med sig själva. Rebecka kände sig felplacerad i denna miljö. Karolina, lång och smärt, kom halvspringande med skoväskan i ena handen, glad och förväntansfull. Rebeckas humör sjönk ytterligare. Karolina öppnade vant dörren till motionsanläggningen och letade samtidigt efter en snodd för att få det bångstyriga lockiga håret ihopsatt. Allt var Karolinas fel, tänkte Rebecka dystert. Hon hade tjatat länge om att Rebecka borde följa med till Skatås, att det var bra att komma i gång med träning, bra mot depressioner och utmattningssyndrom. Till slut hade Rebecka med tveksamhet gått med på att prova en löptur. Karolina var en van löpare och gick dessutom på gym emellanåt. Rebecka hade aldrig gillat att springa. I skolan hade löpturerna varit pest och sedan dess hade hon inte sprungit mer än till bussen.

De gick till receptionen och Rebecka betalade avgift för en gång. Karolina hade kort och drog vant kortet mot automaten på väggen. Karolina var nog den enda person som klarade av att övertala henne till en sportaktivitet. De hade känt varandra sedan de var små och hade lyckats behålla vänskapen trots att de numera levde olika liv. Karolina hade man, två små barn och arbetade som lärare.

De bytte snabbt om. Karolina tog på sig svarta långa löpartights och en löparjacka över en klatschig funktionströja. Hon tittade kritiskt på Rebeckas enkla löparklädsel som bestod av en t-shirt i bomull och ett par grå mysbyxor, men sa inget. Karolina skakade på huvudet åt Rebeckas minst tio år gamla löparskor. Karolina köpte nya varje år. Rebeckas mage gurglade oroväckande inför den kommande löpningen tillsammans med en vältränad Karolina med långa, smala ben.

"Vi kan inte springa ihop. Jag har inte sprungit sen gymnasiet."

"Ingen fara, det är den kortaste banan. Vi börjar långsamt tillsammans", lugnade Karolina henne. "Sedan springer jag samma sträcka en gång till, ensam och lite fortare."

Karolina tittade skuldmedvetet på Rebecka och förklarade.

"Jag måste passa på att springa när jag får möjlighet. När Håkan är borta i flera dagar är det svårt att komma i väg och träna."

"Helt okej för mig", sa Rebecka, "men kan du inte springa själv från början?"

Hon förstod inte varför de tvunget måste springa ihop när de var på helt olika nivåer. Karolina gav sig inte.

"Jag springer gärna lugnt i början, jag behöver ändå värma upp."

De började springa, men det dröjde inte länge förrän Rebecka flåsade tungt och ansträngt. Skylten om en kilometer kom och då kände Rebecka mest för att gå, det var *för* jobbigt. Hon väste till Karolina som med bara lätt andning pushade henne att kämpa lite till. Det gick bara några hundra meter till, sedan var Rebecka tvungen att stanna och luta sig ned, helt utmattad med blodsmak i munnen och illamående. Hjärtat dunkade så våldsamt att hon blev orolig. Hade hon tagit i för mycket? När Rebecka orkade lyfta huvudet såg hon rakt in i Karolinas skuldmedvetna ögon.

"Vi sprang nog för fort ändå", erkände Karolina. "Jag trodde att det var tillräckligt långsamt. Hur mår du?"

"Jag måste gå, jag har inte sprungit sen gymnasiet. Kan inte du springa själv och så går jag sista biten."

"Hittar du då?"

"Ja, det är markerat", sa Rebecka irriterat.

Karolinas långa flyende gestalt försvann bakom kröken och lugnet infann sig, det var skönt att gå själv. Att springa, det var inget för henne. Framför allt var det vansinnigt tråkigt. Hon promenerade och tittade nyfiket på de hon mötte. Inte alla sprang, utan några gick med hundar, andra tog sig runt med stavar och en rask promenad. Hon tog djupa andetag och kände hur skönt det var att andas den kalla friska skogsluften. Det var länge sedan som det blev en skogspromenad. Framme vid målet insåg hon att träden, skogen och allt det som skulle bli grönt om någon månad hade fått henne att känna sig lugn och tillfreds, det var som rehabilitering för själen. Det var något att fortsätta med, det fick vara slut med att bara promenera till och från kaféet eller till busstationen. Något mer hetsigt löpande, som tog livet ur henne, skulle det däremot inte bli.

Efter duschningen satte de sig för att fika i motionsanläggningens kafeteria. De tog varsin kopp te och smörgås och satte sig längst bort i rummet där sofforna fanns. Efter en stund tog Karolina upp sin mobil och visade stolt bilderna på sina barn. Rebecka hade inte sett dem på länge. Så stora de hade blivit, sju och fem år. Det hade funnits möjligheter att träffas, men hon hade sagt nej. Skyllde på att hon inte hann för arbetet och efter att hon blev sjuk – att hon inte klarade ansträngningar. Den verkliga anledningen var att hon inte ville se Karolinas perfekta liv. Ett traditionellt familjeliv i villa och med bil, i stark kontrast till Rebeckas liv – ingen kille, inga barn, i en liten lägenhet och utbränd. Skammen gnagde ändå i henne, över att hon inte var intresserad av sin kompis liv. Karolina, däremot försökte hålla kontakten genom att ta Rebecka med sig på olika aktiviteter. För varje år som gick växte klyftan mellan dem och Rebecka insåg att om hon inte tog tag i situationen skulle klyftan bli avgrundsdjup. Karolina var stolt när hon visade den ena bilden efter den andra på barnen i olika situationer. Till slut tröttnade Rebecka, alla bilderna var nästan likadana och hon kvävde en gäspning. Karolina såg hastigt upp, trots att Rebecka hade försökt dölja den.

"Du tycker att det är tråkigt?" sa Karolina besviket och stängde av mobilen.

"Nej, det är bara det att jag är hemskt trött, jag klarade inte löpningen", ljög Rebecka.

Karolina såg misstroget på henne.

"Jag är övertygad om att du skulle må bättre och framför allt orka mer, vara piggare, om du motionerade. Du måste inte springa. Hitta något som du trivs med, bara du rör på dig."

"Jag ska fundera", svarade Rebecka kort.

Motion hade hon ingen lust att diskutera med en inbiten träningssnarkoman. Skulle Karolina tycka att promenader i skogen var tillräckligt?

En timme senare var hon hemma. Trots fikan i motionsanläggningen hade hon blivit hungrig. Hon tog med sig smörgåsar och en tekopp, satte sig framför tv:n i det kombinerade sov- och vardagsrummet och lyssnade med ett halvt öra på nyheterna medan tankarna malde. Hon hade ringt Agneta flera gånger men inte lyckats nå henne. Antingen jobbade Agneta eller så jobbade hon själv. Hon ville genomföra uppdraget och få reda på mer om vad som hade hänt Agneta och Arne. Agnetas historia fängslade henne, inte för att hon berättade på ett intressant sätt, det var snarare lågmält och försiktigt. Men Agneta, till det yttre oansenlig, berättade om ett annat liv, helt främmande från hennes eget liv. Och detta med en röst som inte var upprörd utan sansad, oftast i alla fall. Det var tjugo år mellan dem, men Agnetas uppväxt var i ett annat Sverige.

Efter att nyheterna var slut gjorde hon ytterligare ett försök att nå Agneta. En ung mansröst svarade henne och fick henne att tro att hon hade ringt fel. Det var Agnetas son.

"Mamma har precis kommit hem från arbetet och är i duschen", sa han.

Rebecka bad honom att be Agneta ringa upp.

Hon fick inget samtal den kvällen. Rebecka blev orolig. Ville Agneta avbryta deras kontakt och inte fortsätta berätta? Kanske motsvarade Rebecka inte hennes förväntan som mottagare av berättelsen? Kvällen därpå ringde Agneta. Hon ursäktade sig med att sonen hade glömt att meddela henne om att Rebecka hade ringt.

Det var svårt att hitta ett nytt datum, men till slut enades de om en dag ett par veckor fram, i mitten av april. Agneta föreslog saluhallen, en trevlig miljö och där det fanns ett fik. Efter att de hade lagt på andades Rebecka lättad ut. Projektet med Agneta var som ett hemligt uppdrag som hon inte berättade för någon om, inte ens för sin mamma. Det var självklart att vårda förtroendet som hon hade fått och så skulle det vara även fortsättningsvis.

KAPITEL 17

Rebecka stod en lång stund och betraktade försäljningen i charkuteridisken i saluhallen. Hur skulle det vara att betjäna kunder med alla deras olika önskemål? Expediten var en medelålders kvinna med blont halvlångt hår som var slarvigt uppsatt. En lock hängde ner på ena sidan och hon verkade irriterad över locken. Med baksidan av den plasthandskbeklädda handen försökte hon hela tiden få den att ligga kvar bakom örat, men misslyckades. Expediten arbetade snabbt och vant och nästan med automatik. Nya kunder kom hela tiden och det såg inte ut att finnas möjlighet att ta rast på ett enkelt sätt. Det här jobbet hade hon inte klarat av i nuläget, även om hon mådde bättre.

Innan hon blev sjuk skulle hon ha rusat in i saluhallen, fram till disken, handlat – utan att ta in verkligheten runt sig. Tunnelseendet var konstant på. Tävlade med tiden men egentligen med sig själv. Numera tog hon det lugnt, levde mer i nuet. Det var stor skillnad mot förr när allt hade snurrat så fort. Rebecka gick vidare och tittade nyfiket i de olika diskarna, där ost, bröd, fisk, kött och alla möjliga delikatesser från världens alla hörn såldes.

Saluhallen byggdes på 1880-talet, en säregen byggnad och byggnadsminnesförklarad. Hon betraktade taket i saluhallen och fann att byggnaden liknade en tågcentral med den välvda höga mittendelen, kupoltaket. Ljusinsläpp från glaspartier fanns från ena långsidan och från vardera änden av byggnaden. De gamla innerväggarna var i trä och gulmålade. Att den vackra byggnaden var välbesökt av såväl turister som göteborgare var inte att undra på. Men det var bullrigt i saluhallen och miljön kunde knappast beskrivas som rogivande.

Trots att det var vardag och efter lunchtid var saluhallen välbesökt.

Rebecka tittade på klockan och insåg att det var dags att gå till fiket. Agneta stod utanför och fick syn på Rebecka innan Rebecka fick syn på henne. Agneta log och vinkade glatt. Rebecka förvånades över att hon själv blev riktigt glad och log tillbaka. Det var som om de var vänner, konstaterade Rebecka för sig själv, trots åldersskillnaden. Kaféet var halvfullt och de satte sig i avskildhet med ett tomt bord mellan sig. Närmast dem satt två äldre damer med stiliga dräkter och uppsatt hår. Rebecka tog vant upp laptoppen och placerade den försiktigt bredvid tekoppen.

"Hur är det med dig?" undrade Agneta. "Går det åt rätt håll? Jag menar med utbrändheten."

Rebecka smålog, det var omtänksamt. Agneta hade frågat innan de knappt hade hunnit växla några ord.

"Det gör det, men det är svårt att känna skillnad från en vecka till en annan."

"Hur fungerar det att jobba på kaféet, är inte det stressigt?" sa Agneta fundersamt.

"Det går inte att jämföra med att jobba på en tidning. Där är det stress och deadlines hela tiden. Jag kände mig tvungen att bevisa att jag var kompetent, jag ville få fast arbete. Cheferna har satt i system att använda vikarier."

"Det låter hänsynslöst", sa Agneta.

"Ja, det är det. Ska vi sätta i gång? Ska jag läsa det sista, så du kan fortsätta lättare?"

Rebecka ville inte prata om sin sjukdom. I jämförelse med det otroliga, som Agneta berättade, var hennes utmattning obetydlig i sammanhanget. Nu ville hon höra det som Agneta skulle berätta om. Agneta lyssnade andlöst när Rebecka, med lågmäld röst för att inte bordsgrannarna skulle höra, läste upp de sista raderna. Agneta fortsatte berättelsen direkt efter uppläsningen, som om hon var förberedd på det.

Det gick några dagar. En eftermiddag ringde det på dörren och livet blev aldrig detsamma mer. Där stod tre vuxna, två farbröder och en tant, och de tre gick rätt in till oss. De sa att vi måste följa med dem, att vi inte fick bo själva. Jag protesterade högljutt, sa att vi visst kunde bo själva även om jag innerst inne förstod att det inte gick, pengarna skulle snart ta slut. Tanten sa att de hade pratat med mamma och att det var bestämt. Men det var mammas kusin och hennes man som de haft kontakt med, det visste vi inte då. Mamma var för dålig för att orka ordna något. Vi fick snabbt packa varsin liten väska, de sa att det fanns kläder dit vi skulle. Jag frågade var vi skulle bo och tanten svarade kort, Vidkärrs barnhem. Det sa mig inget, jag hade aldrig hört namnet. Farbrödernas roll vid hämtandet av oss, visade sig strax. En höll mig hårt och den andra höll min lillebror i armen. Det var som om vi hade gjort något kriminellt och behövde bli hämtade av polisen. Arne snyftade och jag blev arg. Jag stirrade ilsket på de tre vuxna, men ingen brydde sig.

Agneta tog en paus, bet sig i läppen och var tyst. Rebecka sa inget, väntade stilla med fingrarna beredda på tangentbordet.

När vi kom fram till barnhemmet blev jag rädd. Arne försökte fånga min hand, men farbröderna hindrade det. Vi gick igenom grindarna och såg sju stora hus utspridda. Två meter höga stängsel med taggtråd omgärdade området. Det var som att komma till ett fängelse, med den skillnaden att här fanns det bara barn, från ett år och upp till sexton år.

En farbror drog i väg med Arne till ett hus och tanten och den andra farbrorn drog i väg mig till ett annat hus. Jag protesterade högljutt men utan resultat. Arne skrek och grät efter mig och jag skrek att jag ville vara med min lillebror. Jag försökte komma loss, men de slet i väg mig. Jag hörde min lillebrors tröstlösa gråt. Detta var början på helvetet för oss, att komma till Vidkärrs barnhem.

Jag blev omgående undersökt av en doktor och det var hemskt. Jag blev tvungen att ta av mig kläderna. Personalen tittade på och jag skämdes i min nakenhet. Jag vägdes och mättes och blev klämd på. Jag upprepade ilsket att jag ville till min bror och samtidigt var jag rädd. Vad skulle hända och hur länge skulle jag behöva vara där? Skulle jag inte få se min bror mer? Skulle jag inte få se mamma mer? Visste mamma om att vi inte fick vara tillsammans? Jag vägrade att gå därifrån om jag inte fick vara med min bror, jag var mycket upprörd. Det slutade med att de tvingade i mig något. Jag blev helt matt, kunde knappt prata och inte heller gå. Jag fördes till ett hus, till ett sovrum och somnade.

Jag bodde i ett rum med tre andra flickor. De var i ungefär samma ålder och hårda till sättet. Jag var rädd för dem och rädd att de skulle ta de få saker jag hade med mig. Det fanns ingen som var snäll där, sköterskorna var hårda och bistra. De vuxna visade varken medkänsla eller ömhet mot oss barn. De som busade, eller gjorde något som inte var tillåtet, fick straff. Antingen stryk eller så hamnade man i isoleringscell. De större kunde bli inspärrade i upp till sex dygn, helt ensamma. Även små barn blev inspärrade, till och med så små som fyraåringar. Om något barn var för bråkigt blev det lugnande medel. Jag passade mig noga, det räckte med det jag fick första dagen. Det hände så mycket jobbigt, du anar inte. Hemska minnen, jag orkar inte prata om det.

Agneta tystnade, läpparna var hoppressade. Hon satt stel med händerna ihop och fingrarna hårt sammanflätade.

Jag kände mig ensam och kränkt. På kvällarna när det var släckt i sovrummet, rann mina tårar tyst. Det var en hård stämning, även bland barnen. Var man en lipsill så fick man höra det. Inte konstigt att barnen blev elaka med tanke på hur personalen behandlade oss.

Varje kväll tänkte jag på Arne, längtade efter honom och mamma. Jag var rädd för att aldrig få komma hem, att bli tvungen att vara kvar där tills jag blev stor. På gården såg jag Arne, ensam och liten. Jag gick fram till honom och frågade hur det var. Han sa inget, bet ihop och tittade sig rädd omkring. Det dröjde aldrig länge förrän en vårdare kom och särade på oss. Jag förstår inte varför de gjorde det? Jag minns deras bistra miner och kalla stirrande ögon. Hur kunde de vara sådana mot barn? Jag begriper det inte än idag.

Agnetas ögon var tårade. Hon hade fått tag i servetten, snurrade den så den blev hårt ihoprullad. Rebecka visste inte vad hon skulle säga. Detta hände innan hon föddes. Det lät overkligt och framför allt inte som det Sverige som hon var uppväxt i, där man tog hänsyn till barnen och deras bästa.

Efter ett antal veckor kom äntligen mamma på besök. Besöksdagarna var på helgen och Arne och jag grät och sa att vi ville hem. Vi vågade inte berätta om hur det var där, vårdarna stod ju med och hörde vad vi sa. Mamma var blek, log svagt och sa att hon precis hade kommit hem.

En vecka till behövde hon hemma innan hon kunde hämta oss. Vi blev överlyckliga. Den sista veckan klarade jag av att stå ut på barnhemmet, för då räknade jag ner, dag för dag, tills mamma skulle komma.

"Fruktansvärt att höra", sa Rebecka. "Hur orkade ni, hur klarade ni av detta?"

"Jag vet inte om vi *klarade oss*. Jag berättar nästa gång. Det är jobbigt att prata om, jag har inte berättat för någon annan."

Rebecka stirrade med stora ögon på Agneta. Var hon den första? Men vännerna? Agneta förstod hennes outtalade fråga.

"Jag har hållit det borta, velat glömma den mörkaste perioden i mitt liv. Jag har skämts över det som hände och att vi var på barnhem."

"Men det kunde ni inte hjälpa?"

"Jag vet, men det är pinsamt ändå ... det som hände mamma ... jag har inte orkat."

"Vad sa din mamma om barnhemmet?"

"Vi sa inget. Vi var försiktiga med mamma, ville inte utsätta henne för något som skulle göra henne ledsen eller dålig igen. Vi teg."

"Finns det kvar, Vidkärrs barnhem?"

"Det stängdes 1976, några år efter att vi kom därifrån. Det var Sveriges största barnhem och hade varit i gång sen trettiotalet. Jag undrar ibland hur många barn som plågats där och som mår dåligt idag. En del har fått ersättning av staten för det som de utsatts för, men inte alla."

Agneta vände sig om mot stolsryggen och drog fram jackan.

"Jag måste gå, ska vi bestämma nytt datum? Du måste inte fortsätta, jag har full förståelse om du tycker att det är jobbigt."

"Jag vill absolut", svarade Rebecka med betoning på varje ord.

Det var snarare så att Rebecka var orolig för att Agneta inte skulle orka berätta. Det var otänkbart att sluta mitt uppe i berättelsen. Uppdraget med skrivandet var inte längre ett arbete, utan som en spännande serie eller ett drama. Det var som att se en film spelas upp inom sig.

Agneta föreslog att de skulle träffas vid Fiskekyrkan. Rebecka höjde ögonbrynen.

"Där är så fint", förklarade Agneta. "Jag menar kanalen utanför och båtarna. Och det är trevligt i Fiskekyrkan, har du varit där?"

"Ja, men det var länge sen. Kan man sitta där någonstans? Jag behöver kunna ha datorn så jag kan skriva."

"Vi kan nog hitta ett ställe, det finns matställen inomhus. Om det är fint väder kan vi sitta ute, om det fungerar för dig förstås ... med skrivandet menar jag."

Rebecka drog en lättnadens suck, det fanns ingen tveksamhet från Agneta om att fortsätta. Agneta reste sig häftigt och försvann i väg. Rebecka såg länge efter den späda kvinnan. Ångrade det hon tänkt, om att Agneta skulle vara oansenlig. Hon stängde laptoppen. Det fanns fortfarande te kvar i koppen. Hon tog en klunk, grimaserade, det var kallt. Hon reste sig upp, lade ner datorn i axelremsväskan och gick ut från saluhallen med huvudet fullt av tankar om två ensamma barn.

KAPITEL 18

Anton drog i kavajen och försökte få den att kännas som de vanliga kläderna, men lyckades inte. Agneta höll sig allvarlig, men skrattet var nära. Anton vred och vände sig framför spegeln i provrummet, blicken var koncentrerad. Om två veckor skulle niornas bal vara och kostym skulle hyras. Om Agneta hade vetat att han inte skulle växa mer hade hon kunnat tänka sig att köpa en billig kostym. Anton var lång och gänglig och kunde inte fylla ut kostymen på bredden. Det såg dessutom roligt ut med de vita converseskorna som stack fram ur de vida mörka byxbenen.

"Du måste ha svarta skor på balen", sa Agneta.

"Aldrig i livet", sa Anton tvärsäkert. "Jag ska ha dom här!"

"Det ser inte bra ut. Du kan inte ha gympadojor till en fin kostym, det passar inte."

"Det skiter jag i. Jag ska ha mina converse, det är fräckt!"

Agneta suckade, när Anton hade bestämt sig för vad han skulle ha på sig, kunde inget ändra hans uppfattning. Varför var det viktigt med kostym om han ändå inte följde linan ut? Hon betraktade honom, försökte föreställa sig honom som vuxen man men det var svårt. Lika svårt var det att förstå att den långe killen framför henne, var den lille pojken som hade suttit i hennes knä.

När han inte var hos henne blev det tomt och hon längtade efter sin knappordiga tonåring, som inte behövde henne så som hon behövde honom. När han var liten, hände det ibland att han var lite småstrulig, men så här i efterhand var det inget att haka upp sig på. Två gånger, när han var sex år, hade han sprungit i väg från skolan och det hade bekymrat henne. Ibland önskade hon att Anton hade sluppit vara ett ensambarn, att det hade funnits fler att lägga omsorgerna på. Väninnorna med flera barn hade en större trygghet och tog inte incidenter så allvarligt som hon gjorde. När den tonårige Anton var tyken mot henne, blev hon ledsen. Väninnorna kände igen tonårsstrul och ryckte bara på axlarna, medan hon grubblade över vad hon hade gjort för fel. Hon var också mer orolig att det skulle hända honom något, hon hade ju bara ett barn.

Expediten lämnade en handskriven lapp till dem med besked om när de skulle hämta kostymen. Utanför affären skildes de åt, Anton skulle till ett internetkafé och Agneta tänkte promenera från Linnégatan över kanalen till Rosenlund och Fiskekyrkan. Det var en halvtimme kvar tills hon skulle träffa Rebecka. Hon vandrade lugnt i väg på Linnégatan.

Det var en ljummen majdag, strax under tjugo grader. I och med avsaknaden av vind, kunde hon avslappnat gå med jackan hängande över armen. Det var skönt att makligt ta sig ner mot Järntorget. Hon betraktade de grönskande träden längs gatan, de gav en känsla av ro mitt i den livliga miljön där bilar, cyklar, klingande spårvagnar och promenerande trängdes. Hon passerade inbjudande kaféer och restauranger med trevligt dukade bord och lockande menyer och tänkte med vemod på hur sällan hon var i väg på sådant.

På Järntorget var det som vanligt mycket folk, många njöt av en glass eller lapade sol med ansikten uppåtvända. Hon funderade en kort stund, men gick vidare. Hon visste hur törstig hon skulle bli efter en glass. När hon passerade kanalen kom den första vindpusten och lukten av vatten, sötvatten. Tänk att vatten kan lukta, vad är det i vattnet som gör det? På vänster sida reste sig det höga Rosenlundsverket med sitt torn, ett gammalt kraftvärmeverk som låg mitt inne i Göteborg. Vad eldade de med nuförtiden, verket låg ju mitt inne i stan? Hon passerade Esperantoplatsen, ett öppet område och ganska tomt på folk. Det var inget ställe hon normalt besökte, platsen var i utkanten av de mest centrala delarna av Göteborg. Hon följde Rosenlundsgatan och kom fram till en spetsig byggnad med gult tegel. Skylten "Feskekörka" satt ovanför den breda ingången. Namnet kom av att byggnaden liknade en kyrka men inuti var det försäljning av fisk och skaldjur. Så hade det varit sedan slutet av 1800-talet.

Vid bänkarna framför entrén satt folk utspridda. Hon var fortfarande för tidig, ungefär tjugo minuter. De borde ha bestämt om det var vid den västra ingången, där hon nu stod, eller den östra ingången som de skulle träffas. Byggnaden var inte lång, de skulle inte kunna missa varandra.

Hon gick stentrapporna ner till kanalen. Mittemot låg småbåtar förtöjda och hon undrade vilka de var som hade båtar centralt. Var det fritt fram för vem som helst att förtöja där eller måste man betala dyrt för en plats? En mås seglade sakta ner, lade sig bekvämt på vattnet och guppade med vågarna. Högt ovanför flög måsar lojt sökande efter möjligheter till godbitar, väl medvetna om allt gott som fanns både i byggnaden och utanför. Hon gick längs med kanalen och kom till andra sidan av byggnaden. Där, alldeles vid ingången nära restaurangens uteplats, stod Rebecka och talade i mobilen. Agneta ville inte gå fram utan väntade tills Rebecka var klar. Hon mindes då hon såg Rebecka för första gången på stadsbiblioteket, och hur hon då hade betraktat henne som alltför ung, oerfaren och omogen. Och rädslan hon kände för att öppna sig för en okänd människa.

Stackars flicka, tänkte hon, bara trettiotvå år och utbränd. Hur kunde det bli så? Precis i början av livet och yrkeslivet och så faller allt samman. Hon borde ha familj och barn, hon som var så vacker med fina blå ögon och det mörka håret som ramade in ansiktet. Trevlig, rar och duktig och det var det som var problemet, alltför ambitiös och drev sig själv för hårt.

När jag var ung, tänkte Agneta, var inte yrkeslivet så slitsamt som det är nu. När hon började som sjuksköterska fanns inte den stress som utvecklades senare, orsakat av nedskärningar, överbeläggningar och administration. Vi är ju bara människor, hur kan ett samhälle tillåta att ohälsan får öka så i arbetslivet? Skulle hon hålla till pensioneringen?

Rebecka stoppade ner mobilen i väskan och såg sig om. Hon fick syn på Agneta och vinkade glatt. Agneta gick fram till Rebecka och tog initiativet för första gången till en kram. Det kändes rätt den här gången. De hade träffats tre gånger tidigare, var nästan bekanta.

"Hur är det?" sa Agneta.

Rebecka tänkte att egentligen borde *hon* fråga Agneta om hur hon hade det, det var ju hon som hade varit med om traumatiska upplevelser. "Det är väl bra", sa Rebecka och drog på svaret. "Jag känner mig ganska bra nu", fortsatte hon eftertänksamt. "Det är väl snart dags att börja tänka över vad jag ska göra med mitt liv."

"Ska du inte fortsätta som journalist?" sa Agneta stillsamt.

Rebecka skakade på huvudet, tittade bort över kanalen och bet sig i läppen.

"Jag skulle bli sjuk igen om jag gick tillbaka till samma. Men nu ska vi inte prata om mig, nu är det fortsättningen på din berättelse som gäller. Jag har funderat ... vad har du tänkt göra med berättelsen?"

"Jag vet inte", svarade Agneta. "Det var min terapeut som föreslog att jag skulle skriva ... som ett sätt att bearbeta allt. Kanske till min son en dag, så han kan få en annan förståelse för mig."

"Hm ...", sa Rebecka tankfullt.

Hon beslöt sig för att släppa det – tills vidare.

"Kan vi inte sätta oss nere vid kanalen?" sa Agneta. "Det är så fint där – om det fungerar utan bord?"

"Det klarar jag. Jag kan sitta med datorn i knät, hemma gör jag ofta det. Skönt att sitta ute ... om vi bara klarar oss från måsskit", sa Rebecka skrattande och tittade upp mot himlen där måsar flög runt Fiskekyrkan i väntan på något gott.

De gick ner till kanalen. Agneta kontrollerade att trappstenen såg ren ut innan hon lade ut sin jacka som skydd att sitta på. Det fanns fullt av fläckar på stenbeläggningen som bekräftade att det var många måsar i området. Agneta noterade att Rebecka satte sig direkt på stentrappan utan att bry sig om hur det såg ut på trappstegen. Den här gången hade Agneta inga problem att berätta, hon var trygg och mindes var hon hade slutat senast.

KAPITEL 19

Tiden efter Vidkärr och mammas sjukhusvistelse blev annorlunda på flera sätt. Mamma var betydligt lugnare. Jag vet att hon åt tabletter, de låg på hennes nattduksbord. Hon var varken glad eller ledsen, hade ett ganska jämt humör. Jag undrade ibland vilken mamma som jag tyckte bäst om. Den gamla som var mer hetlevrad och visade känslor eller den nya lugna och nästan avtrubbade? Mamma började arbeta igen. Något hade hänt med Arne. Han som förut hade lekt med kompisar ville inte längre leka eller gå ut. Mamma försökte få honom att göra något, men så här i efterhand så tror jag att han inte ville lämna mamma. Kanske var han rädd för att det hemska skulle hända igen.

Jag började i gymnasiet och fick lägga en del tid på läxorna. Jag fick nya kompisar. Men det fanns en skillnad mellan mig och kompisarna. De bodde med sin mamma och pappa och syskon i hus, medan jag bodde med mamma och bror i lägenhet på tredje våningen. Jag skämdes. Det borde jag naturligtvis inte ha gjort, men det gjorde jag. Jag tyckte att det var pinsamt att ta med kompisar hem till oss. Hos mig fick vi trängas i mitt lilla rum med säng, skrivbord och liten bokhylla. I stället var jag oftast hos kompisarna som hade stora rum, allrum eller gillestuga och där vi kunde vara själva. För mig var det som om de var rika och lyckligt lottade, medan jag, Arne och mamma var fattiga.

Mamma mådde nog sådär. Jag tror att hon slutade med tabletterna, de fanns inte mer på nattduksbordet. Hon var inte längre lika avtrubbad. Humöret gick upp och ner men på det stora hela var det okej med henne. Vi var stora och klarade oss bra själva. Jag var sjutton år och Arne fjorton år. Nu höll sig Arne inte hemma lika mycket som han hade gjort de två första åren efter Vidkärrsperioden. I skolan gick det bra för Arne.

Han hade lätt för sig, fattade allt och hade ett bra minne. Lärarna sa till mamma att det skulle gå bra för Arne, jag vet det för mamma berättade stolt om det för mig. Jag var aldrig avundsjuk på honom, han var ju min lillebror. Arne och jag umgicks inte så mycket nu, jag var på väg in i vuxenlivet och han var som en liten grabb för mig.

Efter gymnasiet var jag klar över vad jag ville bli. Utan några influenser från någon annan, helt genom egna funderingar och bläddrande i yrkeskataloger, hade jag kommit fram till att jag ville bli sjuksköterska. Jag kunde ha sökt enbart till sjuksköterskeskolan i Göteborg, men jag sökte även till andra skolor för att vara säker på att jag skulle få en plats. Det var bra, för jag kom inte in i Göteborg. Däremot kom jag in på utbildningen i Värnamo som var en filial till Jönköpings sjuksköterskeskola. Det kändes bra, även om det innebar att jag skulle flytta hemifrån, men det var nog dags för det i vilket fall som helst. Bostad ordnades lätt eftersom det fanns lägenheter som hörde till sjukhuset och som låg i närheten. Lägenheterna bestod av ett rum och badrum, köket var gemensamt med de andra lägenheterna.

Fördelen med ett litet sjukhus som det i Värnamo, där jag också gjorde min praktik, var att avdelningarna inte var så specialiserade som de är på ett stort sjukhus. Jag fick alltså se olika sjukdomar och behandlingar. Det var intressanta och roliga år i Värnamo. Jag lärde känna nya människor. Vi elever kom från olika ställen och blev därigenom hänvisade till varandra. Mamma och Arne kom och hälsade på ibland, men oftast reste jag hem i stället.

Utbildningen var tvåårig på den tiden. Mitt första arbete var på Värnamo sjukhus, därefter blev det Sahlgrenska i Göteborg. De senaste åren har jag arbetat på Östra sjukhuset. Jag bor i Kålltorp, det är cykelavstånd till Östra även om jag oftast tar spårvagnen.

Jag hade inte så mycket kontakt med Arne under utbildningen och strax efter. Han utvecklades de sista två åren på gymnasiet, blev politiskt intresserad åt vänsterhållet, på gränsen till anarkist. Arne gick ut gymnasiet med toppbetyg och fick stipendium. Jag var övertygad om att han skulle läsa vidare på universitetet. Han, om någon, borde studera med den begåvning som han hade för teoretiska studier, men det blev arbete i stället. Studera, menade han, kunde man göra själv. Universitet var onödigt, kvävde de egna initiativen. Man skulle inte inordna sig samhällets sätt att utbilda folk. Jag tog inte så allvarligt på det han sa, många jobbade ett år innan de började studera. En del reste, tågluffade i Europa, det var populärt de åren. Arne började arbeta på Volvo, vid bandet. Mamma hjälpte honom, hon jobbade ju också på Volvo.

Jag var nu tjugotvå år och bodde i en tvåa i Guldheden. Jag levde mitt liv och tänkte inte så mycket på Arne. Jag var hemma hos mamma ibland, när jag hade tid. När jag inte jobbade gick jag ut med mina kompisar. Jag hade det ganska bra.

Så vitt vi vet gick det bra för Arne de första åren på Volvo, men mamma berättade om hur trött han var när han kom hem. Han började före klockan sju på morgonen. Någon morgonmänniska hade han aldrig varit, men han kom upp och skötte arbetet. På fritiden träffade han kompisar, skaffade sig körkort och köpte en bil. Jag minns hur stolt han var när han visade upp bilen för första gången. Han hämtade mig ibland när jag skulle hem på middag hos mamma.

Samhällets krav på de unga killarna var annorlunda på 1980-talet. Han fick, som alla killar på den tiden, inkallelse till värnplikten och i linje med sin politiska övertygelse så totalvägrade han. Han hade möjlighet att söka vapenfri tjänst, men ansåg att eftersom det också var inordnat under försvaret så var det inget alternativ. Han var pacifist, emot vapen och det militära. På den tiden fick man inte totalvägra. Han fick inkallelseorder som han vägrade att följa och blev kallad till polisen på förhör. Det blev en lång, seg process. Det slutade med att han fick straff för sin vägran. Ett års fängelse. Men innan det straffet skulle avtjänas hände annat.

Agneta tystnade, svalde flera gånger och ögonen blev blanka. Rebecka slog ner blicken, oron kom inför fortsättningen.

Något växte inom honom. Något i själen var inte som det skulle. Berodde det på att arbetet vid bandet på Volvo var själsdödande och monotont för en högintelligent kille? Var jargongen för tuff för en ung, känslig och intelligent kille? Var det processen med totalvägran som blev det ödesmättade slaget för honom?

Mamma började ringa mig oftare, hon var orolig. Jag lyssnade men tog det först inte så allvarligt, jag var ung och upptagen av mitt eget liv i likhet med andra unga människor. Det började med att han stängde in sig efter arbetet, hämtade mat från köket och gick in till sig själv och åt. Tidigare åt mamma och han tillsammans. Kanske inte så märkligt egentligen, han var ju vuxen även om han bara var nitton år, men han ville kanske ha ett eget liv. Det som också ändrades var att han inte gick ut längre på kvällarna, han var på sitt rum i stället. Han som tidigare hade varit med kompisar, slutade nu träffa dem och slutade att köra bilen. Kompisarna ringde efter honom men han ville inte träffa dem, sedan ville han inte ens komma till telefonen när de ringde. Han slutade tvätta sig och en dag gick han inte till arbetet mer. Det var då mamma blev rädd. Hon försökte få honom att berätta vad det var som tyngde honom. Han vägrade att prata. Hon fick stå framför en stängd och låst dörr och prata utan att han bemödade sig att svara. Han var uppe på nätterna och sov på dagarna. Mamma bad mig att prata med honom, men det gick inte bättre för mig, jag fick också stå med en dörr framför mina ögon. Situationen blev kaotisk, min lillebror ville inte längre tala med oss. Han förskansade sig i sitt rum, skötte inte sin hygien, inte sitt jobb, inte ens bilen som han hade varit så glad i.

Agneta skälvde till, stannade till i berättandet och såg ut över kanalen mot andra sidan. Där gick en mamma ut ur sin parkerade bil och släppte ut två barn från baksätet. Rebecka följde hennes blick och betraktade samma händelse. Hon tänkte på hur det hade varit om något liknande hade hänt hennes syster?

Det var i början av maj, som idag. Jag hade kommit hem eftersom mamma hade bett mig. Mamma ville inte vara hemma. Jag anser idag att det var fel av mamma att be mig som var ung att komma dit, jag var inte mamma till Arne. Jag skulle ha sagt nej.

Det var två stora kraftiga poliser som kom. De tvingade sig in till min brors rum, bröt sig in och formligen drog ut honom. De slet med sig honom, han fick nätt och jämnt på sig sina skor, jackan fick han inte med sig. Jag åkte med i bilen.

Arne och jag satt ensamma i ett rum, med glasväggar runt om, på akutintaget på Lillhagens sjukhus. Arne var chockad och jag var chockad och bedrövad. Arne vände sig mot mig, det var ovant att se hans ansikte igen, men jag glömmer det aldrig! Jag som bara hade stått med en dörr framför mig, inte fått något svar från honom, såg nu rakt in i hans skräck-slagna ögon. Han frågade mig: "Varför sa du inget, varför varnade du mig inte?" Den meningen finns för alltid i mitt minne som ingraverad i sten, det är den skulden som jag har fått bära.

Agneta böjde huvudet lågt och Rebecka hörde den mest stillsamma gråt hon någonsin hört. Själv hade hon en klump i halsen som bara växte. Hon visste inte vad hon skulle säga, men lade sin arm runt Agnetas späda kropp. Från denna stund fanns hos Rebecka en stor beundran för kvinnan bredvid henne och det som hon hade fått bära under alla år. Rebecka ryste till som om hon frös, trots att solen tittade fram stundtals mellan molnen och värmde. Laptoppen värmde också hennes lår, men den räckte inte för att värma upp en kropp som hade stelnat av det sagda. Ingen av dem sa något, tystnaden behövdes för eftertanken. Agneta tittade upp med tårfyllda ögon och kämpade sig till för att fortsätta.

KAPITEL 20

Varför sa jag inget till honom om att han skulle bli hämtad till Lillhagen? Så ofta jag har ställt mig själv den frågan. Var det av lojalitet mot mamma som var desperat? Eller trodde jag att det inte skulle spela någon roll om jag hade sagt något till Arne? Jag satt med min bror i en glasbur innan han skulle komma in på avdelningen. Jag minns inte allt vad vi pratade om, men jag vet att vi pratade om "varför". Där och då pratade min bror, vilket han inte hade gjort på länge. Han var inte längre personen bakom den stängda dörren som han hade varit i mer än ett halvår. Han var som han brukade vara. Jag mådde dåligt, skämdes och anklagelsen tyngde mig. Och vad jag har skämts sedan dess – men samtidigt – vad skulle mamma ha gjort? Vad skulle jag ha gjort?

På den tiden var Lillhagens sjukhus indelad i avdelningar med olika vårdinriktningar. Tyvärr hamnade min bror på en avdelning som enbart använde tung medicin. Hade han hamnat på en avdelning som behandlade patienter med samtal eller kognitiv behandling så hade allt varit mycket bättre. Jag tror, men jag vet inte, det kan ha varit så att min bror hade någon typ av depression, inte en psykisk störning. Att se sitt syskon fullständigt neddrogad, som jag fick, vill jag inte att någon annan ska behöva uppleva. Mamma blev chockad när hon fick se honom, det var inte detta som hon hade tänkt sig. Hon ville att han skulle få hjälp att komma ut från det tunga som var över honom. Inte att han skulle försvinna in i dimmornas värld, bort från livet. Arne fick psykofarmaka. På FASS läste vi om hans medicin "för patienter med ångest, paranoid vanföreställning, spänningar, oro, psykomotoriska störningar. Leder till dåsighet". Sjukdomsbeskrivningen kunde vi inte känna igen på Arne. Varför hade han fått denna medicin? Vi blev oroliga, men även oroliga för att han skulle bli skadad av det de tvingade i honom. Arne ville inte ta medicinen, han ville inte bli drogad. Han berättade om hur flera skötare hjälptes åt att tvinga i honom medicinen.

Veckorna gick och vi besökte honom så mycket vi hann. Samtidigt förstod vi alltmer att vården var fel och vi mådde dåligt av att se Arnes tillstånd. Arne var förtvivlad – när han inte var neddrogad vill säga. Han ville ut, ut till friheten och bort från maktmissbruket. Hans ögon glömmer jag aldrig, de uttryckte rädsla och att han ville få hjälp. Vi ville få ut honom, men det visade sig inte vara så lätt. När man väl var intagen så fanns det knappast några rättigheter, då var man i läkarnas och vårdarnas våld även om de kallade det vård. Avdelning tjugofem som han var på, med sin inriktning mot mediciner, visade sig ha sina egna regler. Dessa regler följdes av alla från vårdarna till avdelnings- föreståndaren till överläkaren.

Arne hade en förstaskötare som hette Hans, en mager man i fyrtio- årsåldern som avmätt svarade oss. Vi berättade rakt och ärligt att vi var missnöjda med vården och frågade efter hur man skulle göra för att få ut Arne. Hans skakade bara på huvudet, näsan ryckte som om han höll på att nysa och sa att vi var fel ute. Arne var för sjuk för att komma ut, han behövde vård. Han sa att vi förstörde för Arne genom att agera som vi gjorde och hänvisade till avdelningsföreståndaren och överläkaren.

Avdelningsföreståndaren, också en man i fyrtioårsåldern och med snedlugg och snus under överläppen, lyssnade på oss men sa samma sak som Hans. Nästa dag fick vi tag på överläkaren. Överläkaren var en kort man, lika kort som jag. Jag uppskattade hans ålder till runt sextioårs- åldern. Frisyren såg märklig ut, tills jag förstod att han försökte dölja en flint genom att lägga håret över de kala partierna. Han hade svarta, stora glasögon, som gav ansiktet ett hårt utseende. Hans ögon var vattniga med en grågrön färg och de såg inte vänliga ut. Han tittade inte direkt på oss utan bortanför, jag undrade varför. Han sa att det inte var att tänka på att Arne skulle komma ut på länge, han var sjuk och behövde medicin. Vi sa att vi ville få Arne flyttad till annan avdelning där man hade en annan inriktning med samtal och kognitiv terapi. Överläkarens blick stelnade till och han sa med hård röst att ett byte till annan avdelning var otänkbart, Arne behövde medicin. Då blev jag irriterad och frågade hur en neddrogad människa verkligen skulle kunna bli bra. Han tittade kallt på mig med de vattniga grågröna ögonen, det var som om han värderade mig. Sedan sa han hånfullt att medicinen var vetenskapligt utprovad och inget han ville diskutera med anhöriga. Han sa överlägset att han var expert inom psykiatri, något som anhöriga inte var. När han sa ordet "anhörig" lät det som ett skällsord. Mamma såg ledsen ut och jag såg att hon inte visste vad hon skulle säga. Jag var van vid sjukhus och överläkaren skrämde mig inte som han antagligen hade hoppats på. Han bad oss att gå, han skulle på ett viktigt möte, fortfarande utan att se oss i ögonen. Vi försökte få besked från honom om hur man skulle gå till väga för att få Arnes fall prövat. Han sa till oss en gång till att gå, han hade inte tid med oss längre och om vi inte gick skulle han kalla på vårdare. Vi gick, men ilskan växte inom mig. Mamma såg förstörd ut.

Vi kände oss hjälplösa. Vad var det för regler som styrde den psykiatriska vården? Vi visste inget om de intagnas rättigheter, om de hade några överhuvudtaget. Jag visste inte då att överläkarna konkurrerade med varandra om olika inriktningar på vården. Medicininriktningen med psykofarmaka mot inriktningen med kognitiv behandling och bara lite medicin. När vi bad att få byta vårdinriktning för Arne, förstod jag inte att vi kränkte överläkarens ego.

Jag kom hem bedrövad till min lägenhet i Guldheden. Jag var hungrig så jag värmde rester, tog en kopp te och satte mig i soffan. Jag var nedslagen och funderade. Varför fick han lugnande och psykofarmaka? Han var ju lugn, det var ju det som var problemet. Han orkade inte ta sig för något. Hur skulle de kunna observera honom och se vad som var felet när han var neddrogad? Alla dessa frågor tärde på mig och det var som en mardröm och värre skulle det bli.

KAPITEL 21

Några dagar senare pratade jag med Sara. Vi var inte kompisar, men hon fanns i bekantskapskretsen. Det fanns en anledning till att jag ringde henne och det var för att hennes sambo Lars var juridikstuderande. Jag berättade kort för Sara, men bad henne att inte berätta om det som hade hänt min bror för någon annan än sin kille.

På 1980-talet fanns inte datorer som nu och man kunde därmed inte söka information på samma smidiga sätt som idag. Jag ville få tillgång till bestämmelser om intagning. Några dagar senare fick jag med posten en kopia på lagstiftningen, SFS 1982:781, Lag om beredande av sluten psykiatriskvård i vissa fall.

Lars skrev att jag fick kontakta honom om jag hade frågor, men att han hade ett år kvar innan han var färdig jurist. Jag kastade mig över lagtexten och läste om vårdintyg och skäl för intagning. Jag insåg att vissa av punkterna för intagningsbehov stämde, som "till följd av sjukdomen är ur stånd att taga vård om sig själv" och även "till följd av sjukdomen har ett för närboende eller andra grovt stötande levnadssätt". Arne behövde hjälp, men en annan hjälp än den han fick.

Det som förvånade mig under den här dystra perioden var Arnes förändrade beteende. Han fick en kämpargnista som jag inte hade sett på länge, utom när han var neddrogad förstås. Han kämpade för sitt liv och fick en mening med livet som han tydligen behövde. Nu pratade Arne med mamma och mig och vi ifrågasatte behovet av intagning.

Jag läste vidare i lagtexten och kom till några rader som var betydelsefulla. Det fanns en utskrivningsnämnd som kunde besluta om en patient behövde vård eller inte. Jag satte fingret på raden och strök över med gul färgpenna. Det stod även att överläkaren skulle pröva om vård behövdes, snarast möjligt och senast den åttonde dagen efter dagen för intagning. Överläkaren skulle göra prövningen efter att ha undersökt patienten. I annat fall skulle överläkaren omedelbart skriva ut patienten.

Hur i hela fridens namn hade denna undersökning gått till då min bror var drogad de första två veckorna? Hur resonerade överläkaren? Jag kom att tänka på filmen Gökboet som handlade om en kille som spelar galen för att komma från fängelset till mentalsjukhuset. Det blev inte så bra. Det visar sig att hans friska idéer var tvärtemot vad som var acceptabelt, särskilt för sjuksystern som dikterade vården. Som den sjuksystern såg jag överläkaren, en omänsklig översittare med kalla ögon. En som inte tålde att någon sa emot eller ifrågasatte utan enbart hänvisade till sitt så kallade expertkunnande.

Nästa stycke i texten gladde mig. En patient kunde få "tillstånd att vistas på egen hand utom sjukhusområdet tillfälligt", om det inte medförde fara för annans personliga säkerhet eller hans eget liv. Överläkaren var den som fattade beslut om permission. Det här skulle jag undersöka.

En av de viktigaste paragraferna var nummer trettiosju, om att patienten skulle upplysas av överläkaren om sin rätt att få intagningen prövad av utskrivningsnämnden. Vidare att man fick "föra talan" om beslut som fattats med stöd av lagen och att man fick anlita ombud eller biträde, advokat. Man kunde även begära rättshjälp. Detta hade varken jag eller min bror fått information om. Slutligen stod det att lagen skulle finnas anslagen inom sjukhuset, väl synlig för patienterna. Den hade vi inte sett. Vi hade ju dessutom frågat efter hur man skulle få Arnes fall prövat. Varför hade varken överläkaren eller de andra i personalen sagt något om de möjligheter som fanns? Jag ringde mamma och berättade om permission och om utskrivningsnämnden. Nu var vi äntligen hoppfulla.

På arbetet var jag disträ. Det var tur att jag kunde arbetet väl och rutinerna som gällde, för mina tankar fanns ständigt hos Arne som vistades i den horribla miljön. Jag var orolig över vad de gjorde med honom och vad mer de kunde tänkas göra. Någon samtalsbehandling hade han fortfarande inte fått.

Jag jobbade oregelbundet, vilket gjorde det lätt för mig att komma under deras besökstider. Värre var det för mamma som hade fasta arbetstider, på den tiden fanns inte flextid. Två dagar senare var jag åter på besök hos min bror. Han hade fått något i sig. Ögonen var slöa och han rörde sig långsamt, men jag såg hur han kämpade för att orka och för att kunna diskutera med mig. Han sluddrade och det gjorde mig ledsen. Jag visade honom lagtexten och vi gick igenom den tillsammans. Då kom, som det hette då, förste skötaren Hans och frågade vad vi gjorde. Jag visade honom lagtexten och han mulnade till och försvann. Vi bestämde att jag skulle ansöka om permission för Arne och att han själv skulle anlita advokat. Det skulle finnas en lista över offentliga biträden på avdelningen.

Jag hade svårt att få en tid med överläkaren. Han var upptagen eller inbokad på möten hela tiden. Jag förstod att han undvek mig. Till slut, tre dagar senare, fick jag tio minuter med honom på hans kontorsrum, ett stort rum med ett fönster ut mot skogen bakom. Överläkaren satt tillbakalutad i en rejäl kontorsstol bakom ett skrivbord, fyllt med papper och pärmar, och bakom honom fanns fulla bokhyllor. Jag satt på en av två enkla stolar framför hans skrivbord. Stolarna var låga och jag var kort, resultatet blev att jag fick titta upp mot överläkaren trots att han var lika kort som jag. Det bekom mig inte, min avogsamhet mot den mannen var stark. Det märktes på honom, han blev störd av att se mig och röda fläckar blommande upp på halsen.

Jag hänvisade till lagen och sa att jag ville att min bror skulle få permission kommande helg. Överläkaren såg på mig med ogillande blick och tittade bort. När han pratade höll han blicken oftast på annat, ville inte se mig i ögonen. Jag var, som tur vad, van vid sjukhusmiljön och olika typer av läkare och hade inte den respekt som jag kan tänka mig att andra människor har mot läkare. Detta märkte väl överläkaren. Han visste inte att jag var sjuksköterska. Överläkaren sa att han var tveksam till att en permission skulle vara min bror "till gagn" men han skulle fundera över det och återkomma. Naturligtvis fick vi ett nej senare, inte av överläkaren men av avdelningsföreståndaren. Situationen var liknande det som utspelas i romanen "Processen" av Kafka. Du vet inte vad du har gjort och du kommer inte ut och inte ifrån deras makt. Och det var inte slut på problemen.

103

KAPITEL 22

Vårdarna tog lagtexten ifrån Arne. "Den var inte bra för honom" hävdade avdelningsföreståndaren. Jag blev arg och krävde tillbaka pappren och sa att jag skulle gå till massmedia och berätta hur de agerade. Vi fick tillbaka lagtexten nästa dag. Arne hade under tiden förgäves försökt få tag på listan över advokater. Återigen fick jag säga till på skarpen och visa pappret med paragraferna upp i ansiktet på avdelningsföreståndaren. Då tog han fram listan och gav till min bror.

Nästa dag lämnade min bror in ansökan om offentligt biträde till avdelningsföreståndaren, för vidarebefordran till överläkaren. Jag antecknade allt, vad vi gjorde och när och till vem. Jag kände på mig att en dag skulle mina anteckningar behövas. Det var klokt, för inget gick som vi hoppades på. Inte fick överläkaren ansökan. Jag ringde och kontrollerade. Ett antal gånger fick jag ringa avdelningsföreståndaren och påminna. Varken vårdarna, avdelningsföreståndaren eller överläkaren verkade vilja följa de regler som gällde utan de saboterade för oss hela tiden.

Nu blev vårdarnas beteende ändrat. Varje gång som jag eller mamma besökte Arne kom en vårdare och lyssnade på vad vi pratade om. Jag sa till dem att försvinna, men de sa att överläkaren hade sagt till dem att iaktta Arnes beteende vid kontakter med anhöriga. En av vårdarna försa sig genom att säga att överläkaren ansåg att det var en nackdel för Arne att ha kontakt med oss och att han övervägde besöksförbud.

Nästa steg stängdes telefonen av för Arne så vi kunde inte ringa honom och inte han till oss. Besökstiderna förkortades. Det stod att besökstiden var kl. 12-20, men redan 12.50 kom en vårdare in och sa att besökstiden var slut. En annan vårdare sa att vi bara fick vara där två timmar. Deras olika besked stämde inte med det som stod på dörren till avdelningen.

Vid ett annat av våra besök hos Arne kom avdelningsföreståndaren till rummet och avrådde oss från att kontakta advokat – det skulle inte vara bra för Arne. Vad det ett hot? Eller hur skulle vi uppfatta det? Jag och mamma skrev brev till Arne, men naturligtvis öppnade någon breven. Vid ett av våra besök hos Arne bestämdes det att vi skulle ut från avdelningen och tre vårdare kom och släpade bort Arne ur vår åsyn. Mamma grät men jag blev arg. Det som nu hände blev droppen för mig, det hade gått för långt. Vad var Lillhagen för horribelt ställe? Och vad var det för fel på överläkaren som inte kunde se oss i ögonen och som styrde med järnhand över vården på avdelning tjugofem?

Agneta tystnande och suckade. Händerna var hårt knäppta och hon satt stelt hopböjt. Rebecka tittade på henne med ängsliga ögon.

"Hur gick det då? Det är fruktansvärt, det är nästan så att det är svårt att tro att det är sant."

Agneta lyfte blicken och tittade med en outgrundlig blick på Rebecka.

"Det var en sann mardröm!"

Till slut lyckades vi få tag på en advokat som verkade intresserad av fallet. Min bror och advokaten skrev till utskrivningsnämnden och äntligen började det hända saker. Överläkaren kunde inte längre motarbeta oss, nu hade vi vår expert, en advokat. Jag vet att överläkaren tyckte ännu mer illa om mig. När vi möttes blev han högröd i ansiktet och röda fläckar syntes på halsen. Hans röst förändrades från en överlägsen ton till en mer ansträngd. Hans blick flackade mellan oss och väggen. Vårdarna slutade att förfölja oss, de avlyssnade inte längre våra samtal. Advokaten talade om för dem vad han skulle göra om de inte lämnade oss i fred. De slutade också att tvinga i Arne medicinen.

Äntligen kom dagen då det var dags för Arnes ärende i utskrivningsnämnden. Ledamöterna i nämnden satt på rad längst in i lokalen. Överläkaren satt på vänster sida tillsammans med avdelningsföreståndaren, på motsatta sidan satt advokaten och Arne. Jag och mamma satt på åhörarstolarna.

Det som hände i nämnden var obeskrivligt. Advokaten drog ärendet, och efter honom fick Arne hålla ett tal om sig själv, om samhället och om att få vara som man är. Utifrån det talet kunde man inte förstå att Arne för ett drygt halvår sedan hade låst in sig i sitt rum, vägrat prata och inte hade velat komma ut. Jag iakttog nämndens ledamöter som tittade med intresse på Arne. Jag förstår att de inte kunde låta bli att beundra den unga killen som talade så bra med en kämpaglöd. Jag var stolt över min bror och tittade på mamma i smyg och såg tårar av känslor. Utgången av nämndens möte var givet, beslutet blev att Arne skulle bli utsläppt. Överläkaren sa inget, men hans blick och spända anletsdrag avslöjade honom. Jag blev kall inombords när jag såg hans dryga blick. Han hade väl inte planer på att överklaga eller något annat djävulstyg? Jag insåg att jag borde vara försiktig, för Arnes skull. Efter detta som hänt, är jag numera avvaktande när det gäller män, korta som överläkaren och som inte kan se mig i ögonen.

Agneta tittade på armbandsklockan och vände sig mot Rebecka och sa att det fick räcka för denna gång. Nu hade hon pratat länge, en timma hade de avtalat om. Hon var trött och torr i munnen.

"Jag har vatten", svarade Rebecka och drog upp en flaska ur väskan och räckte till Agneta.

Agneta drack girigt och torkade sig med handflatan runt munnen.

"Jag märkte aldrig att vi gick så mycket över tiden", sa Rebecka. "Det var spännande och samtidigt otäckt. Skulle något sånt ha kunnat hända idag?"

"Jag tror inte det", sa Agneta eftertänksamt. "Inte på samma sätt. Idag finns tydligare rättssäkerhet. Men visst sker övergrepp idag. Jag får fortfarande rysningar när jag tänker på överläkaren. En sådan läkare har jag inte sett sedan dess och jag har ändå arbetat i många år på sjukhus. Till något annat – ska vi bestämma en ny träff? Du kan föreslå plats och dag."

Rebecka satt tyst, hamrade med fingrarna på datorns lock, lyste upp.

"Du kan väl komma hem till mig om två veckor? Vi kan ta te och macka och sen jobbar vi, vad tycker du?"

"Det låter trevligt."

Agneta ställde sig upp, hon var stel efter att ha suttit still länge. Baken var iskall, trots att hon hade suttit på jackan. Hon borstade av jackan, gav Rebecka en hastig kram och gick i väg. Rebecka tittade länge efter henne, till dess att den lilla späda gestalten försvann bakom hörnet på byggnaden. Hon tittade på laptoppen där dokumentet nu var sparat. I inboxen låg ett mejl från Karolina. Hon läste nyfiket och funderade. Gå ut till helgen med Karolina och hennes arbetskompisar? Kanske det, hon skulle fundera. För ett halvår sen hade det blivit ett nej direkt, men nu var det som om hon kände livsandarna återkomma. Livet började bli roligt och spännande igen. Var det arbetet med Agneta som skapade något inom henne? Hon stängde ner mejlprogrammet och slog ihop laptoppen. Datorn placerades i axelremsväskan och med den över axeln gick hon med lätta steg Rosenlundsgatan fram. Det var en timma kvar innan arbetet på kaféet började så hon hann gå i affärer på vägen dit. Det var två veckor kvar till nästa träff med Agneta. Det kändes alltför långt. Vad skulle Agneta då berätta om? Det här materialet som hon hade på sin laptop var värdefullt. Hon bestämde sig för att lägga en kopia av materialet på den externa hårddisken hemma. Det som gnagde i henne var användningen av materialet. Agneta hade inte sagt mer än att det skulle vara till sonen. Borde inte ett sådant unikt material få någon ytterligare användning? Hon försjönk i tankar, om frågan som behövde mogna.

KAPITEL 23

Rebecka fick en känslosam kram av Lise-Lott på kaféet. De stod stilla en stund innan de båda nästan samtidigt släppte greppet. Rebeckas ögon var tårade, avsked var sorgligt. De hade haft en timmes avslutningssamtal om hennes år i kaféet. De hade pratat om hur hennes hälsa hade blivit bättre, till och med mycket bättre de sista månaderna. Lise-Lott hade sett forskande på henne och frågat hur hennes planer såg ut framöver. Var hon tillräckligt återställd för att gå tillbaka till journalistyrket? Rebecka hade långsamt skakat på huvudet och förklarat att hon i alla fall aldrig mer skulle jobba på en tidning, det var hon helt klar över. Men att skriva, det ville hon fortsätta med på något sätt.

Med arbetsintyget i handen gick hon för sista gången de nötta trappstegen upp från kaféet. Hon vände sig om och tittade in i den tomma lokalen. Det var mitt på dagen och kaféet skulle öppna först till kvällen. Hon tänkte på stimmet när lokalen var full, alla slitna människor, var och en med sin historia. Lise-Lott hade försvunnit in på sitt kontorsrum. Hon skulle sakna Lise-Lott, denna kloka människa med sitt stora hjärta och varma och medkännande blick. Du måste komma och hälsa på oss, hade Lise-Lott sagt. Våra gäster kommer att fråga efter dig.

Så många historier bakom var och en, så olika öden. Kanske blev kunskapen om människorna en del av hennes läkning. Men det som hade påverkat henne mest av allt, var ändå Agneta och hennes berättelse. Rebecka insåg att barndomen och uppväxten hade gett henne en trygghet och det borde ha varit en bra grund för livet. Men hon hade drivit sig själv hårdare än någon annan skulle kunna göra. Så fel och under lång tid. Parodiskt att nästan ta död på sig själv. Nu hade hon bestämt sig. Hälsan gick före att prestera in absurdum. Hon hade också insett, men det hade tagit tid, att det inte var livsavgörande att arbeta som journalist på en tidning – det fanns alternativ.

På vägen hem passerade hon fiskaffären och kom hem med laxfjärilar i ett brunt papperspaket. I kylen låg redan en flaska vitt portugisiskt vin. Mamma skulle komma själv senare utan pappa, han var i London för arbetet. Rebecka hade avsiktligt inte frågat systern, ville vara själv med mamma. Hon ville ha det nära, djupa samtalet och inte prata politik eller samhällsfrågor som det annars skulle bli om systern och hennes pojkvän var med. De älskade hetsiga diskussioner. Mamma kom med blommor i ena handen och en kasse i andra handen. Hon sträckte fram båda samtidigt till Rebecka som skrattande tog emot.

"Är det mat igen? Mamma du är hopplös! Jag *har* råd att köpa mat."

"Det tror jag visst, men ditt kylskåp kan se ganska tomt ut."

Rebecka kikade ner i kassen och såg honungsmelon, älsklingschokladen, rökt lax, några dessertostar och massor av grönsaker.

"Jag äter grönsaker, det vet du. Men tack för allt gott och blommorna förstås."

"Det var ett tag sedan som jag besökte dig, eller rättare sagt *fick* besöka dig", sa mamma med en spefull min. "Och jag tänkte att vi skulle fira lite, att det har gått bra med arbetet på kaféet."

Rebecka fick en kram av sin mamma. De stod där lika långa och lika till utseendet, smala och blåögda, med samma bruna hår, men till egenskaperna olika. Mamma var lugn och tålmodig och hade aldrig bråttom, medan Rebecka var livlig, otålig och full av energi. Som tonåring var hon jobbig mot mamma, upplevde att mamma pressade henne i skolan. Egentligen hade det redan då handlat om att hon tvingade sig själv till att vara bäst på alla proven. Varifrån hade hennes prestationsångest kommit? Mamma log mot henne och skärskådade henne noggrant.

"Så smal du är, har du gått ner i vikt?"

"Men mamma du är lika smal själv, jag frågar inte dig om din vikt!"

Rebecka fick lägga band på sig, blev alltid irriterad när mamma pratade om hennes vikt. Men hon ville inte förstöra stämningen utan knep ihop läpparna.

Rebecka hämtade det vita vinet från kylskåpet och hällde upp i två vinglas.

"Så gott, lite vin till matlagningen", kommenterade mamma glatt, när hon fick glaset i handen.

De hjälptes åt att ordna middagen. Rebecka satte mamma i arbete att skära grönsaker till salladen. Själv placerade hon laxfjärilar i en glasform med ett täcke av ädelost, crème fraiche och kryddor och sköt in i ugnen. På spisen sjöd riset sakta. Det här var ett nytt recept som hon visste att mamma inte hade gjort tidigare, det hade hon luskat ut diskret när de hördes på mobilen några dagar tidigare.

Efter middagen satt de båda med varsin kaffekopp i soffan och småpratade. På vardagsrumsbordet stod en skål med chokladpralinerna hon hade fått. Rebecka märkte att nu var mamma inte så "mammig" längre utan satt avslappnat uppkrupen i soffan med vikta ben under sig, precis som Rebecka brukade göra. Nu var det precis så mysigt som hon ville ha det, att ha mamma för sig själv, utan de andra.

"Det syns på dig att du mår bättre nu än för ett år sen, du har en helt annan lyster i ansiktet. Eller vad tycker du själv?"

"Visst är det så, det har varit en lång process. Jobbet har varit bra för mig."

Rebecka hade fortfarande inte berättat varken för mamma eller för någon annan om extraarbetet med Agneta. Agneta hade märkligt nog aldrig sagt till henne om vad hon fick säga eller inte säga till andra. För Rebecka var det självklart att inte berätta vidare, det fanns ett outtalat förtroende dem emellan.

Det fanns en ytterligare anledning att inte avslöja berättelsen. Hennes känsla och intuition var att berättelsen hade en betydelse för läkningen av utmattningen och det ville hon inte diskutera med andra. Under arbetet med berättelsen hade hon successivt börjat må bättre, fått ett lugn inom sig och hon kände äntligen tillförsikt inför framtiden. Naturligtvis var skrivandet i sig bra, hon älskade att skriva och att få göra det utan press. Känslan av att låta fingrarna spela över bokstäverna som ett instrument var oemotståndlig, att behärska sitt instrument till fulländning. Tankarna svävade bort till Lise-Lott. Hon hade ett tänk som Rebecka till en början inte hade förstått, men börjat uppskatta alltmer. Mammas ansiktsuttryck växlade från det lättsamma till det bekymrade.

"Har du tänkt något på vad du ska göra nu när arbetet är slut?" undrade mamma försiktigt, medveten om att hon var ute på känsligt område.

Det var flera månader sedan som de hade berört ämnet och Rebecka hade mulnat direkt. Hon ville då inte fundera på framtiden, hade fräst ifrån. Mammas frågor fick henne att känna att det fanns krav, men så var det inte. Det var hon själv som lade kraven på sig, men skyllde på stackars mamma som bara ville veta och frågade snällt.

"Jag har sökt arbete", sa Rebecka snabbt och tystnade.

Mammas ögonbryn lyftes. Förväntan låg i luften och Rebecka dröjde avsiktligt.

"Inte på en tidning. Jag vill inte tillbaka, då blir jag sjuk igen."

"Men vad är det för typ av jobb som du sökt då? Något helt annat?"

"Inte helt. Jag har sökt som informatör."

"Informatör? Men då lämnar du väl journalistyrket?"

"Nej. Jag kommer fortfarande att skriva men nu är det information, internt och externt. Det är inte ett fast jobb utan ett föräldravik på ett och ett halvt år. Det känns bra. Jag ska på intervju på fredag förmiddag."

Mamma såg med ens tveksam ut.

"Mamma, det är inte samma! Det är inte en tidningsvärld."

"Jag vill så gärna att det ska bli bra för dig, du är duktig", sa mamma. "Du har haft otur med att arbeta under jobbiga förhållanden. Jag hoppas att du får tjänsten."

Informationsavdelningen bestod av en chef och tre medarbetare. Direkt kunde hon notera den familjära lugna stämningen. En personalansvarig och chefen för informationsavdelningen intervjuade henne. Två fackliga representanter var med men de hade varit ganska tysta, mest granskat henne nyfiket. Under intervjun hade chefen märkligt nog varit mer intresserad av hennes år på de hemlösas kafé, än av de arbeten som hon haft på olika tidningar. Det förvånade Rebecka att informationschefen knappt hade tittat på materialet som hon hade tagit med sig, artiklar och reportage som hon hade skrivit. De hade inte brytt sig om att hon hade varit utbränd, i stället hade informationschefen bara nickat kort och sagt att hon kände till hur det var. Hon hade själv jobbat på samma sätt tidigare, men hoppat av i tid. Chefens önskemål var att hon skulle börja direkt, helst veckan därpå. Och det var inga problem för Rebecka.

Nästa dag, strax efter lunchtid, ringde mobilen och Rebecka stelnade till. Kunde det vara ...? Efteråt när samtalet var avslutat höll hon andan i några sekunder men sedan kom glädjetjutet, rakt från hjärtat. Hon fick arbetet, helt otroligt, helt fantastiskt! Antagligen hade hon begärt för lite lön men hon hade inte vågat begära mer, ville så gärna ha arbetet. Att få en tjänst under så lång tid på samma ställe kändes bra, hon som var van vid sexmånaders- eller, i bästa fall, elvamånadersvikariat. Med så lång tid skulle hon kunna komma in i arbetet bättre, lära känna kollegor och kanske få en möjlighet till fast tjänst.

Det var befriande att slippa kontakta arbetsförmedlingen, söka mängder av arbete och gå på intervjuer som inte gav resultat. Tankarna gick till Agneta, skulle orken finnas för arbetet med berättelsen? Stressen var farlig, ett nytt arbete kunde vara pressande i sig och utlösa en ny reaktion. Men nu mådde hon bra, kände sig stark och sugen på att arbeta med skrivande och information. Det fanns inget val, hon måste fortsätta med Agneta. Få veta mer, det var som en spännande tv-serie som inte gick att avbryta.

Laptoppen låg uppslagen på skrivbordet och hon klickade fram berättelsen. När hon skrev hann hon inte med att redigera, rätta stavfel, syftningsfel eller ta bort de onödiga småorden, utfyllnadsuttrycken. Det var bättre att göra det hemma i lugn och ro. Det hade hon inte nämnt för Agneta, om extraarbetet hemma med rättningen, men än så länge hade hon tid. Med ens kom saknaden efter Lise-Lott och kaféet med de hemlösa. Att inte längre få följa de som hon hade lärt känna, männen och de få kvinnorna. Antagligen hände väl inget nytt – de letade sovplats, gick samma rundor på dagarna och ingen fick något boende. Det var rätt tröstlöst, även för personalen på kaféet som stod utanför och betraktade och som visste hur det borde vara. Rebecka började läsa och försvann in i en annan värld.

KAPITEL 24

Chefssjuksköterskan trummade med fingrarna på bordet, utan att själv märka det. Hon var i sextioårsåldern, en yppig kvinna med kort välklippt hår och mörklila glasögon. Under den vita rocken hade hon alltid en snygg blus och svarta byxor. Datorskärmen stod snett vinklad på skrivbordet, riktad åt Agnetas håll. Glasögonen hängde långt ner på nästippen när hon tittade över bågarna upp mot Agneta för att sammanfatta läget.

"Nu är det bara du kvar och …"

Så avbröt hon sig och tittade åter på skärmen och tillbaka på Agneta.

"Och Kerstin. Du har skrivit 'preliminärt' på semesterplaneringen, men vet du nu hur det blir?"

Agneta bytte tyngd på foten. Hon brukade inte vara sen men det hade varit rörigt att bestämma med Anton och hans pappa. Egentligen var det Anton som strulade, han ville bestämma med kompisar och det var datorspelande som hade hög prioritet.

"Ja. Det var osäkert när Anton skulle komma, men det blir som jag har skrivit upp."

"Bra", svarade chefen, "att jag slipper ändra."

Agneta gick ut från kontorsrummet och skyndade till avdelningen. De var kort om folk och det var stressigare än på länge. Varför kom det alltid in många patienter samtidigt? Det hade varit bättre om belastningen varit mer utspridd. Hon tänkte på sin kommande semester, inget var planerat ännu. Så många somrar hade passerat sedan skilsmässan och hon var fortfarande ensam. Det gick ganska bra, men just vid ledigheter kunde hon känna sig mer ensam än hon egentligen var. Sonen bodde två eller tre veckor hos henne på sommaren, beroende på hur hennes ex planerade semesterresor och vistelsen i sin sommarstuga. Hon hade varken sommarstuga eller pengar till utlandssemester. Vart tredje år, på sin höjd, kunde hon göra en längre resa med Anton. Vanligen hade hon en eller två veckor ensam på sommaren, utan sonen.

De första åren efter skilsmässan stod hon inte ut med att vara ensam på sommarveckorna utan åkte upp till Norge och jobbade några veckor som sjuksköterska. Det blev som en semestertripp, hon tjänade massor av pengar och kunde passa på att se sig om. Framför allt var hon inte ensam på dagarna, hade sina norska arbetskamrater och andra svenskar som hade gjort som hon. Nu åkte hon inte längre i väg för att jobba på semestern, hon hade vänner som också var ensamstående. De träffades eller gjorde någon kortare resa tillsammans. Bil hade hon inte, men körkort. Efter skilsmässan var planen att köpa sig en egen bil, men det blev inte så. Bil var dyrt och hon var inte särskilt praktisk när det gällde skötsel och underhåll. En period när Anton var liten, var hon med i en bilpool. Då fanns behovet att skjutsa honom till hans pappa eller till fotbollen. Nu behövdes inte bilen längre. Spårvagnen till Östra sjukhuset tog fem minuter och till stan tog det bara tio minuter. När Anton skulle bo hos sin pappa, var pappan snäll och hämtade Anton med väskor och dator. Dessutom tog sig Anton själv till kompisar och skola.

Arbetsdagen gick fort och när hon äntligen steg ut ur den stora entrédörren blev hon medveten om sin spända kropp och trycket i huvudet. Med ett djupt andetag fick hon ner axlarna. Idag hade det varit mer stressigt än vanligt och därmed fanns också oron att ha missat något eller att ha beräknat medicintilldelningen fel för någon patient. Hon gick den korta promenaden mot ändhållplatsen vid Östra sjukhuset och såg att ettans spårvagn redan stod inne. Det fanns tillräckligt med tid, fyra minuter, men hon ökade ändå på stegen och kom fram lätt andfådd.

Det var halvfullt i vagnen, troligen var det mest personal som var på väg hem efter arbetspasset. Hon sjönk trött ner på platsen närmast fönstret och tittade ut på den lilla gräsplanen med de enstaka träden, där spårvagnen vände runt. Majnatten var ljummen och hon längtade till att få komma ut ur spårvagnen, få känna dofterna från blommande buskar och träd. Hon gäspade utan att hålla handen för munnen. Det brukade hon normalt inte göra, men ingen såg henne där hon nu satt. Nästa dag hade hon sovmorgon, efter lunch skulle hon till Rebecka och därpå följde kvällsskiftet igen.

Föraren steg ombord för att påbörja körningen in mot stan. De sista som ville åka med slängde sig ombord, däribland en äldre man. Hon kände igen honom, såg honom ibland på spårvagnen men konstigt nog bara på tisdagskvällar. Han såg ut att vara lite äldre än henne men ålder var alltid svårt att avgöra. Han hade grått hår och var något korpulent men hans steg var ändå spänstiga och blicken varm och livlig. I handen fanns den sedvanliga svarta, stora väskan av hårdplast i ett konstigt format. Vad hade han i den? De hade aldrig hälsat på varandra, men denna gång möttes deras blickar och han nickade vänligt mot henne, igenkännande. Hon besvarade nicken, men tittade snabbt bort och ut genom fönstret. Hans ögon var bruna, samma färg som ekorren, tänkte hon. Bruna ögon gav ett ansikte en vackrare prägel, det hade hon alltid tyckt. Det var ingen slump att hennes ex var brunögd.

Spårvagnen började rasslande köra i väg. Till sin förvåning märkte hon att han slog sig ner bredvid henne. Varför det, tänkte hon. Det finns ju andra platser, till och med tomma rader. Hon skruvade på sig av ett svagt obehag. Efter en stund vann nyfikenheten. Hon vände huvudet för att se ut genom det andra fönstret och märkte att han tittade på henne i smyg. Hon intalade sig att det nog inte var något att oroa sig för. I värsta fall kunde det vara en patient som var missnöjd eller störd men den här mannen kände hon inte igen i alla fall.

"Arbetar du här på sjukhuset?" frågade han. "Jag har sett dig ofta vid den här tiden."

Hans plötsliga fråga chockerade henne nästan. Det var ytterst sällan som hon hade blivit tilltalad på spårvagnen på vägen hem från arbetet. Hur kom det sig att han hade sett henne ofta?

"Ja, det stämmer", svarade hon kort. Hon hade ingen närmare lust att beskriva vad hon arbetade med.

"Du med?" frågade Agneta, för att hindra en ny fråga om hennes arbete. Det var lättare att fråga än att besvara frågor.

"Jo, det har väl hänt, men normalt arbetar jag inte här. Jag är med i ett storband, sjukhusets, och vi tränar alltid på tisdagskvällarna."

"Jaha ... och vad spelar du?"

"Sax, tenorsaxofon, men bara som amatör. Jag spelade som grabb, sen höll jag upp i många år men nu har jag börjat igen. Det är roligt att spela och vi är ett härligt gäng gubbar som trivs bra ihop."

"Gubbar, inga kvinnor?"

"Nej. Det finns inte så många kvinnliga blåsare i min ålder men bland de unga så finns det kvinnor, det är på gång."

"Vad spelar ni för musik då?"

"Vi spelar storbandsmusik, allt möjligt, Duke Ellington, Glenn Miller, blues och modernt, top hits. Ibland har vi konserter, kanske fem till åtta gånger per år. Man kan boka oss, vi spelar till exempel på femtioårsfester och bröllop. Vi har en hemsida, du kan kolla på den, Baccus storband."

Agneta frågade inget mer utan vände sig mot fönstret och tittade ut. Det var trevligt att prata en stund, men efter ett långt och stressigt arbetspass var det avkopplande att vara själv och i tysthet få vila sig. Mannen sa inget mer. Spårvagnen närmade sig hennes hållplats.

"Ursäkta mig, jag ska av", sa hon förstulet och sneglade mot mannen. Han log. "Vad bra att ha nära hem. Jag har också ganska nära, bor i Vasastan. Ha de så gott, vi kanske ses nästa tisdag?"

"Ja, kanske", sa hon med en antydan till leende.

Han reste sig upp och släppte förbi henne. När hon passerade noterade hon något väldoftande, var det parfymerat rakvatten? Hon gick av spårvagnen och drog in den fuktiga kyliga kvällsluften genom näsan och anade en svag syrendoft från buskagen. Så starka dofter det var i maj. Även om man inte såg all grönska eller blommor på natten så fanns ändå dofterna. Hon passerade genom vägtunneln och kom upp på andra sidan, därefter förbi den gröna dungen och den lilla bergsknallen vid sidan av gångstigen. Då kände hon det. Hon stannade upp och andades djupa andetag. Så här var det, just så här, och med doften kom minnena. Den söta, mjuka, ljuvliga doften som påminde om sena sommarkvällar med utespring på gräsmattan. Mamman som ofta pratade med dem om just kaprifol som hon älskade och som doftade särskilt på natten. Inte brydde hon sig som barn om kaprifolen, bara hörde vad mamman ofta sa. Bara att förnimma doften gjorde att hon mindes tiden då de bodde där det fanns doftande kaprifol. Hon och Arne lekte sent ute på sommarkvällarna, det var spännande när det hade blivit mörkt. Då var hon oskuldsfullt ovetande om allt som skulle hända. Tankarna på Arne gjorde ont. Helst ville hon hålla dem helt borta, för att slippa påminnas.

Det var många olika dofter under en arbetsdag, men kvällsdofterna på vägen hem var angenäma jämfört med sjukhusdoften av rengöringsmedel och desinfektionsmedel som fanns i kläderna. Hur skulle det bli kommande tisdagar när hon jobbade sent och om mannen satt på spårvagnen? Måste hon sätta sig vid den väldoftande mannen bara för att de hade pratat en gång? Var det oartigt om hon lät bli? Han var i alla fall trevlig att prata med. Hon låste upp dörren och gäspade igen. Sömnen skulle säkert komma direkt, så trött och utmattad som hon var.

KAPITEL 25

Agneta ringde på dörrklockan och strax efter kom klicket i entrédörren. Från högtalaren vid entrédörren var det tyst – hon var väntad. Hon gick upp för trappan och drog samtidigt ut krukväxten ur papperspåsen. Precis när hon skulle ringa på dörrklockan, öppnades dörren och kramen kom direkt. Agneta räckte fram krukväxten till Rebecka.

"Tack, så fin den är. Stora ljusblå blommor, men vad är det för sort?"

"Hortensia. Den kan man ha både ute och inne, men tänk på att vattna den så den inte torkar ut."

Agneta hängde av sig kappan och ställde sina skor prydligt på entrémattan. Hon noterade att Rebecka hade slängt sina skor lite slarvigt vid sidan om. Agneta smålog. Det kändes något märkligt att hon, som var femtiotre år gammal, var hemma hos en ung tjej som kunde ha varit hennes dotter.

"Vill du ha kaffe eller te?" frågade Rebecka.

"Kaffe blir bra", sa Agneta, "men jag kan ta te också om det är så att du vill dricka te."

"Då tar vi kaffe", sa Rebecka och log med ett brett leende.

Rebecka försvann i väg till köket samtidigt som hon ropade till Agneta att hon kunde gå husesyn om hon ville.

Hallen var liten och mörk, trots de tre vitmålade väggarna. Den fjärde väggen var tapetserad med en tapet vars motiv var vackra röda rosor mot en vitgrön bakgrund. Hon gick vidare till vardagsrummet. En säng stod vid högra kortväggen, avskild mot övriga rummet med en vit bokhylla. En gråsvart soffa med schäslongdel tog upp större delen av övriga rummet. Ingen av hennes väninnor hade en sådan soffa, men hon kände igen typen från möbelannonserna och förstod att den var vanlig. Vid den motsatta väggen till soffan stod en låg, lång vit skänk. Ovanpå skänken fanns den bärbara datorn med uppfällt lock och en stor platt-tv som stod på korta ben. På tv:n visades en facebooksida. Agneta kastade en förstulen blick mot den men vände sig bort, ville inte snoka eller verka nyfiken. Det var ganska kalt på väggarna i vardagsrummet. En stor tavla med fotomotiv hängde ovanför soffan. En liten tavla, också ett fotografi, hängde ovanför sängen. Det var allt. Så annorlunda mot hennes lägenhet där hon hade riktiga tavlor. Några färgglada kuddar låg i soffan, de var de enda färgklickarna. Hon tänkte på sin lägenhet där det var gardiner i alla rum, kuddar inte bara i soffan utan även på sängen och dukar på borden. Här fanns inga gardiner. Det blev kalare i rummet, men samtidigt kom mycket ljus in.

"Så fint du har det, fräscht! Är det en hyresrätt?" ropade hon bort till köket.

Ljudet av skåpsluckor som öppnade och stängdes hördes.

"Nej, det är en bostadsrätt", ropade Rebecka tillbaka.

Har hon råd med det? Hon tänkte alltid Rebecka som ung men hon var ju ändå över trettio år. Själv hade hon bott, förutom tiden med Antons pappa i ett radhus, i hyresrätter utom de sista fem åren. Med hjärtat i halsgropen, på grund av oron över ekonomin, hade hon köpt bostadsrätten i Kålltorp och hade klarat det utan problem. Hon hade aldrig ångrat sig. Den låg bra till för både arbetet och stan men också för Anton och hans pappa. Antons pappa bodde i Sävedalen, så det tog inte många minuter för honom att komma till henne för att lämna Anton och hans väskor.

Kålltorp var ett trevligt och mysigt område och lägenheten var lagom stor. Även om Anton skulle flytta hemifrån en dag så var den ändå inte *för* stor. Hon väcktes ur tankarna när Rebecka ropade.

"Varsågod, nu är det klart."

Köket var långsmalt, på ena sidan fanns skåpen och på andra sidan var spisen, köksbänken och vitvarorna. I bortre änden, var öppningen större och där stod ett runt vitt bord och två vita tygklädda stolar. Även i köket saknades gardiner. Det luktade gott av nybryggt kaffe från bryggaren. På bordet fanns en korg med brödbullar och kex samt

120

smör, ost, två dessertostar och nyponmarmelad. På ett uppläggningsfat låg kokt skinka och lufttorkad skinka, garnerat med sallad runt om. På ett annat mindre fat låg skivad paprika och gurka. I en glasskål fanns skivat päron och röda vindruvor. Agneta häpnade.

"Så mycket du har ordnat med, vi skulle ju bara ta en fika."

"Jag vet. Men eftersom du skulle arbeta efteråt så behöver du väl mer än en bulle?"

Agneta blev rörd. Så fint Rebecka hade ordnat just för henne. De åt och småpratade. Agneta betraktade Rebecka när hon inte såg, hon var verkligen vacker. Det kunde inte vara möjligt att hon levde ensam.

"Har du ingen pojkvän?" frågade Agneta. "Ursäkta frågan, men jag kan tänka mig att många killar är intresserade av dig."

Ett snabbt skratt klingade till och avstannade.

"Jag lever ensam. Jag har haft pojkvän, men det var innan jag blev sjuk. Under tiden som jag har varit sjuk så har jag inte orkat så mycket, knappt träffat mina kompisar. Nu är jag helt fokuserad på att klara av mitt nya arbete, det är det jag ska satsa på. Förresten, det har jag glömt att berätta, jag har fått ett vik på ett och ett halvt år."

"Gratulerar! En tidning?"

"Nej, det aktar jag mig för. Det är som informatör, känns jättebra. Men du då? Jag menar ... sällskap."

"Jag har inte träffat någon ny sedan skilsmässan. Hur länge sen är det nu då? Anton var fem år när vi skildes – då blir det tio år. Jag blev nog bränd ... och jag har vant mig vid att leva ensam. Jag tror inte att jag skulle passa att bo ihop med någon."

"Varför inte det?"

"Jag är van vid att ha allting som jag vill. Jag gör vad jag vill, när jag vill. Det blir också mer komplicerat när man har barn. Jag har kunnat bry mig helhjärtat om Anton utan att ha behövt dela mig med någon annan."

Agneta hade ingen större lust att dryfta mer om sig själv. Det hon inte sa och inte ville säga, var att någonstans inom henne var sanningen en annan. Hon ville ha någon att dela vardagen med. Att inte alltid behöva planera aktiviteter själv utan att ha någon att göra det med. Att ha någon att resa med, gå på bio med, dela helger och högtider med. Men det sa hon inte, ville inte att Rebecka skulle se med medlidande på henne. Varför hade hon svårt för att vara helt ärlig? Var det för att hon ville förmedla till Rebecka att man kunde må bra och leva ensam, för att stärka Rebecka inför hennes kommande arbete och att hon behövde fokusera.

"Ska vi börja jobba? Jag ska till sjukhuset snart."

"Jag plockar undan snabbt. Vi kan sitta i vardagsrummet, det är bekvämare. Jag brukar halvligga i soffan när jag skriver. Jag vet att det inte ser klokt ut, men jag jobbar bäst i den ställningen."

"Jag hjälper dig förstås", skyndade sig Agneta att säga och började plocka bort det som stod på köksbordet.

En stund senare halvlåg Rebecka i soffan lutad mot ena armstödet. Agneta satt rakt upp, med ryggen mot soffryggen. På benen hade hon lagt en kudde och händerna låg stilla på den. Det kändes skönt med tyngden från den rödspräckliga kudden. Det var kallt i lägenheten, men hon ville vänta med att fråga efter en kofta eller filt. Visste ju att med berättandet blev hon varm och ibland till och med svettig.

Arne kom ut från Lillhagen. Hur han mådde vet jag inte. Jag frågade inte, vi var nog båda för unga för att riktigt kunna ta till oss det som hade hänt. Arne anklagade oss inte för inspärrningen, men hans blick på oss var annorlunda jämfört med förr. Vad han tänkte visste ingen utom han själv. Egentligen var det konstigt att vi inte pratade om det, ingen av oss, utan vi gick bara vidare och förträngde. Mamma var ledsen och bitter för det som hade hänt Arne, men också för sin skuld i det hela. Arne tog inte någon kontakt med henne mer utan flyttade runt hos kompisar, det tog mamma illa vid sig av.

Första tiden vet jag inte var han befann sig, men jag hade sagt till honom att han fick flytta in hos mig, det kändes självklart. Så dök han upp en dag, med sin jättebag. Jag bodde ensam, men hade nyss träffat en kille, Jan, som bodde i Lunden. Så jag växlade mellan att bo i Jans lägenhet i Lunden och i min lilla tvåa i Guldheden. Jan sov inte över så ofta hos mig eftersom det kändes väldigt trångt, min tvåa var bara på fyrtiofem kvadratmeter. Jag ställde upp en viksäng i vardagsrummet där Arne fick sova och ha sina saker. Han hade inte så mycket, kläderna rymdes i hans bag. Hemma hos mamma fanns mer av hans kläder och saker men de fick vara kvar där. Mamma kom på besök till mig för att framför allt träffa Arne, men han var tystlåten och gick ut efter ett tag.

De första månaderna var allt ganska bra, förutom att polisen dök upp några gånger och frågade efter Arne. Han hade ju domen över sig, ett års fängelse för sin vapenvägran. Tack och lov så var Arne inte hemma när de ringde på. De var ofta två stora kraftiga karlar i fyrtiofemtioårsåldern och jag kände mig liten. Jag sa att jag inte visste var han höll hus. De krävde aldrig att få komma in och titta. Jag var nervös för att Arne skulle komma just då när de stod utanför min dörr, men jag försökte att inte visa min oro.

När jag berättade för Arne att polisen hade varit hemma och frågat efter honom, stelnade han till. Han sa inget men jag visste att han var rädd. Jag var också rädd. Jag ville inte att min bror skulle sitta i fängelse, han hade precis kommit ifrån Lillhagen. Varför måste Arne av alla människor drabbas? Han som var snäll, pacifist och inte gjorde en fluga förnär, men ändå var eftersökt – som en kriminell. Jag tyckte själv att det kändes obehagligt, hur måste då inte Arne känna det, som var förföljd av samhället och ordningsmakten?

Han gjorde inte så mycket på dagarna. Jag sa till honom att söka arbete, vilket han sa att han gjorde. Men jag undrar verkligen om han gjorde det och om han kunde, med tanke på domen. Jag handlade och såg till att kylskåpet var fullt. När jag kom hem efter arbetet låg han i sängen och läste. Ibland var han borta och kunde komma hem sent. Han ville inte säga vad han hade gjort. Han var tystlåten, samtidigt som jag började tycka att han borde hjälpa till hemma med att städa och handla. Han gjorde inget. I vardagsrummet var det stökigt med kläder som låg slängda överallt, rena som smutsiga. Jag misstänkte att han ibland tog på sig smutsiga för att han inte orkade tvätta. När jag hade tvättid frågade jag honom om inte han skulle tvätta. Oftast sa han nej, han behövde inte.

Inom mig kände jag att något var fel, men förstod inte mer än så.

Jag sa inget till mamma om hur han var, ville inte oroa henne och ville inte heller väcka upp de gamla känslorna för hur det var innan han blev intagen på Lillhagen. Så unga vi var då när vi bodde tillsammans i min lägenhet, jag var väl runt tjugotre år och Arne några år yngre.

Han åt upp det som fanns i kylskåpet och lämnade tomma burkar kvar och tomma mjölkflaskor med lite på botten. Jag bad honom att gå och handla och gav honom pengar, han hade ju inga själv. Han gjorde inte det. Jag bad honom städa, ta dammsugaren och göra rent i lägenheten, det skulle ju inte ta så lång stund. Jag gick ut och förväntade mig att det skulle vara klart när jag kom hem. Det var det inte. Han satt bara och stirrade ut genom fönstret, med dammsugaren fortfarande kvar vid fötterna. Jag blev arg när han inte hjälpte till. Han kom med löjliga undanflykter som att han måste fundera över hur dammsugaren var konstruerad innan han kunde dammsuga.

Jag blev argare och argare för varje vecka som gick och ... en dag brast det för mig. Jag skällde ut honom. Han blev förstås sårad, sa inget, försvarade sig inte, bara tittade på mig med stora tomma ögon. Det var som om han inte förstod mitt språk, som att han kom från ett annat land. Jag sa till honom att om han inte hjälpte till så fick han inte bo hos mig. Jag var så trött på hans beteende. Det hände inget, han var handlingsförlamad. Jag gick ut och promenerade i flera timmar. När jag kom hem en stund senare satt han på sängen med en uttryckslös blick. Jag kokade te till mig och frågade om han ville ha, men han svarade inte.

Nästa dag när jag kom hem från arbetet var han borta och hans stora bag var försvunnen. Kvar fanns dammråttorna under hans säng, gamla papper och några colaburkar. Ingen lapp om vart han hade stuckit, ingenting. Han var spårlöst borta. På den tiden fanns inte mobiler, bara fasta telefoner. Jag kunde alltså inte nå honom. Jag tänkte inte så mycket i början, mer än att han nog bodde hos en kompis, att han skulle komma förbi någon gång, skicka något kort – men inget. Inte ens mamma fick något livstecken. Och nu har han varit borta i nästan trettio år!

Det var som om tiden stod still. Rebeckas hamrande med fingrarna stannade tvärt. De smala långa fingrarna låg stilla på tangentbordet.

Hon tittade på Agneta med stora ögon. Agnetas ögon var fästade långt bort, ut genom fönstret. Ansiktsdragen stelnade i en sorgsen min.

"Men ... har du aldrig sett honom ... mer?"

"Nej. Jag tror att han lever, annars skulle vi anhöriga fått besked." Rebeckas panna rynkades. Hon funderade en stund samtidigt som hon intensivt studerade Agneta.

"*Vill* du hitta honom?"

"Ja, det vill jag. Den tanken har växt sig starkare, framför allt de senaste tio åren. Jag förstår att det låter konstigt för dig. Mamma och jag letade efter honom i början, men gav upp efter några år. Vi frågade varandra varje gång vi träffades om någon av oss hade sett honom. Med tiden blev frågan onödig och gjorde bara ont. Så vi slutade prata om honom. Det har varit mammas stora sorg i livet och hon dog utan att få träffa honom. Åren efter att jag fick barn kom tankarna på Arne tillbaka. När jag såg min pojk växa upp tänkte jag på Arne, min lillebror."

Rebecka avbröt Agneta, händerna ivrigt viftande.

"Men vad har du gjort då?"

"Jag har kollat allt, adressregister, Skatteverket, men det har inte gett något. Jag kom för ett tag sedan i kontakt med din chef, Lise-Lott. Jag vet inte vad hon har berättat för dig om mig ..."

"Ingenting. Hon frågade om jag ville ta ett jobb för dig och att du sökte din bror, det är allt."

"Det är en lång historia, men jag kontaktade Lise-Lott efter tips från en vän till henne. Kanske skulle Lise-Lott veta något om min bror, om han nu gick till kaféet. Lise-Lott kände till två som hette Arne. Hon skulle kolla. Men jag vet inte längre hur han ser ut."

"Vad har hänt då?"

"Jag har inte hört av Lise-Lott, hon skulle ringa mig om hon fick napp. Jag borde nog ringa henne, hon kanske glömde."

"Ja, gör det. Borde du inte kontakta polisen, det kanske ändå har hänt något?"

"Jag har ringt polisen, dom sa att om det inte finns något brott så kan dom inte leta efter honom. Och jag misstänker inget brott. Polisen kollade i alla fall i ett register av något slag, sen sa dom att han inte är försvunnen och ville inte säga nåt mer. I alla fall så förstod jag att han fanns någonstans. Jag ska ringa Lise-Lott."

"Gör det. Jag fattar inte hur han kan hålla sig undan så där."

Agneta sa bittert, med en knappt hörbar röst:

"Han har trettio års erfarenhet av att hålla sig borta. Samhället och familjen är stygga och hans fiender. Han förlorade sin pappa tidigt, mamman försökte begå självmord, tiden på barnhemmet, fängelsestraffet som hängde över honom för att han var vapenvägrare och Lillhagen. Det är från allt detta som jag tror att han har velat hålla sig borta, allt som vill eller har skadat honom."

Agnetas röst steg.

"Nu ska jag försöka få tag i Arne. Kanske vill han inte ha kontakt med mig, det får visa sig."

"Jag tycker att du gör rätt ... försök", sa Rebecka. "En hel del hemlösa kommer till kaféet men långt ifrån alla. Det finns härbärgen och andra ställen. Han kanske inte bor i Göteborg förresten?"

"Det får jag kolla också."

Rebecka slog ihop laptoppen.

"Nu har jag skrivit ner din berättelse som ett råmanus. Jag måste bara rätta och gå igenom texten, sen kan du få den."

Rebecka gjorde en paus, tog ett djupt andetag. "Men den är ju inte helt klar. Det som återstår är ju nutiden, att du får reda på vad som hänt din bror. Och jag vill gärna hålla kontakten med dig, även om jag i princip har skrivit klart din berättelse."

Agneta log svagt.

"Jag vill gärna träffa dig och veta hur det går med arbetet och livet. Du behöver inte skriva mer, det räcker nog. Jag vill att du ska veta, det här att vi har träffats och att du skriver min historia, det har varit väldigt bra för mig. Jag behöver inte längre känna att jag bär på det som en tung och obekväm ryggsäck. Jag kan lämna historien bakom mig, känna att jag får ro. Det finns i det du skrivit."

Rebecka nickade och log.

"Du ska veta", fortsatte Agneta, "att du är den enda som jag har berättat för, förutom min terapeut. Jag är tacksam för att du har visat ett stort intresse för mig och min berättelse."

"Tack", svarade Rebecka. "Jag vill också säga att … arbetet eller vad man nu ska kalla det, har varit viktigt även för mig. Din berättelse har gett mig en möjlighet att få distans till livet och det jag har gått igenom. Jag tror att jag är på rätt väg och håller på att bli frisk."

"Vad bra att vi har hjälpt varandra!" konstaterade Agneta och log. "Oj, klockan har bara sprungit i väg som vanligt."

Agneta reste sig upp, slätade ut tröjan och frågade om hon fick låna toaletten. Hon skulle åka direkt till arbetet och allt kaffe hade under en längre tid gjort sig påmint. När hon satt på toaletten studerade hon badrummet. Det var litet men fräscht och modernt, som övriga rum. Två hyllor fanns bredvid badrumsskåpet med romantiskt mönstrade burkar. Vad de innehöll gick inte att avgöra för det fanns ingen text på burkarna. Där stod också två ljuslyktor med ringlande svarta mönster på en blå glasyta och inuti fladdrade det svagt från de tända värmeljusen. En doft av något aromatiskt kunde förnimmas. Var det från ljusen? Väggarna var kaklade med en svag grå färg och där fanns en kakelrad mitt på med vackra, skira, rosa blommotiv. Klinkergolvet hade däremot en starkt grå färg. Hon insåg att hennes eget badrum var enkelt, med vinylgolv och en gammal vinyltapet på väggen. Hemma hos henne stod det bara schampon och de rengöringsmedel som behövdes. Det fanns inget som piffade till det som i detta badrum. Rebecka skulle nog tycka att hennes lägenhet var enkel med den äldre stilen och att den var sliten. Någon renovering hade inte blivit av, det var bara Antons rum och hennes som hade fått nya tapeter. Det var allt. Det var kanske dags nu att hon tog tag i att renovera kök och badrum.

När hon kom ut från badrummet kom Rebecka samtidigt ut från köket. Rebecka torkade snabbt de blöta händerna mot byxan och log svagt. Agneta tog på sig jackan och hämtade upp handväskan från golvet. Det blev inte den snabba avskedskramen som brukligt utan en längre och fastare kram. Båda visste att nu skulle det ta längre tid innan de träffades igen. De bestämde inte när, de sa bara att de skulle höras. Agneta tänkte, när hon vandrade i väg, att hon stod inför något okänt. Hon skulle påbörja sökningen mer aktivt efter Arne, för sin egen och för Arnes skull. Det här borde hon ha gjort för länge sedan.

KAPITEL 26

Agneta satt vid köksbordet och tittade ut. Det hade regnat hela dagen, ett varmt augustiregn, men nu var det uppehåll och ljusare. När vinden tog tag i grenar och blad i buskarna mittöver gången, glittrade och blänkte det som om silverremsor hängde i dem. Agneta vände tillbaka blicken mot köksbordet där hon hade lagt mobilen. Där låg den och väntade tålmodigt på henne. Bredvid mobilen låg det tomma blocket och kulspetspennan. Hon var förberedd, men kom inte i gång.

I bakgrunden hördes mumlet från Antons rum. Datorspelet var i full gång, ofta spelade han med en "grupp", ibland var det kompisar men det kunde också vara okända människor någonstans i världen. Han levde i en verklighet som var fjärran från hennes. Hon förstod inte hur han kunde vara så fascinerad av spelen och allt kring datorerna. Han hade flera gånger försökt få henne att prova att spela. Först hade han hjälpt henne att skapa sin egen figur. Därefter hade spelet börjat men hon hade glömt det han nyss hade instruerat henne. Fingrarna tryckte inte på de rätta tangenterna och allt blev fel. En kort stund försökte hon, men det var tråkigt. Försiktigt drog hon sig ur genom att säga att det var kul att pröva, men svårt. Det gick inte att avgöra om han blev sårad eller lättad över att åter få tillbaka spelandet för sig själv, men det lät mer som det sista.

Anton var katalysatorn till det som hade växt fram inom henne. Det var åren efter att Anton hade fötts som minnena åter kom från det som hade varit. Dessförinnan levde hon ett liv där allt hände och tid för eftertanke och reflektion inte fanns. Eller var det så att hon ville ha det så? När Anton fanns i hennes liv började fragment dyka upp från ett tidigare liv. När hon betraktade Anton, påmindes hon om sin bror när han var lika liten. När Anton var elva år mindes hon, fast hon höll emot, när mamman försökte ta sitt liv och tiden för dem på barnhemmet. Det var smärtsamt och gjorde ont. Värktabletterna lugnade och bedövade, men hon hade till slut bestämt sig, det gällde Anton och hon ville inte förlora vårdnaden om honom. Hotet från hennes ex hade skrämt. Hon blev försiktig också med vinet, även när hon inte hade honom. De tio terapisamtalen hade varit en mycket bra hjälp, men även träffarna med Rebecka och att få prata av sig allt.

Hon slog numret på mobilen. Signaler gick fram och precis när hon skulle lägga på, svarade Lise-Lott. Hon lät andfådd.

"Hej, det är Agneta. Vi träffades för ett tag sen. Jag berättade om min bror Arne som var försvunnen. Kommer du ihåg mig?"

"Absolut. Det var jag som ordnade att Rebecka skulle hjälpa dig med skrivandet. Hur har det fungerat?"

"Det har gått bra och vi är färdiga. Rebecka är väldig trevlig och duktig. Men nu gäller det Arne. Jag borde ha hört av mig tidigare men ... du skulle kolla om han fanns hos er?"

"Tyvärr har jag inget bra besked till dig. Det finns två Arne. Den ene har jag pratat med, men han kan inte vara din bror, han pratar om andra syskon. Den andra har inte varit här på länge, så jag vet inte. Har du kollat med Skattemyndigheten och letat på nätet?"

"Ja, men han finns inte. Jag har ringt kommunen. De sa att de inte kunde hjälpa mig, men då berättade jag kortfattat om det som har hänt Arne. De gjorde ett undantag och kollade i något register och sa att han inte fanns i "rullorna". De såg att han inte hade kontaktat någon stadsdelsnämnd, vilket man kan göra för att få socialbidrag. Jag har ringt polisen också, men de kunde inte hjälpa mig. Jag misstänker ju inget brott."

Även om Agneta var beredd på att Lise-Lott inte skulle ha något besked, så blev hon ändå besviken. Lise-Lott anade Agnetas reaktion.

"Jag kan ge dig lite tips i alla fall. Du skulle kunna söka på Faktum, känner du till vad det är?"

"Ja, de hemlösas tidning."

"Du kan höra om han är tidningssäljare. Många av de hemlösa är det. Du kan också ringa till frivilligorganisationerna, de vet kanske något. Till exempel Räddningsmissionen och Stadsmissionen, de har kontakt med människor utanför samhället och gör mer för dem än kommunen."

"Hur då?"

"Frivilligorganisationerna arbetar mer direkt för de hemlösa och har en annan inställning. Kommunen är fyrkantig, har sina regler och bestämmelser som kan hindra hjälp ibland. Kommunen begriper sig inte på hur de hemlösa är och deras behov. Det blir ofta fel och konflikter i kontakterna. Jag hoppas att du hittar din bror", sa Lise-Lott med en suck.

Efter samtalet satt Agneta med mobilen i handen och läste det som var nedklottrat på pappret, tipsen från Lise-Lott. Hon avbröts i tankarna av ett droppande och tittade upp. Regnet hade börjat igen och något silverblänk fanns inte längre kvar i buskarna, nu var de bara vanliga buskar. Så var det – det uppenbara och samtidigt det dolda. En person var försvunnen. Han fanns, men inte i samhällets ögon. Hon funderade över Lise-Lotts förslag, det var nog rätt att börja med Faktum. Hon gick till datorn och sökte upp deras hemsida, antecknade telefonnumret och bestämde sig för att ringa nästa dag. Nu var klockan en bra bit efter fem och det var dags att börja laga middag. Hon hämtade fläskkotletterna från kylskåpet och potatisen. Fläskkotletterna lade hon på en platt tallrik och penslade dem med en blandning av soja, olja, rosmarin och peppar. Det var en egen färdig blandning som förvarades i kylskåpet. Hon började skala de kylskåpskalla råa potatisarna och tog några extra. Om det blev mat över så blev det en bra portion för nästa dag på arbetet. Men troligen inte, med en hungrig femtonåring brukade allt försvinna – om inte till middagen så senare på kvällen när han blev hungrig igen. Hon log vid tanken på hans glupande aptit, det måste vara jobbigt att ha sådan hunger jämt. Anton ropade från sitt rum med dörren stängd.

"När blir det middag?"

"Om fyrtio minuter, är du hungrig?"

"Ja."

"Ta en frukt så länge då."

Hon visste att det skulle han inte göra. Det var tyst i några minuter. Hon lade potatisarna i det kalla vattnet, strödde salt i kastrullen och satte på plattan.

"Vad blir det för mat?"

Hon suckade och anade. Detta ständiga käbbel om potatis. Avsiktligt sa hon inget om potatisen.

"Stekta fläskkotletter och en jättegod sås till."

"Med ris till?"

"Potatis! Så länge som du inte äter tillräckligt med grönsaker och frukt så blir det mer potatis."

"Oh, seriöst!"

Hans besvikelse vibrerade genom vägg och dörr. Varför åt tonårsgrabbar inte grönsaker och knappt någon frukt? Hon var inte ensam om att ha problemet, det hade diskuterats mellan väninnorna. Flickorna åt sallader och frukt och pojkarna åt hamburgare och pizza. Sonens dåliga mathållning oroade och fick henne ibland att må dåligt av att veta om hans enformiga kost. Naturligtvis var hon den bland vännerna som trodde att han skulle få bristsjukdomar. Det var en nackdel att bara ha ett barn att lägga omsorgen om. Hon hade kommit på idén med att tillaga potatis i stället för pasta och ris till middagarna. Och upprepade gånger sagt till honom, att om han började äta mer grönsaker skulle hon minska på potatisen. Inte hade det hjälpt. På arbetet hade hon pratat med en av läkarna om det, men han hade mest ryckt på axlarna och frågat om pojken åt ketchup. Det gjorde han, hade hon sagt. Då får han nyttigheter den vägen i alla fall, hade läkaren sagt. Därefter hade läkaren sagt att det fanns så mycket överdrifter om detta med grönsaker. Hon trodde inte på honom, han var inte en dietist. På sjukhuset hade de dietister, kanske skulle hon ta kontakt dem.

Nästa dag skulle hon inte börja arbeta förrän på eftermiddagen. Anton hade åkt till skolan och hon satt åter framför mobilen och slog numret. Vem skulle hon be att få prata med? Det fanns ingen information på hemsidan som hjälpte. Under en lång stund funderade hon på hur hon skulle presentera ärendet, men ingen variant lät särskilt bra.

Till slut bestämde hon sig för att bara ringa, det fick bära eller brista, det hjälpte inte att fundera mer. Hon presenterade sig med förnamnet och sa att hon inte visste vem hon skulle prata med, men att det rörde sig om säljarna. Hon blev hänvisad till en kvinna och kopplades dit. En alert röst svarade "Filippa". Hon lät ung, lika ung som Rebecka. Agneta hade hoppats på en äldre, men oftast svarade dessa unga och glada tjejer. Det gick inte så bra, hon stammade, fick ta om, hörde själv hur hopplöst rörigt det blev. Hon frågade försiktigt om hon kunde få komma och prata med dem, det var lättare än att ta det på telefon. Filippa svarade att det var självklart, inga problem. Det var inte ovanligt att de fick liknande frågor. De bestämde att ses veckan därpå, vid lunchtid, innan Agneta skulle arbeta.

Efter samtalet funderade Agneta över vad de tänkte dessa människor som fick sådana frågor. Tyckte de inte att det var underligt att ett syskon letar efter ett annat och först efter så många år? Förvånades de inte över att släktingar kommer ifrån varandra så fullständigt och tappar kontakten helt? Hon kom att tänka på sin mamma som dött för fyra år sedan. De pratade inte om Arne. Ingen ville nämna det sorgsna, det skulle undvikas. De första åren hängde frågan i luften som en tung, obehaglig gardin. Pappan som var död sedan tio år tillbaka hade aldrig hört av sig under deras uppväxt, inte heller senare. Besynnerligt kunde hon tycka, att inte bry sig om de barn som han hade skaffat. Han ersatte dem med en ny familj, nya barn och strök bort sin gamla familj ur sitt gamla liv.

Hon bestämde sig. Samtalen med terapeuten och berättandet för Rebecka hade lett henne över den höga tröskeln – nu fanns viljan och orken för att hitta Arne.

KAPITEL 27

Det var en föraning om hösten i september månad. Temperaturen hade krupit ner mot tio plusgrader och det blåste snålt. Agneta frös men inte på grund av kylan, utan av känslan av ovisshet inför mötet. Från hållplatsen gick hon de få metrarna till Faktumtidningens lokaler. Hon passerade den stora kyrkogården, och vid Stampgatan stannade hon och läste texten på valvet "Tänk på döden". Hon ryste inom sig och vände blicken åter framåt.

Hon kom in i mottagningsrummet och stod tvekande, tittade sig runt för att se vart hon skulle gå. Flera hemlösa fanns i lokalen och vid diskarna. Hon gick fram till disken, där en ung man höll på att hjälpa en äldre man i slitna kläder. Den unge mannen noterade henne, hon avvek väl från hur man brukade se ut när man kom som besökare. Hans blick var vänligt frågande och hon skyndade sig att säga att hon skulle träffa Filippa. Mannen visade med handen att hon kunde gå in till hallen och sa samtidigt att Filippa var där.

I första rummet satt en ung kvinna vid ett skrivbord och tittade koncentrerat in i datorskärmen. Ett ytterligare skrivbord fanns mittemot, men platsen var tom. Den unga kvinnan såg fundersam ut när Agneta frågade efter Filippa och sa att hon precis hade varit där. Kanske hade hon gått ut för att köpa lunch, förklarade kvinnan med en urskuldande blick. Hon sa att Agneta kunde vänta. Agneta satte sig på den hårda besöksstolen vid dörren. Hon var fortfarande frusen trots den korta promenaden från spårvagnen. Det dröjde inte länge förrän värmen kom tillbaka och steg upp inom henne. Hon drog ner dragkedjan, fläktade diskret med handen några gånger, ville inte träffa Filippa med rödflammigt ansikte. Minuterna gick och hon tittade på armbandsklockan. Kvinnan noterade handrörelsen och frågade om hon skulle ringa efter Filippa.

"Nej, det behövs inte, det har ju bara gått en liten stund. Jag har inte bråttom."

Det var inte sant, hon skulle till arbetet och nu hade redan tjugo minuter förspillts. En ung tjej kom inrusande med en papperspåse i handen. Håret var uppsamlat i en enda fläta som vilade tjockt på ryggen. Hon var lång och hade en svart duffeljacka som hon knäppte upp samtidigt som hon lade den prasslande påsen på skrivbordet. De hälsade i hand på varandra.

"Ursäkta ... det tog längre tid än jag trodde. Vad heter du? Förlåt att jag har glömt det, vi har så många besökare."

"Agneta."

"Vi kan gå till ett annat rum så kan vi prata ostört."

Den unga kvinnan som satt vid skrivbordet visade ingen nyfikenhet utan var åter koncentrerad på datorskärmen. Agneta följde efter Filippa till ett rum utan fönster. Rummet verkade användas som förråd, kartonger var staplade och hyllor fyllda med pärmar och tidskriftssamlare som dignade av papper. Filippa ursäktade valet av rum och sa att de var trångbodda. Alla rum var upptagna men här kunde de prata ostört. Agneta berättade om Arne, från det att brodern var ett barn och till tiden när han försvann. Berättelsen formade sig bättre än den hade gjort vid samtalet i mobilen. Hon fick en trygghet av att Filippa betraktade henne med en intresserad, uppmärksam blick. Agneta beskrev även det hon trodde var anledningen till att han höll sig undan från samhället och familjen. Filippa stoppade henne mitt i berättandet.

"Vad heter han? Du har inte sagt det ännu?"

"Arne."

Flippa tog henne på ärmen, blicken fokuserad.

"Tror du att du skulle känna igen honom?"

"Jag vet inte", svarade Agneta osäkert. "Det var ju trettio år sedan ..."

"Det står en som heter Arne vid disken där ute. Det är idag som säljarna hämtar tidningar."

Agneta stelnade till, drog in luft, sa inget.

"Gå du och kolla", föreslog Filippa. "Det är inte säkert att det är den Arne som du letar efter, men titta. Jag väntar här."

Agneta gick ut. Vid öppningen till entrén såg hon att vid disken, där den gamla mannen hade stått, stod nu en annan man. Han höll en stor svart väska i ena handen och var klädd i skrynkliga stora beige byxor, en mörkblå formlös jacka och svarta kängor. Agnetas mun blev torr och hjärtat slog tydliga, snabba slag. Hon gick med långsamma steg fram och ställde sig till vänster om honom och tittade upp mot ansiktet. Mannen var upptagen med att ta emot tidningar och stoppa ner dem i väskan. Det var ingen tvekan. Många år hade förflutit, men inte hade tiden suddat ut dragen. Hon kände igen näsan, det raka håret som nu var grått, de höga breda kindknotorna och de snälla stora ögonen. Mannen måste ha känt hennes blick för han vände sig mot henne, och då såg hon det. Ögonen reagerade, blev blanka. Han vände sig direkt om, drog till sig den fulla väskan och gick med långa snabba steg bort mot entrédörren. Hon stod still och såg honom gå ut genom dörren, men fick fart och sprang efter honom. Hon kom i kapp honom precis utanför dörren.

"Jag är Agneta ... din syster."

Hans ansikte var behärskat, stelt och han gick med ännu snabbare steg, som om han sprang ifrån henne. Hon stannade, ville inte jaga honom. Såg honom försvinna och förstod – han ville inte. Hon andades häftigt, ville gråta men kunde inte. Stod still en stund innan hon med tunga steg gick tillbaka till Faktum. Filippa stod i entréhallen och pratade i mobilen. När hon fick syn på Agneta, avslutade hon samtalet och sa att de kunde gå tillbaka till det lilla rummet.

"Hur gick det, var det din bror?"

Agneta darrade i kroppen och rösten bar henne inte.

"Det var han, sprang i väg ... ville inte prata med mig", sa Agneta med en tunn röst som försvann.

Filippa var tyst med sorgsamma ögon, sa därefter långsamt:

"Det finns saker man inte kan göra något åt. Jag har träffat Arne en hel del. Han kommer hit, hämtar tidningar och kommer tillbaka och redovisar ordentligt. Pratar inte så mycket, håller sig för sig själv. Han lever sitt liv, det är inte som andras men det är så han vill ha det. Han klarar kanske inte kontakt med dig eller så var det svårt för honom att du dök upp plötsligt."

"Det känns så konstigt ... efter så många år ... att se honom. Och att han bara gick i väg, det var jobbigt ..."

"Jag kan tyvärr inte hjälpa dig mer och jag får inte säga var han säljer. Vi ska inte berätta om våra säljare. De ska känna sig trygga här och att vi inte lämnar ut dem och deras liv till andra även om det är en familjemedlem som frågar. Det var ett undantag att jag berättade för dig att han var här, men det var för att ni båda råkade vara här samtidigt."

"Det var otroligt – att jag råkade komma precis när han kom."

"Ja. Visste du att de hämtar tidningar på onsdagar?"

"Nej. Det råkade bli så att jag kom mitt på dagen. Jag jobbar oregelbundet."

"Vi vet aldrig exakt när säljarna kommer under dagen. Att du råkade komma samma dag, samma tid som din bror, det var tur. Du kanske har en skyddsängel?"

"Nej, det tror jag inte", sa Agneta med ett beklagande leende.

Agneta bad Filippa ringa henne om något skulle hända brodern. Hon gick åter ut genom entrén och till spårvagnshållplatsen. Passerade skylten "Tänk på döden" vid kyrkogården och tårarna strömmade nerför kinden. En skyddsängel hade hon behövt och framför allt hade Arne behövt det i sitt liv. Hon vände sig mot skyltfönstret och låtsades titta på varorna, famlade efter en näsduk men hittade ingen. Med handflatan torkade hon bort tårarna och tänkte på att tidigare kunde hon inte gråta! Hon som länge hade trott att det var för att hon var hård och känslokall. Efter besöken hos terapeuten hade något hänt, nu kunde tårarna rinna. Det hon trodde var hårdhet, var i stället ett sätt att överleva, att gå vidare. Och hon var bra på det, det var ingen svaghet, det var en styrka. Men en styrka kan också vara påfrestande, när det får en att känna sig onormal.

KAPITEL 28

Två nya blusar hade Agneta hittat och det i samma affär. Hon suckade av lättnad över att handlandet hade gått fort och smidigt. Köpcentret Nordstan kunde vara hysteriskt, särskilt när det närmade sig jultider. Visserligen var det bara november men ändå betydligt fler människor än under andra månader. Hon passerade julmarknaden mitt i Nordstan. I bodarna såldes allt från silversmycken, hemstickade koftor och olika sorters konsthantverk. Agneta imponerades av de vackra och snillrikt utformade träföremålen som fanns i en av bodarna, funderade en stund men gick vidare, priset fick henne att studsa.

Hon skulle precis passera glasinformationsburen när hon såg honom på andra sidan om den, stående med den svarta väskan vid fötterna och med Faktumtidning i ena handen. Iklädd de skrynkliga beigea byxorna, den mörkblå jackan och de svarta kängorna, som förra gången. Han stod still med blicken fästad långt bort. På jackan dinglade identifikationskortet. Hon rörde sig inte, vad skulle hon göra? Han hade inte sett henne ännu. Vågade hon gå fram och köpa en tidning? Skulle han skämmas eller vad skulle hända? Köpa flera tidningar? Hon visste att de fick hälften av vad tidningen kostade. Hon gick sakta mot honom. Två meter ifrån fick Arne syn på henne. Han reagerade blixtsnabbt, lade ner tidningarna och halvsprang därifrån. Hon såg sig försiktigt omkring för att se om någon hade sett vad som hade hänt, men ingen verkade reagera. Sorgen skar i hennes hjärta när hans ryggtavla försvann bort mot centralen. Varför rusade han i väg? Sedan kom skammen, att ha skrämt i väg honom. Hade hon förstört för honom så att han inte vågade stå på platsen mer? Lusten att vandra runt i julhandeln var helt borta och hon gick ut från entrédörrarna för att ta spårvagnen hem.

Hon stod på den fullsatta spårvagnen och hade hans ryggtavla i minnet. Kassen med blusarna kändes besvärande, brände i handen och klumpen växte i halsen. Glädjen med det inköpta var som bortblåst och hon skämdes över att ha handlat bekymmerslöst när verkligheten för andra handlade om att överleva. När spårvagnen närmade sig Redbergsplatsen blev en plats ledig och hon sjönk ner. Påsen placerade hon vid fötterna, ville inte se den. Dagen hade blivit tråkig och dessutom skulle hon arbeta nattpass. Nattpass hade hon sällan nuförtiden. Som ung sköterska hade hon varit nästan tvungen att ta dem men nuförtiden hade hon bara dag- och kvällspass. Kvällspassen hade hon nog också kunnat slippa, men det var ganska bra att vara ledig ibland på förmiddagen, kunna göra ärenden och slippa trängas med andra. Orsaken till nattpasset var att det hade blivit kaotisk på avdelningen eftersom en nattsköterska hade tagit ledigt, hennes mamma var döende, och samtidigt grasserade magsjuka bland övriga i personalen. Chefen hade frågat henne med bedjande ögon.

Det var mörkt och kallt, några minus och en blåst som gjorde kylan ännu mer bitande. Hon gick ut från den varma spårvagnen och bort mot sjukhuset. Det sista hon hade gjort i hemmet innan hon gav sig av, var att stärka sig med en kopp starkt kaffe. Nu borde hon klara natten trots att hon var ovan. Koffeinburken var för säkerhets skull nedstoppad i handväskan, men förhoppningsvis skulle hon inte behöva förstärka effekten av kaffet. Hon passerade en grupp mörkklädda vid hållplatsen som skulle gå på spårvagnen för resan tillbaka mot stan. Någon grep tag om hennes ärm och sa samtidigt:

"Nu är du väl ändå på väg mot fel håll?"

Hon blev rädd, vände sig om och samtidigt släppte denne någon snabbt handen runt hennes ärm och hon såg leendet. Det var han! Mannen på spårvagnen med instrumentväskan. Inom sig undrade hon varför han var så glad, de kände ju inte varandra.

"Jag ska arbeta nattpass, ett undantag", sa Agneta dämpat.

"Och jag ska hem från spelningen, kul att se dig. Vi kanske båda åker åt rätt håll nästa gång? Sköt om dig."

Mannen gick som siste person upp på spårvagnen som långsamt körde i väg. Han gick längst bak i spårvagnen. Innan han satte sig, vände hon sig om för att han inte skulle se att hon hade tittat efter honom. Hon vandrade vägen mot sjukhuset, drog ner mössan och drog åt halsduken för att hindra den kalla luften att kyla ner henne. Det är flera händelser som är märkliga, tänkte hon. Hon har inte sett sin bror på trettio år, men träffar honom just den dagen när han hämtar Faktumtidningar. Ett par veckor senare ser hon honom i Nordstan. Eller hade hon passerat honom tidigare, men inte känt igen honom? Var det sällsamma slumpar? Och nu den här mannen som har börjat prata med henne på spårvagnen. Som tydligen åker hem på tisdagskvällar, ungefär när hon slutar kvällspassen. Men var det något med honom som hon inte förstod? Vad var anledningen till att han tilltalade henne den första gången? Magkänslan, den var viktig. Hon hade lärt sig att lita på den. Den sa henne att han nog bara ville prata och inte var någon störd patient eller någon som hade sett ut henne som ett lämpligt offer. Hon tryckte upp entrédörren till sjukhuset och släppte tankarna som hon brottades med.

Att somna klockan åtta på morgonen var svårt, trots att huvudet värkte och hon var rejält trött efter nattens arbete. Det gick inte att slappna av. Till slut gick hon upp, tänkte irriterat att arbeten från klockan tio på kvällen till sju på morgonen var omänskliga. Hon hämtade en tablett, svalde med ett halvt glas vatten och lade sig direkt. Om tio minuter skulle sömnen infinna sig.

"Hej morsan, vad gör du? Är du dålig? Du brukar inte sova mitt på dan!"

Agneta tittade yrvaket upp och såg sonen stå vid dörren. Hon tittade på klockan och konstaterade att den var tre på eftermiddagen, alltså hade hon sovit i fem-sex timmar. Hon kände sig förvirrad.

"Ska du vara här? Jag förstår inte."

"Jag hade friluftsdag i Skatås. Det är ju nära hit så jag tog spårvagnen, bara två hållplatser. Varför ligger du?"

"Jag är inte sjuk, jag har arbetat natt och la mig vid nio i morse."

"Förlåt! Väckte jag dig? Jag stänger dörren."

"Ingen fara, du kan inte veta att jag haft natten. Jag brukar ju inte ha det. Det var ett undantag, strul på arbetet och jag behövde hoppa in. Det är nog lika bra att jag går upp nu, jag är vaken – tror jag."

Agneta satte sig upp, huvudet kändes trött och segt. Men inte ville hon sova när pojken kom. Det var nog ändå bra att inte sova mer, för att kunna somna till kvällen. Nästa dag skulle hon börja sju på morgonen. Hon anade att det skulle bli svårt att somna och att följande arbetsdag skulle bli tröttsam. Och fel fick hon inte göra, det kunde bli ödesdigert i värsta fall. Hittills hade hon aldrig gjort fel med medicinerna. Med morgonrocken på sig gick hon ut till köket. Anton stod redan vid det öppna kylskåpet och letade.

"Är du hungrig", frågade hon slentrianmässigt och svaret var givet.

"Ja. Brödet var nästan slut hos pappa och jag fick bara med mig en macka."

"Har du inte ätit lunch?"

Anton skakade dystert på huvudet och tittade lystet på när Agneta rotade i kylskåpet. Hon hade inte så mycket mat hemma, så brukade det vara veckan när Anton var hos sin pappa. I frysen fanns hamburgare och hamburgerbröd.

"Blir detta bra? Inte den bästa lunchen, men jag vet vad du gillar."

Agneta vände sig med det frusna mot Anton, som bekräftade med en nonchalant nick.

"Jag vill ha fyra."

"Så många? Du ska väl äta middag hos pappa om några timmar."

Anton skrattade.

"Inga problem, då kommer jag vara hungrig igen."

"Jag måste bara sätta på kaffe, jag är seg i skallen."

"Men det var väl inget nytt morsan", sa Anton med ett spydigt leende.

"Varför säger du morsan?" sa Agneta harmset. "Det har du inte sagt förr. Det låter så … sjabbigt. Säg mamma som du brukar!"

"Okej, morsan", sa Anton med ett flin.

Agneta knep ihop munnen, fyllde upp vatten i kaffebryggaren och måttade kaffepulvret i filtret. Vände sig om och såg Anton sitta på stolen, väntande. Hon suckade.

"Vad säger du om att vi lagar maten ihop?"

Anton reste sig långsamt, suckade.

"Okej."

Han ställde stekpannan på plattan, tog ut hamburgarna från förpackningen och satte sig igen. Agneta mikrade hamburgerbröden.

"Hur var det idag då?" sa hon förstrött och öppnade köksskåpet.

"Bra."

Frågan var helt fel ställd till en tonåring, hon visste ju hur man måste fråga.

"*Vad* gjorde ni i Skatås idag?"

Anton rynkade på näsan.

"Orientering, skittråkigt. Men du, en annan sak, jag skulle vilja bo på annat sätt."

Anton var tyst och iakttog henne.

"Jaha", sa hon och ställde sig med ryggen mot honom och öppnade mikron. Hon ville inte visa något. Inom sig bävade hon för vad som skulle komma. Om han inte vill bo hos henne mer, skulle det kännas hårt. Hon skulle undra över vad hon hade gjort för fel när hennes egen son inte ville bo med henne.

"Jag vill bo som Axel."

Anton reste sig upp och gick till spisen för att lägga i hamburgarna.

"Jaha och hur bor han då? Jag kan inte komma ihåg hur dina kompisar bor, dessutom blandar jag ihop namnen."

"Han bor två veckor i taget. Jag är trött på att flytta varje vecka. Det blir mycket lugnare om jag kan bo två veckor åt gången, sa Anton och vände på hamburgarna. "Jag vill egentligen bo en månad på varje ställe, men det går väl ni aldrig med på", sa Anton dämpat och slog lätt med stekspaden på hamburgarna.

Det ryckte i Agnetas mungipor, leendet var nära men hon fick styr på munnen. Han ville fortfarande bo hos henne. Visserligen lät två veckor mycket, men bättre än en månad i alla fall.

"Ja visst. Det är okej för mig, om det är okej för pappa. Har du frågat honom?"

"Nej, jag ville höra med dig först."

Agneta betraktade sonen vid spisen, den långa gängliga gestalten med de ljusa bångstyriga lockarna. Anton hade frågat henne först, kanske var hon lite viktigare än hans pappa eller i alla fall lite viktigare att fråga först. Anton var kvar en timme och åt sina hamburgare, men åkte strax efter. Han förklarade sin snabba visit med att han inte hade någon dator, den var ju hos pappa. Efter att han hade åkt blev det tyst i lägenheten igen. Agneta kom på att hon hade glömt att fråga honom vad han önskade sig i julklapp. Hon ringde honom där han satt på spårvagnen. Han visste inte, sa han. Tänk på det då, hade hon sagt och tillagt att det underlättade att få veta något. Hon hade hotat honom på skoj med att annars kunde det bli bara strumpor och kalsonger. Senare på kvällen, när hon startade datorn, såg hon att hon hade fått ett meddelande från Anton. Han hade tydligen tagit hennes uppmaning på stort allvar för nu hade han en lång lista. Hon fick nog ringa Antons pappa och komma överens, annars fanns en risk för att de köpte samma. Med tanke på hur många önskemål som var på listan så hade de säkert fått samma lista. På lördagen skulle hon passa på att julhandla, det var lättare att slå in paket och gömma när Anton inte var hemma.

KAPITEL 29

Efter middagen satte sig Agneta och hennes vän Lena uppkurade i varsin skinnsoffa, med plädar och kuddar runt sig och med varsin kaffekopp. På vardagsrumsbordet lyste de levande ljusen. Lena hade bjudit på middag och de hade druckit ganska mycket vin och pratat oavbrutet.

Agneta fick ibland tvinga bort blicken från Lena. Hon hade alltid imponerats av Lenas skönhet och fick skärpa sig för att inte fastna med blicken. Ansiktsdragen var rena som hos en fotomodell och det ljusa blonda håret lyste som en sol runt hennes ansikte. Lena var något kraftigt byggd men på ett proportionerligt sätt och med härliga kvinnliga former. Egentligen behövde Lena inte måla sig, men gjorde det alltid ändå. Läpparna lyste klarröda, ögonen var vackert utmejslade av den svarta mascaran. Den blå ögonskuggan förstärkte hennes redan klarblå ögon. Varför använde Lena makeup, trots att de bara var hemma? Det fanns ju ingen man som kunde njuta av hennes skönhet. För det var väl därför man målade sig, för att bli vacker inför männens blickar? Själv var hon oftast omålad, det var enklast så. Varför skulle hon måla sig och för vem? Dessutom arbetade hon inom vården, där parfym och nagellack inte fick användas. Att sminka sig hörde heller inte hemma inom vården, men de unga sjuksköterskorna idag gjorde annorlunda. När Lena berättade och kom i affekt, förstärkte hon det sagda genom att gestikulera ivrigt och naglarna lyste av den röda, glänsande färgen.

Lena var precis som hon själv, ensamstående, men hade inte varit det så länge. För två år sedan hade Lena skilt sig efter ett tjugoårigt äktenskap, vilket hade förvånat väninnorna. Nu verkade hon svältfödd på karlar.

"Hur orkar du och hur gör du för att träffa nya? Har du en relation nu förresten?"

Lena skrattade, plirade med ögonen och såg finurlig ut.

"Jag är inte ihop med någon … inte ännu. Jag nätdetjar förstås. Jag tar igen."

Lena drog filten tätare om sig, blicken gled bort mot de fladdrande ljusen på bordet.

"Det fanns kärlek i början men den tynade bort. Vi blev det praktiska familjeföretaget, vi har ju ett företag också!" Lena skrattade. "Goda vänner och arbetskollegor. Men det värsta var …"

Lena hejdade sig som om hon tvekade.

"Sexet har varit helt värdelöst. Hela tiden. Jag trodde när vi vara unga att han var osäker och okunnig och att det skulle ordna sig med tiden. Jag var erfaren. Han var oskuld när vi träffades."

Lena såg tankfull ut, drack en klunk kaffe. Agneta tyckte det var pinsamt, hade aldrig tidigare pratat sexliv med väninnorna. Kanske var det hennes generation som inte gjorde det medan det var mer naturligt för yngre. Det var som att titta i någons sovrum, det mest privata. Själv hade hon ju inget sexliv att prata om, det var länge sedan som hon hade varit tillsammans med Antons pappa.

"Jag försökte verkligen få honom att förstå hur jag funkar, hur jag vill ha det", fortsatte Lena. "Men det fastnade inte i hans huvud. Du vet barnperioden, man orkar och vill inte alltid. Jag tänkte att sex inte är allt och att det skulle bli bättre när barnen blev större. Men i stället blev vi ännu mer som vårt bolag. Vi sålde bra, hade en bra verksamhet och fungerande logistik men saknade framtidsvisioner och produktutveckling. Då går företaget utför. Sexet är viktigare än man tror, det är som kittet i fönstret. Men vet du vad det värsta är?"

Lenas blick trängde in som en pil. Agneta blev nyfiken, men också avvaktande. Skulle det bli ännu mer intimare? Agneta skakade nekande med huvudet.

"Det var att han skrattade eller rättare sagt fnittrade nervöst när jag tog för mig, när jag tog kommandot i sängen eller när jag hittade på nåt nytt."

Lena reste sig upprätt i soffan, viftade med händerna. "Han klarade inte av det! Tyckte det var pinsamt. Och ligga ovanpå honom var otänkbart, bara det! Snacka om avtändande!"

Agneta drog filten tätare runt sig.

"Det var konstigt, skrattade han? Var han gammaldags, jag menar, tyckte han att det bara är mannen som får vara aktiv? Skämdes han när du … att du förde så att säga?"

Plötsligt diskuterade hon sex, det var första gången. Hon ville inte verka pryd, men det var svårt med Lenas frispråkighet om sex. Så här hade Lena inte pratat tidigare. Var det för att de två åren i frihet hade skapat den sanna Lena?

"Men nu pratar vi om dig. Har inte du saknat en ny karl? Du har levt ensam så länge nu."

"Jag har nog gett upp", svarade Agneta tonlöst. "Det är klart att jag skulle vilja hitta nån. Jag höll på med nätdejtning efter skilsmässan, men det funkade inte. Nu försöker jag inte längre. Jag har vant mig vid att leva ensam, klarar kanske inte att leva ihop med någon."

"Tänk på att man bara lever en gång. Att bara sitta och rulla tummarna är inget för mig. Nu ska jag leva. Ha skoj. Barnen är vuxna och ingen av dem har fått barn ännu så jag har gott om tid för mig och mina egna nöjen."

Lena skrattade och hennes ögon glittrade lättjefullt.

"Det känns underbart. Ingen risk att få barn, jag vet hur jag vill ha det och jag njuter. Funkar det inte med karln, så väck med honom. Jag är förvånad över mig själv – men jag har trettio års brist på kärlek och sex att ta igen."

"Du är en inspirationskälla", sa Agneta och log. Hon önskade att hon hade Lenas livsglädje och härliga entusiasm, åtminstone en del av det hade räckt.

"Och jag har fått ordning på hormonbalanserna, det var jättejobbigt när klimakteriet började samtidigt med skilsmässan. Jag trodde jag skulle bli tokig. Men nu är det bra, hur är det för dig?"

"Det var jobbigt de första åren. Jag svettades dag som natt, men jag ville inte ta något, tänkte att det är naturligt att östrogennivåerna minskar. Det är bättre nu, men jag har fortfarande lätt för att svettas."

"Jag stod inte ut. Förutom värmevallningarna så blev huden torr och inte bara det, även slemhinnorna i underlivet. Du vet, när man ska älska – det går bara inte. Och så gick jag upp i vikt, till råga på allt."

Agneta skrattade. "Jag har inte problemet med torra slemhinnor, har inte älskat vare sig under eller efter klimakteriet."

"Har du aldrig tagit något?" frågade Lena. "Jag tar plåster, det funkar jättebra. Och jag har inga problem nu när jag älskar."

"Nej, jag har aldrig tagit något och har kommit ur klimakteriet. Och jag lever ensam också."

"Ska vi gå ut på stan nån gång? Det blir ju mest middagar nuförtiden när vi träffas och det är trevligt, men vi kan variera oss om du vill? Det finns dans för femtioplussare."

"Jag får se", sa Agneta tveksamt. "Kanske."

Agneta ville inte, det var ett passerat stadium. Lena blev allvarlig och sa att någon ny relation var hon inte för tillfället intresserad av. Nu ville hon leva ensam ett tag och ha roligt.

Agneta satt på tvåans spårvagn från Nilssonsberg på väg till hemmet i Kålltorp. Hon tänkte på kvällen som hade varit. Spårvagnen stannade tvärt för rött ljus och Agneta fick hålla i sig med händerna i stolen framför. Hon såg sina händer och naglar, jämförde med Lenas vackert rödlackerade naglar. Hennes var kortklippta och med torra nagelband. Alltför ofta slarvade hon med hudkrämen. På arbetet stod hudkrämen bredvid den flytande tvålen, men hon hade alltid bråttom, de hade knappt tid att gå på toaletten. När hon kom hem skulle hon smörja in händerna ordentligt och börja göra det varje kväll innan hon la sig. På pekfingret ömmade det spruckna nagelbandet, fingret sökte sig dit för att känna och peta in det närmare nageln.

Spårvagnens gungande och vinets effekt fick henne emellanåt att känna ett lätt illamående och hon tvingade sig att titta ut och inte blunda av trötthet. Spårvagnen stannade vid Brunnsparken och Agneta steg av. Hon ansträngde sig för att inte verka påverkad och försökte gå på ett kontrollerat sätt. Egentligen skulle hon ha hoppat av en hållplats senare för att byta spårvagn, men det fanns en anledning till att hon gick av redan vid Brunnsparken.

Med handen hårt om handväskan gick hon in genom entrén till affärscentrum Nordstan. Klockan elva en lördagskväll fanns fortfarande en och annan vanlig människa, men nu syntes mer ett annat klientel. Ungdomar stod och hängde gruppvis utanför de stängda affärerna. Andra människor såg skumma ut, slarvigt klädda. De hängde i något hörn och kisande efter något långt bort. Hon såg noga till att ha handväskan tätt intill sig och tittade försiktigt bakåt för att se om någon följde efter henne. Vilka av de hon såg höll på att sälja knark? Nordstan var också ficktjuvarnas paradis, men inte på kvällen för då var det bara ett fåtal människor där. Ändå höll hon hårt i handväskan. Enstaka människor passerade Nordstan på kvällen på väg till eller från centralstationen. Agneta hade samma tanke, att gå genom Nordstan och vika av mot centralstationen för att därifrån gå till Drottningtorget och ta spårvagnen hem.

Mitt i Nordstan utanför elektronikaffären med tv-apparater, såg hon honom. Hon tvärstannade när hon fortfarande var på långt avstånd. Hjärtat pumpade hårt och andningen ökade. Han stod ensam framför skyltfönstret och tittade rakt in. Samma klädsel som tidigare gånger – beige skrynkliga byxorna, den mörkblå jackan, samma kängor men nu med mössa. Hon gick försiktigt närmare och blev både rörd och ledsen på en och samma gång. Han tittade på tv! Hon insåg att det var mycket som var självklart i hennes liv, som att ha tv, dator och annan elektronik, men inte för de hemlösa. Inte ens en tv hade hennes bror, utan han fick stå utanför en stängd elektronikaffär och titta på tv:n i skyltfönstret. Hon ville gå fram, men visste inte om hon vågade. Hur skulle han reagera? Efter en stunds funderande kom tanken. Hon skulle säga det som hon hade velat säga i många år. Försiktigt närmade hon sig hans ryggtavla med långsamma steg. När hon var jämsides med honom, reagerade han. Vände sig om för att se vem det var som stod bredvid, så nära. Då sa hon "förlåt", samtidigt som hon rörde försiktigt vid hans arm. Hans rörelser var blixtsnabba och han var i väg innan hon ens hann förstå vad som hände. Kvar stod hon framför skyltfönstret och skämdes. Skämdes för att ha kört i väg honom igen, från tv:n som han ville titta på. Det som hon hade tillgång till jämt. Hon förbannade sig själv över sin dumhet och skyndade därifrån. Såg sig förläget omkring. Hade någon sett vad som hade hänt vid skyltfönstret? Ingen tittade åt hennes håll. Klumpen i halsen växte som en böld. Hon hade velat gråta, men behärskade sig. Nu ville hon bara hem och sova och glömma allt.

KAPITEL 30

Det gick en vecka, hon arbetade dagar och kvällar och försökte glömma incidenten på lördagskvällen. Hur han stått framför skyltfönstret, i samma kläder som tidigare och den stora svarta väskan med alla ägodelarna. Det var skönt att arbeta, till och med stressen på arbetet kändes befriande för att slippa minnet.

Anton skulle inte komma förrän om två veckor. Det nya schemat med tvåveckorsperioderna hade börjat, och varken Antons pappa eller hon hade haft något emot att byta schema. Det var vad hon sa, men hon gillade det inte. En vecka ensam gick bra, det var hon van vid, men två veckor – tystnaden växte och det gjorde nästan ont i öronen. Radion fick vara på i stället för tystnaden. Var det så här ensamt det skulle kännas när Anton blev vuxen och flyttade hemifrån? Samtidigt som dagarna gick, växte ett pockande begär – hon ville till Nordstan igen. Ville ordna det som hade gått galet, men framför allt – hon ville se honom.

Med spårvagnen från sjukhuset tog hon sig direkt till Nordstan, ungefär samma tid som tidigare. Affärerna stängde, den ena efter den andra. Vid några affärer stod vakter och motade ut de sista som inte tog någon hänsyn till stängningstiden. Vid trappan, nära gångtunneln till centralstationen, fanns de svartklädda ungdomarna med vita ansikten, hårt sminkade och med ringar i ansiktena och underliga frisyrer. De satt på trappstegen ner till tunneln, umgicks med varandra och brydde sig inte om de andra vanliga människorna som passerade. Hon hörde svagt dragspelsmusiken från gångtunneln och förvånade sig över att musikanten var kvar, nu när det inte fanns så många som kunde ge en slant. Hon vände och gick tillbaka till mitten av köpcentret och vandrade långsamt runt. Tittade förstrött i skyltfönster, försökte se ut som om hon väntade på någon. Därefter vände hon stegen mot norra änden, men såg honom inte och gick tillbaka. Däremot såg hon andra hemlösa. Det som var påfallande var att nuförtiden såg hon dem som hon aldrig hade sett förut och inte hade brytt sig om. Nu med vetskapen om att hennes egen bror var hemlös, var det som om ögonen hade öppnat sig för en annan värld, en som inte borde finnas. Hur kunde det komma sig att hon under så många år aldrig hade sett Arne innan? Efter att ha fått se honom på Faktum för första gången, då Faktumtjejen diskret påpekat att han fanns i lokalen, så visste hon hur han såg ut. Och han visste hur hon såg ut. På kort tid hade hon sett honom tre gånger. Och dessförinnan inte alls på trettio år. Eller hade hon – men inte känt igen? Men nu fanns han inte i Nordstan. Hon blev besviken och samtidigt lättad för att han inte stod där ensam och inte hade någonstans att ta vägen.

Hon gick tillbaka mot Brunnsparken och hållplatsen med tunga steg. Det blev en kort stund i väntan på den skramlande spårvagnen. Hon slog sig ner vid en tom platsrad närmast fönstret och tittade ut på dem som stod kvar vid hållplatsen med kassar, fulla med inköpta varor. Det var bara två veckor kvar till jul och mer människor än vanligt ute. Hon var glad för att julinköpet var klart, men hon hade bara Anton att köpa till. I år skulle hon ha Anton på julafton, då blev det en riktig jul. Nästa jul skulle bli annorlunda, när Anton var hos sin pappa. Det var inget hon såg fram emot.

Hon kom att tänka på sin halvstorebror, Mikael, som hon inte hade sett sedan de var barn. De hade aldrig haft en egen kontakt, han var äldre och hade tidigt flyttat hemifrån till Stockholm. Det var mamman som under åren höll kontakten, via telefon och besök. När Agneta hade kontaktat Mikael inför mammans begravning, kunde han inte komma. Han hade haft något allvarligt sjukdomstillstånd som han inte hade velat tala om. Det hade låtit skumt, men hon hade inte pressat honom då. Fanns det något som mamman hade hållit dolt för henne om Mikael? Varför hade syskonens relation blivit så märklig? De hade ingen gemensam pappa, men mamma däremot. Skulle hon försöka

kontakta honom nu? De var båda äldre, hon femtiotre och han sextio-
två år. Kanske skulle en kontakt bli uppskattad nu, det fanns inget att
förlora på att göra ett försök.

Hon slöt ögonen, kände sig med ens trött. Att arbeta hela dagen och
därefter leta efter sin bror i Nordstan, det var inte fysiskt ansträngande
men mentalt krävande på grund av de dystra funderingarna. Det hade
varit skönt att bara stänga av tankarna som flög vilt och hänsynslöst
omkring i huvudet. Ibland kunde hon känna en längtan till att få ro
och bara få vara. Som alla andra. Det var svårt, hon såg sin bror fram-
för sig, hans stelnade blick när han flydde från henne. Var bodde han?
Fanns det något krypin eller bodde han på något av de härbärgen som
frivilligorganisationerna hade? Hur fick han mat? Hur skötte han sin
hygien? Tvätt av kläder? Hade han socialbidrag? Så många frågor som
snurrade runt inom henne. Hur hade han det i jul? Firade han jul på
något sätt? Hon visste ingenting.

Hon suckade och undrade om det fanns något hon överhuvudtaget
kunde göra? De personer som kunde svara på frågorna var förhoppnings-
vis de som arbetade på frivilligorganisationerna. Faktumtjejen hade sagt
att Faktum inte avslöjade något om försäljarna. Faktumtidningen var
de hemlösas andningshål där de skulle känna sig trygga. Till kaféet där
Lise-Lott var föreståndare gick han troligen inte. Hon bestämde sig för
att hon, nästa dag före arbetet på eftermiddagen, skulle försöka få fram
mer information. Men framför allt ville hon ta reda på om det fanns
något hon kunde göra för Arne.

Hon läste på hjälporganisationernas hemsidor om hur de på olika sätt
hjälpte de hemlösa. Organisationerna drev härbärgen och akutboenden
där de hemlösa kunde övernatta. Vissa organisationer hade fältassis-
tenter ute på stan som hjälpte dem. Hon insåg med ens att det var svårt
att veta hur hon skulle börja ett samtal med en främmande människa
och berätta om det som var så privat. Kunde de berätta eller fanns det
sekretess? I sitt anteckningsblock fanns namn och telefonnummer
uppskrivet sedan flera dagar tillbaka. Hon tog till slut mod till sig och
ringde det översta namnet på sidan, fältassistenten Karl-Henrik.

Hon presenterade sig och berättade att hon hade en bror som hette Arne. I mobilen var det tyst.

"Jag söker min bror efter att ha förlorat kontakten med honom, han är hemlös. Han har haft traumatiska upplevelser som barn och även som ungdom." Återigen hörde Agneta tystnaden. Avvaktade han?

Hon berättade sammanfattat Arnes bakgrund. Sedan inväntade hon Karl-Henriks respons. Oron fanns, hade hon lämnat ut för mycket om Arne?

"Vi vet vem han är. Men han är inte på härbärgena. Han har sovit där nån gång, men han gillar inte att dela rum med missbrukare. Han håller sig för sig själv och det går inte på härbärgen. Han väljer andra ställen att sova på."

"Arne vill inte ha kontakt med mig, han flyr. Men jag vill att han ska ha det bra och att han får hjälp", sa hon beklämt.

"Jag är glad för att du berättade om det som har hänt Arne som ung. Vi har förstått att det finns en del i hans bakgrund som tynger honom, men Arne vill aldrig prata om sig själv eller om det han tänker. För oss är det lättare att hjälpa när man vet mer om vad en person har varit utsatt för. Vi ser ofta Arne och håller koll på honom – att det är okej, att han har hyfsat med kläder och skor. Mer än så kan vi inte göra. Man kan inte tvinga någon att ta emot hjälp", sa Karl-Henrik.

Han fick hennes namn och telefonnummer och lovade att ringa om det skulle vara något. Hon ville inte tänka tanken på vad det skulle kunna vara.

Agneta ringde nästa organisation som hon hade antecknat och drog återigen sin och Arnes historia för fältassistent Lotta. Även här var Arne känd, vilket förvånade Agneta. Hon hade inte förväntat sig att frivilligorganisationerna så väl kände till de hemlösa.

"Arne blev för flera år sedan erbjuden en lägenhet, en trea", sa Lotta. "Men han ville på sin höjd bara ha en etta så han tackade nej. En trea till en som är hemlös, som har bott på gatan – hur tänkte de? Sedan fick han inget mer erbjudande om bostad. Typiskt för soc, de är stelbenta och inte smidiga", sa hon lågt.

Efter de två samtalen insåg Agneta att det här med att hjälpa inte var så lätt. Situationen för brodern kändes hopplös. Hon var på avstånd och var bakbunden. Hon såg, men det fanns inget som hon kunde göra. Hon blev mer och mer tacksam över sitt arbete, där hon kunde uppslukas av intensiteten och stressen och där hon kunde göra en stor insats. Hon reste sig, sneglade som hastigast på klockan och såg att det var lugnt. I badrummet tog hon av sig morgonrocken, hängde upp den på kroken, steg in i duschen och lät de heta strålarna värma upp hennes frusna, ledsna kropp.

KAPITEL 31

Agneta gäspade stort, men hann stänga munnen innan hon gick på spårvagnen för att åka hem. Hon ogillade att se när andra gäspade utan att hålla handen för munnen. Hon var trött, det hade varit mer stressigt och fler överbeläggningar än vanligt. De hade fått lägga fem patienter på en sal för fyra och lägga patienter i behandlingsrum, i dagrum och i korridorer. Det blev rörigt, mer att göra och en ökad smittorisk. Arbetsbelastningen gjorde att det var svårt att ta fikaraster, oftast blev det inga alls. Luncherna förkortades och toabesök fick klaras av på rekordtid när det var riktigt akut. Det var svårt att följa rutiner och att hinna med all dokumentation. Oron fanns ständigt närvarande för att göra fel, beräkna fel vid medicinuttagen. Dessutom var det jobbigt med alla extra besökare till de inlagda i och med överbeläggningen. Det kändes som om det kryllade av folk och alla ryckte i en och undrade vad läkaren hade sagt och när läkaren skulle komma. Risken för övertid hängde över henne, men hon skulle inte ha orkat.

Hon tittade runt för att sätta sig vid en tom rad och slippa ha någon bredvid sig. Då såg hon honom. Mannen med den stora väskan, han som spelade i ett storband, han med de bruna ögonen. Han tittade på henne och nickade hjärtligt. Hon satte sig ner bredvid honom, trots att hon hade sett fram emot att få sitta ensam, vila huvud och kropp från dagens stress och blunda under färden hem. Hon log milt och kände hans svaga doft av rakvatten, samma doft som förra gången. Den var angenäm jämfört med de andra dofterna på sjukhuset. Han vände sig mot henne.

"Trevlig att se dig, det var länge sen. Hur är det?"

Hans blick var vänlig och intresserad och han log. Själv kände hon sig trött efter arbetet och nedstämd. Inom henne fanns tankarna på brodern, hon tänkte på de situationer som hon sett honom i den senaste tiden.

"Det är väl bra", svarade hon svävande.

Inte kunde hon för en okänd öppna sig och berätta om ledsamheter som tankarna på Arne. Det skulle krävas en hel del förklaringar och det var inget som hon ville prata om på en kort spårvagnsresa med en främmande människa.

"Jag är trött, det har varit mycket jobb och stressigt, i princip hela dagen", fortsatte Agneta. Detta var ofarligt att berätta om, inget direkt personligt men ändå något om hur hon kände sig.

"Är du läkare?" frågade han.

Hon tittade förvånat på honom, såg in i hans nötbruna ögon. Såg hon ut som en läkare månntro? Hon sträckte på sig. Spårvagnen började köra, det var den gamla spårvagnstypen som bullrade.

"Jag är sjuksköterska, på medicinavdelningen. Spelar du professionellt?"

Han skrattade till, hon förstod inte varför det var roligt.

"Tyvärr inte. När jag var ung hade jag många intressen, bland annat att spela. Men jag kunde inte koncentrera mig bara på det. Jag tog upp spelandet igen på äldre dar. En kollega till mig spelar saxofon och berättade om bandet. Han fick mig att börja igen och det har jag aldrig ångrat. Det är otroligt roligt. Vi har kul. Ja, särskilt nu ... jag lever ensam sen fem år tillbaka. Spelandet är som en ny dimension i tillvaron, som en drog."

"Det var ju bra, låter som en rolig hobby. Men vad gör du i vanliga fall då?"

Det kändes ofint att fråga så direkt, men han hade frågat henne.

"Du menar som yrke? Jag är läkare", svarade mannen. "Men inte här på Östra utan på Sahlgrenska, på hjärta. Förresten ... jag vet inte vad du heter. Jag kanske inte sagt vad jag heter heller? Per eller Pelle brukar alla kalla mig."

"Agneta", svarade hon och tänkte att Per passade bättre på en äldre man.

Hettan i ansiktet kom direkt, varför rodnade hon? Fullständigt obegripligt. Hon tittade bort mot andra fönstret för att dölja det som hände inom henne.

"Gillar du musik", sa han oväntat.

Hon vände sig mot honom och hoppades att hon var återställd från rodnaden.

"Ja, så där allmänt. Jag lyssnar väl inte på något särskilt, utan det är allt möjligt från klassiskt till pop."

"Ja, men då så! Har du lust att lyssna på klassiska julsånger i domkyrkan? Nästa söndag? Jag tänkte gå, men har ingen att gå med. Bland annat så kommer GWO, Göteborg Wind Orchestra, att spela och det blir en hel del sång. Vill du följa med?"

Agneta blev ställd, hon var inte beredd på frågan. Eller var det en invit eller dejt? Hon kände sig hjälplös. På ett sätt ville hon, han var trevlig och såg bra ut. Men det försiktiga i henne fick henne att tveka. Kanske gick hon händelserna i förväg? Det behövde inte innebära något för att hon gick på konsert med honom, det handlade bara om att lyssna på musik. De skulle kunna vara vänner, en manlig vän hade hon aldrig haft.

"Det låter trevligt. När är det? Jag menar vilken tid alltså. Jag måste kolla så jag inte jobbar."

"Klockan arton. Vi kan ses utanför domkyrkan men senast en halvtimme innan, annars får vi inga bra platser. Jag vill gärna sitta långt fram och höra och se musikerna bra."

När hon kom in genom ytterdörren, var hon distré. Hur såg han ut? Hon mindes framför allt de glada, bruna ögonen men också ett nästan runt ansikte. Han var äldre än hon, det visste hon nu, men han hade inte mycket rynkor. Blev det så med ett runt ansikte? Grått välklippt hår, bruna markerade ögonbryn och en näsa som var rak men kraftig. Hakan var något fyrkantig. Nu kom hon på för första gången, han hade en grop i mitten på hakan. På något sätt fick hon av sig skinnstövlarna och kappan hängde hon upp på galgen, men hon mindes inte hur. Samtidigt var tröttheten som bortblåst. I stället fanns en tydlig spänning i kroppen. Hon gick igenom samtalet som de hade haft, om och om igen. Efter ett tag mindes hon inte längre hur han såg ut. Var han intresserad av henne, hon med sitt alldagliga utseende? Kanske var det så enkelt att han bara ville ha med sig någon på konserten. Genast kom farhågorna, inte var hon den som var rolig eller kunde berätta om intressanta saker, utan hon var en vanlig, enkel människa. Men insikten slog till – så vanlig var hon inte med sin ovanliga historia bakom sig. För att inte tala om hur lite släkt hon hade. Ibland önskade hon sig syskon, kusiner och släktingar som fanns nära. Hon var helt ensam. Arne ville inte ha kontakt och Mikael, storebrodern, hade hon inte heller kontakt med. Hon rynkade pannan, tankarna började formas. Åren gick och kanske var det ändå dags? Imorgon, efter att ha vaknat utvilad och efter en stadig frukost, skulle hon ringa Mikael. Hon förstod sig inte på mammans relation med Mikael, det var som om hon ville ha honom för sig själv. Mamman hade pratat med Mikael i telefon och besökte honom i Stockholm, men mer än så visste inte Agneta. Kanske borde hon ha frågat mer i stället för att bara acceptera mammans fåordiga berättelser om kontakterna. Den enda gången som Agneta som vuxen hade haft kontakt med Mikael var vid mammans begravning, då när Mikael inte hade kunnat komma för något *allvarligt sjukdomstillstånd*. Agneta anade att det betydde något annat.

Med kaffekoppen i ena handen och ostmörgåsen i den andra, satt hon böjd över tidningen och läste en krönika om det gamla Göteborg. Ögonen fastnade på de svartvita bilderna, hon kände igen byggnaderna efter hamngatorna med kanalen mellan sig. En gäll telefonsignal avbröt henne. Mobilen låg i hallen och hoppade på byrån av vibrationen. Det var Rebeckas ljusa röst.

”Jag har dåligt samvete”, sa Rebecka. ”Jag borde hört av mig för länge sen. Mitt nya jobb som informatör är jätteroligt, men samtidigt har jag varit så trött och lagt mig varje dag efter jobbet för att vila. Jag har ju varit borta från arbete i flera år, om man bortser från volontärsarbetet, men det jobbet var ganska lugnt.”

”Vad glad jag är att höra av dig. Det låter som att du mår bra även om det är jobbigt när du inte är van. Du är kanske inte hundraprocentigt återställd”, svarade Agneta.

"Jag skulle ha lämnat din berättelse. Hur som helst så är den bearbetad och helt klar. Jag har gjort den som en bok till dig, inbunden alltså."

"Som en bok? Vad fint! Förresten … har du lust att komma hem till mig så gör jag lite mat och så får du visa mig boken. Vad kostar den?"

"Det behövs ingen betalning. Jag har en kompis som är gift med en förläggare så det har inte kostat något."

Rebecka bet sig i läppen. Boken hade kostat men det var ju på hennes eget initiativ som hon tryckte den som en bok, dessutom inbunden på fint papper. Inte skulle Agneta betala, det fick bli en present.

"Tack. Jag är verkligen glad och tacksam, det ska du veta. När kan du? Denna torsdag, fredag eller nästa vecka?"

"Torsdag blir bra."

På eftermiddagen satte sig Agneta vid köksbordet och blev sittande en lång stund. Hon slog numret, men avbröt innan fingret tryckte på sista siffran. Två gånger till hände det. Varför var det så svårt? Hon suckade, gick och hämtade papper och penna och började skissa på vad hon skulle säga. Vad säger man till någon som man inte har pratat med på länge och inte känner? Hur börjar man? Hon ogillade att ringa okända, vilket även inkluderade hennes halvbror. Minuterna gick utan att hon lyckades få ned något annat än ett ord "Anton". Hon gick till köksskåpet, öppnade och tittade en lång stund, sen tog hon ut flaskan och hällde upp två centiliter med konjak. Konjak drack hon nästan aldrig, men hon hade det hemma för att kunna bjuda gäster efter middagen. Hon satte sig vid köksbordet och läppjade på konjaken. Den brände i strupen och strax efter slappnade kroppen av. Hon slog telefonnumret till slut. Det gick fram fyra signaler, en kvinnoröst presenterade sig med efternamnet. Hon lät gammal, kanske trött, tänkte Agneta och undrade om det var Mikaels fru. Hon frågade efter Mikael.

"Ett ögonblick", svarade den trötta rösten.

Värmevallningen kom direkt med hetta och fukt på ryggen, även under armhålorna kändes svettdropparna. Hon som hade duschat och som skulle i väg till arbetet. Det fick bli en ny dusch.

"Mikael Södergren", svarade en mörk mansröst.

Agneta blev osäker, var det han? Han lät inte som han gjorde sist vid mammans begravning. Hon stammade fram och blev irriterad över sin osäkerhet.

"Hej, det är Agneta."

Det blev en tystnad som inte var särskilt lång, men som kändes evighetslång.

"Agneta! Vad roligt! Jag har tänkt så många gånger att ringa dig och Arne men det har inte blivit av. Hur är det?"

Agneta hade så ofta funderat över varför han inte kom till mammans begravning. Hade bara sagt något krystat om allvarligt sjukdomstillstånd. Det ville hon fråga om, men inte i början av deras kontakt. Agneta berättade att hon jobbade som sjuksköterska och att hon levde själv med sin son. Hon tystnade, det fanns inte mer att berätta. Mikael bodde med sin fru utanför Stockholm. Han ägde en verkstad, det var där han fick sitt första arbete och sedan hade han blivit kvar. De hade två vuxna barn. Han stannade upp. Agneta hörde att det var något.

"Jag har haft en del problem tidigare. Jag var ganska stökig som ung, det vet du nog kanske inget om. Jag stack hemifrån tidigt och det var nog inte bra. Det fanns ingen som höll ordning på mig, jag gjorde dumheter ... som ung alltså. Drack tyvärr häftigt under många år, som alkoholist rent ut sagt. Ungarna har varit trötta på mig och jag har periodvis varit ett dåligt stöd för dom. Idag har vi en bra kontakt, tack och lov. Min fru är fantastisk, utan hennes stöd hade jag inte klarat av att komma ur mitt beroende. Och det är tack vare henne som ungarna har blivit så fina."

Det förvånade Agneta att han berättade självklart och ärligt om det som varit men samtidigt – varför sa han inget om det tidigare? Då hade hon kanske kunnat acceptera att han inte kom till mammans begravning.

Det slog Agneta att de båda haft missbruk, hon med sina värktabletter och Mikael med sin alkohol. Arne hade inget missbruk, men levde som hemlös och med ett trasigt inre. Hon sa inget till Mikael om tablettmissbruket, det fick komma senare. Hon skämdes fortfarande för det. Samtalet flöt på, tack vare Mikael som pratade och berättade, uppenbart glad över att Agneta hade ringt. Så öppenhjärtig att det nästan kändes svårt. Själv var hon försiktig, lite blyg och situationen var ovan. I nästa sekund bjöd Mikael in Agneta att besöka honom och hans familj, sin son kunde hon också ta med. De bestämde att ses i januari efter jul- och nyårshelgerna men Agneta sa att det fick bli utan Anton första gången. Att träffa sin halvbror efter så många år ... hon ville träffa Mikael själv först. Frågan kom, den som hon hade bävat för.

"Hur är det med Arne då?"

Det här var svårt, tänkte Agneta och läppjade på konjaken. Hon ville inte ta det per telefon, men inte prata bort det heller. Hon berättade lågmält att det inte hade gått så bra för Arne, och att hon kunde berätta mer när de träffades.

"Tråkigt att höra", sa Mikael och suckade tungt. "Jag kommer ihåg Arne när han var liten. Han var försiktig och ibland rädd, däremot var du mer kavat. Arne var känslig, det är min minnesbild av honom."

Efter telefonsamtalet satt Agneta kvar en lång stund, darrande i kroppen. Känslomässigt hade det varit svårt, en ny bror att lära känna men också att nämna Arne utan att berätta. Det tunga om Arne fanns ändå kvar i henne. Hon var verkligen svettig och behövde duschen innan hon skulle till arbetet. Livet är oförutsägbart, tänkte hon. Förlora en bror och få en halvbror. Nu var hon inte ensam längre.

KAPITEL 32

Rebecka insåg att hon hade gått rätt. Numreringarna var inte som hon hade förväntat sig, men så stod hon plötsligt framför nummer 43 A. Hon gick uppför de två enkla trappstegen till lägenheten. På översta trappsteget kunde hon se in i ett litet kök, och såg Agneta som stod framför spisen och rörde i en gryta. Från ryggsäcken drog Rebecka upp den väl paketerade blombuketten, tog bort pappren runt och ringde på. Agneta öppnade, log brett och de kramades.

"Det var verkligen roligt att se dig", sa Agneta. "Tack för blommorna, så fina de är. Det är inte så ofta jag får blommor, mest på födelsedagarna av Anton. Jag borde köpa själv eftersom jag tycker om blommor. Det blir så vackert hemma."

Agneta tog emot Rebeckas kappa och hängde upp den. Rebecka tittade sig storögt omkring. I detta område av Göteborg, Kålltorp, hade hon aldrig varit. Det som hade sett ut som radhus var lägenheter i två plan. Agneta frågade om Rebecka ville titta runt innan middagen och Rebecka nickade ivrigt. Agneta försvann till köket för att hämta en vas till blommorna.

Rebecka noterade att både köket och hallen var små. Från den lilla hallen kom hon till vardagsrummet som inte heller var så stort. Ena kortsidan i vardagsrummet täcktes av fönster och hon såg spårvagns-ledningarna utanför. Golvet bestod av slitna furuplankor, alltså måste husen vara ganska gamla. I vardagsrummet stod en beige skinngrupp bestående av en tresitssoffa och en fåtölj, samt ett litet runt vitt mat-salsbord med snirkliga ben och fyra beigeklädda stolar. Plötsligt for spårvagnen förbi med rasande fart, fönstren skallrade. Var det inte störande att bo så nära spårvagnsspåren? En vitmålad matsalsskänk stod mittemot skinngruppen med en tjock-tv ovanpå. Rebecka var nära att skratta till, men hann hejda sig. Hon trodde inte att någon idag hade en tjock-tv. Bredvid tv:n stod både en video- och en DVD-spelare, så onödigt idag när tv och dator fanns. Agneta kom tillbaka från köket med blommorna i en vas, som hon ställde på det runda matsalsbordet. Bordet var dukat för två och med en ljuslila linneduk ovanpå.

"Så här har jag det", sa Agneta blygt.

Vad tänkte Rebecka om lägenheten och möbleringen, undrade hon. Hon såg framför sig Rebeckas lägenhet, fräsch, ungdomlig och luftig utan alla möbler som hon hade.

"Du har det ombonat", sa Rebecka och tittade på tavlorna som hängde på många av väggarna. Har du målat själv?"

Agneta skrattade.

"Ser de hemmålade ut? Nej, jag målar inte. Några har jag fått och några har jag ärvt efter min mamma. Jag har också vunnit en tavla genom konstföreningen på arbetet." Agneta pekade på en.

Rebecka tänkte direkt att den hade hon kunnat måla, en abstrakt målning i olika bjärta färger och svarta streck.

Agneta fortsatte:

"Den andra bredvid är en litografi av Krøyer, jag köpte den när jag var i Skagen en vår. Den har jag ramat in själv, du känner väl igen den? Damen i stolen vid rosenbusken. Du tror kanske att jag är intresserad av konst, men jag vill bara ha vackra tavlor på väggen."

"Jag förstår", sa Rebecka.

Rebecka gick vidare med Agneta bakom sig. I hallen fanns tre dörrar, en av dörrarna gick till ett ganska stort rum och här syntes verkligen att det var ett pojkrum. Ett stort svart skrivbord där mängder av sladdar låg löst ovanpå men framför allt under skrivbordet. En bred säng med svarta kuddar som låg direkt på påslakanet. På väggen hängde en stor platt-tv. En svart Billybokhylla var fylld av böcker, tidskrifter, spel och en massa bråte. På väggarna hängde affischer med män med främmande namn, som såg ut som hårdrockare. I övrigt såg rummet tomt ut, utan dator och kläder. Rebecka skulle just fråga när Agneta förklarade.

"Anton tar med sig sin dator och sånt när han ska till sin pappa. Det är bara högtalardelarna som är kvar – och sladdarna förstås. Hans pappa ville att Anton skulle ha en dator på varje ställe, det hade naturligtvis varit enklare men ... vi har lite olika ekonomier. Så här rent ser det inte ut när han bor här. Då är skrivbordet fullt av datorprylar, glas, tallrikar, skolböcker. Jag städar rummet efter att han har åkt till sin pappa."

"Städar han inte själv? Han är stor", sa Rebecka.

"Jo, men ganska slarvigt, kan man nog lugnt säga. Det skulle bli odrägligt till slut om inte jag sanerade emellanåt."

De gick tillbaka till den lilla hallen. En dörr gick till ett badrum, också det ganska litet, med PVC-matta och PVC-tapet. Där hade behövts kakel och klinkers, tänkte Rebecka. Ett badkar med dusch fick precis plats och i taket hängde ett blommigt duschförhänge runt badkaret. Rebecka stängde dörren, det fanns inget att säga om badrummet. Hon öppnade dörren till Agnetas rum. Rummet var litet, tapeterna var stormönstrade med gröna blad och vita blommor. Den smala sängen var bäddad med ett vitt överkast och tre gröna små hjärtformade kuddar. En vit hurts, hon visste inte att det fanns så små nätta, stod bredvid sängen med en bok på och en nattdukslampa. Ett minimalt skrivbord, också det vitt, stod mot kortsidan, med en laptop ovanpå. I övrigt var skrivbordet helt rent på saker. Gardinerna var vita, luftiga spetsgardiner. Rummet hade en gammaldags charm över sig.

"Det var mysigt", sa Rebecka.

Det var första gången på husesynen som hon hade sagt något positivt och hoppades att Agneta inte skulle ta illa upp, men lägenheten var inte i hennes stil. Den var sliten, gammal och de dammiga vattenledningarna var synliga i rummen.

Agneta hade gjort en indisk gryta med basmatiris till. Ugnsbakat naanbröd låg i brödkorgen och luktade gott av vitlökssmöret med persiljeprickar i. Rebecka åt med glupande aptit. Hade hon avslöjat någon gång att indiskt var favoritmaten? Agneta var omtänksam.

Efter maten satte de sig med var sin kopp kaffe i soffan. Rebecka hade sin ryggsäck bredvid sig och drog upp en påse ur den. Ur påsen plockade hon fram fem inbundna böcker och räckte till Agneta som tog emot dem som om de vore dyrbara skatter. Hon lade fyra böcker på vardagsrumsbordet. Den femte boken smekte hon med handen över bokens omslag, som var i ett vackert blå-lila mönster, där en liten pojke och en något större flicka kunde skönjas i bilden. Rubriken var *Agnetas berättelse*. Hon öppnade boken och läste de första raderna, bläddrade vidare och läste lite här och där. Tittade upp, ögonen blanka och med en röst fylld av tacksamhet som fick Rebecka att känna sig besvärad.

"Rebecka, boken är otroligt fin. Jag hade förväntat mig … något enklare. Tack! Men ska du inte ha ersättning? Det ska du ha, böckerna måste ha kostat en hel del."

"Jag känner en tjej vars kille jobbar på förlag så det var lätt. Och nu har du några böcker som du kan ge bort också, om du vill."

"Jag önskar att jag kunde göra något för dig."

"Du har redan gjort det. Alla stunder som vi har träffats har varit bra för mig också. Det är ett fint förtroende att du har velat berätta för mig. På nåt sätt har jag fått distans till det jag har upplevt. Idag förstår jag mer orsaken till min sjukdom och att det beror en del på mig. Jag har lyckats sluta … i alla fall börjat sänka kraven jag ställer på mig själv. Good enough, det är inte så dumt att tänka på. Och jobbet är inte livsviktigt, som det har varit."

"Jag har haft allt inom mig under många år och inte berättat för någon. Jag har skämts. Det har varit obehagligt och tungt att bära, men genom att berätta och att det nu finns på pränt så känns det som att jag kan lämna historien bakom mig och se framåt. Starten var att jag tog mod till mig och gick till en terapeut. Det var riktigt bra."

"Det har du inte sagt!"

"Nej, det har också varit svårt att berätta om. Det har känts som en svaghet. Nu tänker jag annorlunda, att det är starkt att våga ta tag i det svåra. Idag mår jag bättre även om det finns annat som är jobbigt."

Agneta gjorde avsiktligt en paus, hon behövde samla sig. Rebecka skruvade på sig.

"Säg inte att det har hänt dig nåt illa", sa Rebecka. "Du är värd att ha det bra efter allt!"

"Nej inte så, det är något helt annat ... jag har sett honom! Och inte bara en gång utan flera gånger!"

"Va, Arne? Vad roligt!"

"Nej, det är inte så enkelt. Jag vet inte vad jag ska göra."

Agneta berättade om hur hon letat och av tillfällighet råkat på Arne hos Faktum, och att hon därefter sett honom flera gånger i stan.

"Han är hemlös", sa Agneta med sorg i rösten. "Och han vill inte ha kontakt med mig."

Rebecka bet sig på läppen, satt tyst och funderade.

"Men skulle du inte försöka få en bättre möjlighet att prata med honom?"

Irritationen steg inom Agneta. Prata med honom? Hade inte Rebecka hört vad hon hade sagt? Han hade ju stuckit varje gång hon närmade sig honom. Men Rebecka menade inget illa även om det lät som om hon inte hade förstått.

"Han vill inte ha kontakt! Det har han visat tydligt varje gång som jag har försökt. Han sticker. Jag kan inte tvinga honom."

"Okej, jag förstår. Så svårt, men då kan du ju inte göra något? Eller?"

"Nej, jag tror inte det. Det är tungt. Samtidigt som jag vill se honom, mår jag dåligt av att se hur han har det. Det är verkligen motstridigt."

"Kan du inte ge honom pengar då?"

Agneta sträckte upp sig, rynkade pannan.

"Om han sticker varje gång jag närmar mig så varför skulle han ta emot pengar då?"

"Nej, det förstås."

Rebecka tuggade tankfullt på läppen.

"Har du något foto av honom som han ser ut nu? Jag kanske har sett honom på kaféet?"

"Jag har inget nytt, bara när han var ung, från gymnasiet. Du har sett det tidigare, jag kan hämta."

Agneta försvann i väg och kom strax tillbaka med foton på en ung Arne. Rebecka tog fotona, granskade och vände dem om, som om det skulle finnas något på baksidan.

"Jag tror inte att jag har sett honom, men det är svårt att veta, han är ju äldre nu. Han är fin, verkligen snygg."

"Ja", sa Agneta och tog ett djupt andetag. "Vi pratar om något annat, jag blir bara ledsen. Förresten ..."

Agneta böjde sig fram mot bordet och tog upp en bok.

"Jag vill att du ska ha en bok som tack och minne – om du vill."

"Ja gärna, tack", sa Rebecka och tog emot boken. Hon hade redan en bok, hade beställt sex böcker från tryckeriet eftersom en bok skulle vara som minne. Men hon ville inte ta bort Agnetas glädje över att få ge.

"Jag har haft en tanke, en fundering, sedan ett tag tillbaka", sa Rebecka. "Din berättelse, den är en unik skildring av ett samhälle som jag inte tror att många känner till, detta med barnhemmet och Lillhagen. Någon, jag eller annan, skulle kunna göra något med materialet, en roman eller något annat. Vad tror du?"

"Jag vet inte. Det här var nytt för mig. Jag måste fundera. Vi kan diskutera det längre fram."

"Ja, så kan vi göra."

"Nu får du berätta om dig själv", sa Agneta. "Hur går det med arbetet och vad gör du annars? Har du träffat någon?"

Rebeckas ansikte sken upp.

"Jag har precis börjat dansa salsa. Det är jätteroligt, jag går med en kompis. Tyvärr är det få killar så vi tjejer dansar med varandra. Jag mår bra, är trött på kvällarna bara men det blir väl bättre. Jag trivs grymt bra på jobbet. Nej, jag har inte träffat någon ny ... men har kanske nåt på gång. Det är en kille på ekonomiavdelningen som jag har hjälpt med texter, men vi får se vad som händer."

Rebecka kunde inte dölja ett leende och en lätt rodnad som spred sig över ansiktet. Agneta tänkte att ibland kunde hon sakna att inte ha en dotter. Det blev en annan närhet med en kvinna jämfört med söner och män. Om Rebecka hade varit hennes dotter ... hon smålog mot Rebecka.

"Jag hoppas att det blir bra för dig. Du är söt och jag är övertygad om att du inte kommer leva ensam så länge till."

Rebecka såg glad ut. Agneta var tacksam för att Rebecka inte frågade henne om hon hade träffat någon. Hade hon det? Det var ju bara en tillfällig spårvagnsbekantskap. De skulle visserligen på en konsert tillsammans, men om det var något på gång – det kunde hon inte säga. En stund senare tog de adjö av varandra. Agneta lovade Rebecka att hon skulle gå med i Facebook så att de kunde hålla kontakten den vägen också. Många av Agnetas jobbarkompisar och vänner använde Facebook men hon hade aldrig börjat. Sonen fick allt hjälpa henne, hon var osäker på hur man gjorde. Visserligen skulle han stöna över hennes brist på elementär datorkunskap, men det var inget nytt. Agneta kände sig rörd, Rebecka var som en kompis trots åldersskillnaden och att de var i olika faser i livet och med helt skilda bakgrunder. Men det som de hade gemensamt var den ömsesidiga medkänslan och viljan att förstå. Det fanns något mellan dem som var fint och genuint.

Efter att Rebecka hade försvunnit i väg, tänkte Agneta att hon verkligen önskade att det skulle gå bra för Rebecka och att mannen som hon tänkte på när hon såg så lycklig ut var värd henne.

KAPITEL 33

Agneta suckade, vände sig om och tittade åt ett annat håll. En ny suck och hon vände sig igen. Varför utsatte hon sig för detta? Hon hade kunnat vara hemma, legat bekvämt i soffan med yllefilten runt sig och läst eller tittat på tv. Men här stod hon och kände sig som en nervös tonåring på första dejten. Ryck upp dig, intalade hon sig. Du är femtiotre år, nu är du barnslig. Du ska bara gå på en konsert, strunta i vem du råkar gå med. Det är bara att lyssna på musiken och njuta. Efter konserten kan du skylla på huvudvärk och du behöver inte träffa honom mer. Hennes andra jag sa: Så spännande! Han är trevlig, ser bra ut. Det är bara att slappna av och se vad som händer. Om ni inte passar ihop är det bara att säga adjö.

Hon frös, det var minus tre grader och blåsten ven där hon stod utanför domkyrkan, alldeles för tidig. Kroppen var spänd, antagligen frös hon mer på grund av detta. Minuterna gick och det blev fem minuter kvar tills de skulle träffas. För sent att ta en promenad för att få upp värmen. Just då kom han, med en spänstig gång. Hans blick var bestämt fästad framåt – på henne, och hon rodnade. Hur de skulle hälsa på varandra? Skulle de ta varandra i hand, skulle han ge henne en kram eller skulle de bara nicka åt varandra? Hon beslöt sig för att avvakta, låta honom ta första steget. En känsla av lätt obehag kom över henne, hon kände sig osäker, stel och tafatt. Det var så motsägelsefullt mot hur självklart det var på arbetet med den nära och naturliga kontakten med människor.

Det gick så fort att hon inte hann förstå vad som hände. Han både hälsade henne i handen och gav henne en lätt vänlig klapp på armen. Med handen bakom hennes rygg förde han in henne i domkyrkan. De var många som kom en halvtimme innan och ville ha bra platser. De hamnade på tredje bänkraden. Hon sneglade på honom för att se om han var besviken, att de inte kom närmare orkestern men det verkade han inte vara. Han satt med nedböjt huvud och läste i programbladet. Hon betraktade de vackra guldfärgade ornamenten längst fram, altartavlan med Kristus och änglar. Plötsligt kände hon blicken och tittade åt vänster. Per såg på henne och det var som om han hade väntat på hennes uppmärksamhet.

"Hur har veckan varit?"

Det var ett sorl i kyrkan och hon fick anstränga sig för att höra. Hon lutade sig närmare med blicken nedåt, det gick inte att se rakt in i hans vackra bruna ögon på så nära håll.

"Hemma är det väl bra, men arbetet – det är för mycket att göra, ständiga överbeläggningar, kaotiskt."

"Jag har hört att huvudskyddsombudet på Östra har gjort en anmälan till Arbetsmiljöverket."

"Jaha", svarade hon förvånat. "Det har jag missat. Det var på tiden att något händer."

"Tycker jag med, det är en skam att sjukvården bedrivs på det här sättet. Men så blir det när politiker som inte kan nåt beslutar utifrån underlag från överläkare och klinikchefer som är duktiga på medicin, men som inte kan driva en verksamhet."

"Jaså, du är kritisk mot din egen yrkesgrupp."

"Nej det är jag inte, men det är fel människor som driver sjukvården."

Musikerna kom in och satte sig framme vid podiet och sorlet i kyrkan tystnade tvärt. Dirigenten kom in från sidan, lyfte dirigentpinnen och konserten började. De vanliga jullåtarna varvades med andra musikstycken som hon inte kände igen, men som hon kunde läsa om i programbladet. Barnkören sjöng vackert i olika stämmor. En kvinnlig och en manlig solist sjöng de traditionella jullåtarna som *Stilla natt* och *Winter Wonderland*. De levande ljusen fladdrade i kandelabrar som fanns utplacerade runt orkester och kör. Kontrasten blev slående, den kyliga väntan i den mörka kvällen till en stämningsfull afton med skön musik. Kroppen slappnade äntligen av, nu kunde hon njuta fullt ut av musiken. Det fanns inget tungt längre, bara toner som smekte och gav näring till en längtande själ. Efter en stund kastade hon en snabb blick mot Per som satt leende och helt koncentrerad med blicken vandrande mellan musikerna och deras instrument. Det märktes att han hade ett annat intresse av konserten än att bara lyssna.

Efter konserten vällde folk ut från domkyrkan genom den stora porten och försvann åt olika håll. De hade inte kunnat prata med varandra under konserten, mer än någon enstaka mening. Utanför domkyrkan vände sig Per mot henne.

"Har du bråttom hem eller kan vi ta en fika?"

"Fika blir bra, det är kallt och te hade varit gott. Vet du vart vi kan gå? Jag är inte så ofta i stan."

Per skrattade till.

"Nej, jag vet inte heller, men vi kan väl gå en bit och titta? Något ställe måste väl finnas."

De gick planlöst omkring, men inget kafé verkade ha öppet en söndags-kväll. I stället gick de till hotellpuben på Västra Hamngatan. De satte sig i ett bås med varsin öl. Hon tog ett litet glas fatöl och Per tog en flaska belgisk öl. Han höll flaskan i handen, knackade med fingret på etiketten.

"Belgarna gör den bästa ölen i hela världen – tycker jag i alla fall."

Agneta såg skum glittra ovanför hans läppar och hon tog upp en pappersnäsduk och torkade sina läppar för säkerhets skull.

"Och bra mat har de också, där ligger allt fransmännen i lä. Har du varit i Belgien?"

Agneta skakade på huvudet. Hon hade inte rest så mycket. Visst fanns viljan, men hon hade för länge sedan resignerat. Efter skilsmäs-san blev resorna färre.

"Jag var där på läkarkongress under några dagar förra året, men jag skulle vilja åka dit igen … Är du hungrig? Vi skulle ju fika var tanken. Kan inte jag få bjuda på något ätbart – snälla?"

Han la huvudet på sned och såg bedjande på Agneta. Hon kunde inte säga nej, vilket hon skulle ha gjort normalt. Men Pers bruna, snälla ögon gjorde det omöjligt med ett nej, det hade känts oartigt. Utbudet av rätter på puben var begränsat, de beställde båda fish and chips och killen som tog beställningen försvann.

"Har du barn?" undrade Agneta.

"Två, men de är vuxna. Kalle är trettiotvå år och bor i Stockholm, Anna är trettio och bor i Malmö. Det är tråkigt att ingen av dem bor i Göteborg. Särskilt nu när de har fått barn. Det är lustigt, men båda fick barn förra året och på våren. Jag skojade med dem och frågade om det var planerat, men de sa att det var en slump."

"Deras mamma då, bor hon också någon annanstans? Än i Göteborg menar jag."

"Hon bor i Göteborg, så det är bara våra barn som har flyttat. Det hade varit värre om de flyttat utomlands."

Agneta ville fråga om orsaken till skilsmässan, men det kändes för personligt och nyfiket. Det var bättre med oskyldiga frågor om barnen.

"Är dina barn också läkare?"

"Flickan är det, men inte pojken. Han var aldrig intresserad av naturvetenskap. Han är ekonom, jag förstår inte vad det har kommit ifrån. Ingen i våra släkter är ekonom. Du då, har du barn?"

"En pojke, men han är yngre än dina barn, han blir snart sexton år. Han bor växelvis hos mig och hos sin pappa. Det fungerar bra. Du måste ha fått barn tidigt när de är så gamla."

"Du tror nog att jag är yngre än vad jag är eller så är du hövlig", sa Per med ett skratt. "Jag fick min äldsta, pojken, när jag var tjugoåtta – det är inte så ungt."

"Nej, det är nog normalt. Det är jag som fick barn sent. Jag var trettioåtta år."

"Ni skaffade inte fler?"

"Det blev aldrig så. Vi skilde oss när pojken var fem år."

Killen som arbetade i puben och tog beställningarna, serverade också. Han kom bärande på en stor träbricka med deras mat. De feta ångorna från den friterade maten retade hennes näsa och hungern fanns plötsligt där. Och det var bra att maten inte dröjde mer, för halva hennes ölglas var redan urdrucket. Skulle hon ha hunnit dricka mer fanns risken att bli påverkad, fram för allt med talet och det var pinsamt. Hon var lättpåverkad, vägde bara femtio kilo.

De åt och småpratade. Agneta tänkte att precis så här hade hon velat ha det, en man att kunna vara naturlig med. Hon sneglade mot Per och han råkade snegla samtidigt på henne. Per log och Agneta rodnade, log och försökte se oberörd ut. Hon blev varm och fick ta av sig koftan. Var det maten, värmen i lokalen eller helt enkelt av att sitta nära Per? Han var verkligen snygg. Per tittade på klockan, dröjde kvar med blicken och trummade med fingret på den.

"Du, jag måste avbryta nu. Jag börjar tidigt i morgon och behöver vara helt klar i knoppen då. Tack för att du följde med, det har varit en trevlig kväll."

Det kändes snopet och avbrutet på något sätt, tänkte Agneta, även om det hade blivit sent. Hon skulle själv börja klockan sju nästa dag och det var hög tid att åka hem, intalade hon sig. Men det var något som inte stämde. Per betalade med kortet och strax efter stod de vid domkyrkans spårvagnshållplats för att ta spårvagnen åt varsitt håll. Det gick fort, alltför fort att säga hej då och tack för en trevlig kväll. De gick åt motsatt håll in i varsin spårvagnskur för att skydda sig mot snålblåsten. Hon såg honom inte där hon stod i skydd i kuren. Strupen drog ihop sig och hon svalde några gånger. Det hade varit trevligt, men avslutningen var abrupt. För en gångs skull hade hon trivts, varit skönt avslappnad och njutit, både i domkyrkan och på puben. Det hade varit lätt att prata, samtalet hade flutit på som om de redan kände varandra. Var det så här det borde vara när allt stämmer? Tydligen var det annorlunda för honom, varför var han annars så kall när de skildes åt? Inget av det han sa eller visade gjorde att det kändes som att det skulle bli någon fortsättning, även om han sagt "vi hörs".

Ledsamheten spred sig i kroppen. Där på puben hade hon känt hur kroppen reagerade, hur hjärtat dunkade bestämt. Han var snygg, trevlig ... tårarna trängde sig fram och hon drog fram en pappersnäsduk från fickan och snöt sig. Kanske blev hon extra känslosam när hon hade druckit. Spårvagnen kom och hon satte sig på den vänstra sidan, men hon såg honom inte. De dystra tankarna tyngde ner och hon ångrade kvällen eftersom hon hade upplevt något fint som togs bort.

KAPITEL 34

De sista dagarna innan jul var fyllda av arbete och övertid. Samtidigt förberedde Agneta julen hemma med att pynta. Det var julstjärnor som skulle hängas upp, röda gardiner skulle ersätta de vanliga blå i köket och den rödgröna duken skulle ersätta den ljuslila i vardagsrummet. Små prydnadstomtar skulle placeras ut och plastgranen och det övriga julpyntet skulle hämtas från förrådet. En del av julmaten kunde köpas i god tid och hon bakade saffransbullar och klenäter och la in sill och gjorde julköttbullar. Visserligen var det bara hon och Anton, men det skulle vara ett julbord med de traditionella rätter som hon alltid hade haft. Anton skulle få lika bra jul hos henne som hos sin pappa. Inte något enklare för att de bara var två, medan hans pappa hade det "riktiga julfirandet". Det blev alltid överdådigt och konsekvensen som alltid – ett tröttsamt antal luncher att ta med sig till arbetet.

Sonen kom med packning och dator, dagen innan julafton. Planen var som alltid att de tillsammans skulle göra julmat och julgodis. Anton gjorde revbensspjällen, sedan var han nöjd och ville tillbaka till dataspelet och kompisarna som väntade i cyberrymden. Julgodis hade han tröttnat på att göra, sa han, och Agneta fick ensam göra chokladbollar och knäck. När hon satt där med brunkladdiga, feta fingrar som försökte rulla små bollar i kokos ångrade hon sig. Borde hon inte ta det lugnt? Hon hade längtat efter ledigheten. Få rå om Anton, slippa bygga på stressen mer utan i stället komma ner i varv. Det var inte bara stress som påverkade kroppen, bilderna i huvudet på Arne gjorde ont. Hon ville sudda ut dem under julen, då smärtade de extra mycket. Hur firade han jul? Troligen inte alls, hans dagar var samma, helg som vardag.

Annandag jul var Anton hos sin pappa och Agneta satt i lunchrummet när mobilen ringde. Hon hade egentligen inte tid att svara, hann ju knappt få i sig lunch innan det var dags att rusa ut igen på den kaotiska avdelningen. Hon tryckte på svarknappen, reste sig upp och gick ut för att ingen av de andra i lunchrummet skulle höra.

"Hej, det är jag. Ringer jag olämpligt? Är du på arbetet?"

"Ja, jag har lunch och jag måste ut igen."

"Jag ska fatta mig kort. Det var trevligt sist och då menar jag inte bara konserten. Jag hoppas att du också tyckte det. Jag vill gärna träffa dig, undrar om du har lust … Vi kan gå på bio och äta något efter."

Hon blev förvånad, var övertygad om att han inte ville träffa henne mer – han hade ju varit så avig. Hade hon missförstått?

"Det låter trevligt. Det gör jag gärna, men när har du tänkt?"

"Jag är hos min äldste, Kalle och hans familj, i Stockholm och är kvar några dagar till. Ska besöka en kollega också, men är tillbaka veckan efter nyår. Kan vi höras då?"

"Jag reser till min bror första veckan i januari. Vi kan höras efter det."

Efter att hon hade tryckt av mobilen, stod hon still med pulserande hjärta och var nästan svimfärdig. Vad hade hänt med henne? Det var som när hon var ung, när känslorna levde för fullt. Redan nu längtade hon efter att träffa honom. Filtret som hade hängt för hennes ögon hade lyfts bort, det grå och trista var bytt mot det ljusa och glättade. När hon gick till avdelningen fanns det som förut hade tryckt henne inte kvar, inte heller kände hon kraven och patienternas oro och missnöje. Hon svävade på lätta moln och i en egen ogenomtränglig bubbla av lycka och förväntan.

Två dagar efter nyårsafton stod hon på centralstationen, klockan var strax efter sju på morgonen. Hon drog en kabinväska efter sig och i ryggsäcken fanns dricka, frukt, smörgåsar, en bok och dagens tidning. Tåget till Stockholm skulle inte gå förrän om fyrtiofem minuter, hon var i god tid som vanligt. Det var länge sedan hon reste och hon hade haft svårt att somna kvällen innan. Till slut hade hon gått upp och hämtat sömntabletten, tryckt i sig den med ett glas vatten och gjort ett nytt försök. Tabletten verkade inte ta, hon låg och vred sig ändå. Tankarna for runt som virvelstormar, om resan till Stockholm, om halvbrodern som hon inte hade träffat på många år. Tankarna hade också fladdrat i väg åt ett mer angenämt håll – på Per. Hur skulle det vara att kyssa honom? Hon hade inte kysst och inte älskat på tio år. Hon tänkte på hans bruna glada ögon, den härliga och energiska stilen och gropen i hakan, men försökte samtidigt att dämpa sin iver. Det kunde bli på ett annat sätt och besvikelsen skulle finnas där. Till slut somnade hon. Vaknade på morgonen trött och utmattad, som om hon knappt hade sovit alls under natten.

Hon studerade den stora informationstavlan på centralstationens vägg och fann att tåget skulle gå ifrån perrong tre och att ingen försening var noterad. Hon funderade över att ta en kopp kaffe eller att gå runt en stund och titta i de små affärerna som fanns. Hon kunde inte bestämma sig och gick därför i väg på måfå. På de röda bänkarna i mitten av centralen satt trötta, grå resenärer. Några låg hopkurade på de hårda träbänkarna och sov. Hon gick till ett kafé där man kunde stå vid fönstren och se ut på myllret. Det var ingen kö till kassan. Expediten stod vid kaffemaskinerna för att avsluta en tidigare beställning. Blicken gled över till andra sidan, utanför kaféet och hon stelnade till. Hon väcktes upp av biträdet som frågade vad hon ville ha.

”Nej tack, jag ska inte ha. Jag har ångrat mig”, svarade hon snabbt och gick ut.

Hon ställde sig i skydd bakom kaféets glasvägg och funderade. Smög sig försiktigt fram och i skydd av hörnet smygtittade hon samtidigt som blicken for runt för att se om någon reagerade på hennes udda beteende. Människorna såg ut mot tågen eller ner i en tidning eller var på väg. Ingen iakttog sin omgivning, inte som hon.

Arne satt på den röda, hårda träsoffan och sov. Med ens förstod hon. Det var hit han gick, inte till något härbärge som hon hade hoppats på. Han hade ingenstans att ta vägen, varför skulle han annars sitta och sova på centralen? Arne satt närmast det stora fönstret, nära skjutdörrarna, som för tillfället var stängda. När någon skulle in eller ut öppnades de och hon antog att kall luft måste strömma mot den som satt närmast, och det var Arne. Han satt snett på träbänken, armbågen mot bänkens armstöd och huvudet lutat i handen. Det såg inte bekvämt ut att sova i den ställningen. Andra handen låg mjukt mellan benen. Bredvid honom på bänken låg den stora svarta väskan som var öppen. Något stack upp ur den, men det gick inte att se vad. Hur klarade han av att passa sin väska och innehållet när han sov?

Hjärtat snörptes ihop när hon betraktade honom, han som var hennes lillebror. Ögonen tårades och hon drog upp en pappersnäsduk och torkade sig. Det här var fel, tänkte hon. Så här kan man inte leva, sova nätter igenom på centralstationen. Plötsligt rörde han sig, sträckte ut benen och tittade ut och vred på kroppen, men slöt ögonen igen. Det måste vara jobbigt att sova så, tänkte hon, fick han aldrig sträcka ut sig i en säng? Var det möjligt att bli utvilad när man sov sittande? Det var många frågor, men utan svar. Hon var fortfarande gömd bakom hörnet, men märkte att personalen tittade undrande på henne. Hon gick tillbaka till informationstavlan för att vinna tid och fundera. Det hade kommit fler till centralen på bara denna korta stund. Två vakter, kraftiga och långa, kom långsamt gående i mitten av den stora vänthallen. Deras blickar for runt och det märktes att de var uppmärksamma. Hon fick ett infall och gick fram till dem.

"Ursäkta, jag undrar ... är centralstationen öppen hela natten, jag menar om man ska ta ett tåg sent eller tidigt?"

Den ena av dem förklarade vant, medan den andre fortsatte att titta runt utan att ta någon notis om henne.

"Centralen är öppen när tågen går men mitt i natten går inga tåg. Centralen stänger alltid ett par timmar mitt i natten och då får ingen vara kvar", förklarade han bestämt.

"Om nån sover då?"

"Spelar ingen roll, då väcker vi ungdomarna och så får de ta sig hem i stället. Det är tomt när vi låser. Det är förresten inte bra att ungdomar sover här, de blir lätt rånade."

Hur skulle hon formulera sig utan att avslöja vad hon var ute efter? Han tittade undrande på henne när hon inte gick sin väg.

"Jag har sett att det finns äldre personer som sover här, vad gör ni med dom?"

"Jaså, ja det finns några som sover här på natten. Vi väcker dom och så lommar de i väg. Några kommer tillbaka på morgonen och sover lite till. Men dom är inte farliga. Vi håller utkik efter langarna och buset."

"Tack", sa hon och skyndade bort mot tågen, som om hon hade bråttom.

Hon vände sig inte om, men kände väktarens blick som nästan brände i ryggen. Det var ovanliga frågor och inte konstigt att han undrade. Det var hög tid att ta sig till tåget, hon hade sneglat mot klockan hela tiden när hon hade pratat med väktaren. Hon klev upp för de stora stegen till tåget, hittade fönsterplatsen och konstaterade nöjd att platsen bredvid var tom. Kabinväskan orkade hon nätt och jämnt lyfta upp på hatthyllan, men ryggsäcken fick stå på golvet framför sätet. Hon pustade ut, tittade på människorna utanför som bar eller drog bagage och letade efter rätt vagn att stiga upp i.

Hon var fortfarande bedrövad, var det så han levde? Att aldrig ha en säng att sträcka ut sin långa kropp på, inget eget krypin. Hur kunde det få vara på det sättet i ett modernt samhälle? Varför fungerade inte det sociala skyddet? Och inte kunde hon göra något, inte sträcka ut en hjälpande hand – han flydde ju undan henne. Hon suckade tungt och märkte en duns bredvid sig. Där satt nu en kavajklädd lång man som slog upp sin laptop. Tåget började rulla och hon lutade huvudet mot fönstret, blundade medan tankarna gick runt, runt som tågets jämna dunkande. När tåget hade nått Herrljunga, tittade hon ut. Utanför svischade träden förbi i en rasande fart, ängar dök upp och försvann lika snabbt. Hon hade bestämt sig. Hon skulle ringa Lise-Lott när hon var tillbaka i Göteborg.

KAPITEL 35

Hon fick en chock. Mannen på perrongen som kom fram till henne – inte kunde det vara? Han var lång, cirka ett hundranittio centimeter, kraftig och med en rejäl kula på magen. Ett bälte under kulan höll magen på plats. Grått hår med en flint på skallen, grå mustasch och ett spelande leende. De var varandras motsatser, hon som var liten och späd. Han såg gammal ut, även om han inte var mer än tio år äldre. Så länge de hade levt i varsin storstad, ett helt liv men utan att ha träffats.

"Agneta, så roligt att se dig, men jag minns inte att du var så liten", sa Mikael med en bullrande röst och med blå ögon som glittrade när han log.

Han tog Agnetas hand med sina stora kraftiga händer och kramade. Det gjorde lite ont, och Agneta höll inne en grimas. Sedan tog han hennes kabinväska i ena handen och ryggsäcken i den andra och de gick ut från Stockholms centralstation. Hon fick gå snabbt för att inte komma efter, men var ändå strax bakom. Hans breda ryggtavla var snett framför och hon jämförde med sina diffusa minnen av honom från tiden innan han stack som tonåring. Han hade fått klara sig tidigt, bli vuxen. Idag hade ingen tonåring fått sticka i väg hemifrån. Skulle hon låtit Anton, femton år, flytta hemifrån? Nej, insåg hon. Märkligt att Mikael aldrig kom på besök hos dem. Det var mamman som höll i kontakten eller besökte honom i Stockholm. Det var först i vuxen ålder, särskilt efter begravningen, som Agneta tänkte på Mikael och de frågor som fanns obesvarade. Varför kom han inte till deras mors begravning? Ursäkten han hade lämnat var inte trovärdig men hon hade inte pressat honom, han var en främmande halvbror. Frågorna skulle ställas, men inte första dagen de träffades.

Mikael hade bilen stående i ett parkeringsgarage, ett par hundra meter från centralstationen. Han hade en av de större Volvobilarna, hon kunde inte typerna, men den var hög och stor och passade inte i Stockholms inre med trängseln och köerna. Det var bra att de satt i en bil den första stunden de träffades, det underlättade för Agneta att hantera sin blygsel inför den store mannen bredvid som kryssade sig vant fram i den täta trafiken. Det tog lång tid att komma ut från centrum men efter en halvtimmes körning kom de till en villaförort. Musik på låg volym strömmade ut från radion och Mikael trummade rytmen med fingrarna på ratten.

De bodde i ett hus i Hässelby villastad, drygt en mil utanför Stockholm. En stor, vit villa i två plan tornade upp sig framför Agneta, som häpnade och konstaterade att utsikten måste vara fantastiskt. Huset låg på en höjd bara hundra meter från Mälaren. När de kom in genom entrédörren möttes de av hans fru Ann-Mari, som hälsade glatt som om de hade varit gamla vänner. Den trötta rösten som hon hade hört i mobilen lät nu mer normal. Hade Ann-Mari blivit väckt när Agneta ringde? Ann-Mari var lika kraftig som sin man men något kortare, klädd i en ljusblå skjorta som hängde över de mörkblå byxorna och med en scarf i bjärta färger runt halsen. En stund senare satt de i det stora köket med fönster som gick från golv till tak. Från köket såg man Mälaren glittra inbjudande. Längre ned på tomten stod en björk. I den fanns stora bollar av grenar, det såg ut som fågelbon. Kunde det vara så många i ett träd?

"Det är en gammal björk förstår jag, enormt stor. Men vad är det i trädet – fågelbon?"

"Nej, det är det inte", skrattade Ann-Mari. "Det liknar fågelbon. Det kallas för häxkvast. En svamp får trädets grenar att växa knepigt lite här och där."

Agneta höll med båda händerna runt kaffekoppen, värmen från kaffet kändes lugnande i den nya situationen. Trots Mikaels och hans frus hjärtliga attityd kände hon sig spänd. På bordet låg en flätad korg med kanelbullar. Ann-Mari sköt korgen till henne. Hon tog en bulle, den var ljummen. Hade Ann-Mari bakat i morse eller var det uppvärmda bullar från ugnen eller mikron? De småpratade om resan till Stockholm och skillnaden mellan att bo i Göteborg och Stockholm. Ann-Mari reste sig upp.

"Nu lämnar jag er, ni kan nog behöva prata själva. Jag ska ändå till affären."

De hörde hur dörren smällde igen.

"Hur länge stannar du?" undrade Mikael.

"Jag tar tåget i morgon eftermiddag, det går klockan fyra", svarade Agneta och undrade tyst om han redan tyckte det var jobbigt att hon hade kommit. De hade inte på telefonen diskuterat *hur länge* som besöket skulle vara.

Mikaels ögonbryn lyftes upp.

"Så kort! Jag hade hoppats på att du skulle vara kvar här över helgen."

Agneta blev förvånad, men också rörd. De kände ju knappt varandra. Även om de var syskon, halvsyskon, hjälpte det inte när så många år hade förflutit.

"Nu får du berätta om dig. Jag var tonåring när vi sågs senast, det är över fyrtio år sen."

Agneta noterade att Mikael inte nämnde det som hade hänt modern, det kunde han väl inte ha glömt? Agneta berätta om Anton, att hon var skild och att hon jobbade som sjuksköterska på ett av Göteborgs stora sjukhus.

"Inte dåligt", sa Mikael.

Var han imponerad över att hon var sjuksköterska? Han var ju chef? Per nämnde hon inte, det var för tidigt. Inte heller nämnde hon något om Arne. Hon skyndade sig att fråga Mikael om hans familj och arbete. Mikael berättade med en självklarhet att han ägde en bilverkstad, där hade han i princip arbetat i hela sitt liv. Som trettiofemåring tog han över verkstan och blev ensam ägare, men det skulle han inte vara så länge till, sa han med ett snett leende. I planerna fanns att sälja firman. Då skulle han och frun äntligen kunna börja resa mer, det hade de inte kunnat göra tidigare mer än sporadiskt.

"Att driva en verksamhet gör att man blir bunden", sa Mikael med en suck. "Jag har sju anställda."

Deras två flickor var nu tjugonio år och trettioett år, båda med familjer och barn. En arbetade på apotek och den andra var förskolelärare, förklarade Mikael stolt.

"Jag har inte alltid varit en bra pappa, men jag har alltid älskat mina töser." Mikael skruvade på vigselringen utan att märka det. Hans blick försvann i väg.

"Jag la mycket arbete i verkstan när jag tog över den, det behövdes. Det blev att jag kopplade av med spriten, det är jag ärlig att erkänna. För att säga som det var, jag var alkoholist. Idag är jag helt fri, inte en droppe. Kaffe är min enda drog."

Mikael skrattade till men blev allvarlig, den mörka rösten sänktes.

"För drygt fem år sen kom jag till en punkt i livet där jag var tvungen att välja, eller rättare sagt min fru ställde ett ultimatum. För mig var det självklart, jag ville inte förlora Ann-Mari. Dessutom var barnen sura på mig. Min läkare hade under lång tid sagt att mina levervärden var rejält dåliga och, ja du ser min stora mage, i riskzonen för infarkter och annat jävelskap. Så med hotet om skilsmässa hängande över mig så lade jag in mig på behandling."

Mikael släppte ringen, kliade sig på hakan och rynkade pannan.

"Jag skäms idag men jag kunde inte komma till mammas begravning. Jag låg inne och var i jäkla dåligt skick. Jag ville inte visa mig."

"För spritens skull?" undrade Agneta.

"Huvudsakligen, men även för att jag inte hade träffat vare sig dig eller Arne. Jag är ledsen men jag klarade det inte då, jag kände mig som en skit. Det är lättare att avstå än att ta tjuren vid hornen. Jag önskade att jag hade träffat mamma mer. Vi hördes per telefon, eller rättare sagt mamma ringde alltid. Jag var, och fortfarande är, dålig på att höra av mig. Mamma besökte mig då och då, jag kan förstå att hon inte tog med er."

En kort tystnad uppstod. Mikael tittade med en besvärad blick långt bort ut genom fönstren. Agneta gjorde samma och såg Mälarens vattenyta, där eftermiddagsbrisen krusade den. Det gav en märklig känsla att höra Mikael säga *mamma*. Hon förstod fakta, men hade ändå svårt att förlika sig med att hennes och Arnes mamma också var Mikaels mamma.

"Under mina första struliga år", fortsatte Mikael, "gjorde jag dumheter som unga osäkra killar kan göra, det blev inbrott och annat. Men det ordnade sig och jag träffade min skyddsängel ... Ann-Mari alltså. Sedan kom spriten in, mer och mer. Jag har nog ett behov av spänning i tillvaron, det fick jag ju under den struliga perioden. Efter den blev spriten både ett nöje och ett sätt att koppla av. Det var mycket med verkstan och mina killar där, ansvaret med att sköta ett företag och familjen på det."

Agneta tittade på Mikael med stora ögon. Varför hade mamman pratat så lite om Mikael?

"Jag förstår inte", sa Agneta med låg röst och tittade ner på furubordet där hon såg ådrorna lysa igenom. "Varför berättade inte mamma nåt om detta?"

Hon tittade på Mikael som inte släppte henne med blicken. I hans blick fanns en öppenhjärtighet som förvånade henne.

"Hon kanske skämdes för mig? Vi pratade inte så mycket om er, heller. I början gjorde vi det förstås, men sen förstod jag att något hade hänt för mamma slutade, hon ville inte prata om er – och jag låg inte på. Visst tyckte jag det var konstigt men ... Efter det att mamma gick bort så tänkte jag lite då och då på att jag skulle ta kontakt med dig och Arne. Men jag fick aldrig tummen ur. Jag är glad för att du ringde och för att du har kommit. Nu måste du berätta om Arne, jag förstod när vi pratade på telefonen att det var något. Mamma berättade bara att han arbetade på Volvo. Jag minns att han hade lätt att lära sig som liten, till skillnad mot mig som är en praktisk man."

Det knöt sig inom Agneta. Mikaels förväntansfulla ögon gjorde ont, hon förstod hans glädje i att få kontakt med sina syskon igen. Hon tog sats och berättade rakt på sak om att Arne var hemlös och levde på gatan. Mikaels ögon slocknade och ansiktet hårdnade.

"Hur blev det så här?" undrade Mikael bryskt. "När gick det snett?"

Agneta berättade om när de var små, mamman som försökte ta sitt liv. Mikael flämtade till. Han visste inte. Agneta insåg att mamman aldrig hade berättat det för sin äldste son.

"Var det därför?" sa Mikael svagt, munnen öppen. "Det var en period när det dröjde innan hon ringde. Och då sa hon bara att hon hade varit sjuk, en kraftig influensa och något annat. Varför?" Mikael gömde ansiktet i båda händerna.

Agneta berättade om tiden efter skilsmässan, mamman som sjönk ner i en depression och barnhemmet. Det gjorde ont i honom och hon insåg att hon borde ha ringt honom då när allt hände. Hon gick över till Arnes vägran att göra värnplikten och fängelsestraffet på ett år.

"Det är för jävligt", utbrast Mikael. "De som är snälla och pacifister blev slängda i fängelset medan buset fick gå fria. Idag är det annorlunda – ingen blir ju inkallad ens, man söker frivilligt till försvaret."

Mikael skakade på huvudet, munnen var stängd men käkarna rörde sig oroligt. Agneta fortsatte att berätta om när Arne stängde in sig och hamnade på Lillhagen, på en vidrig avdelning. Han fick ingen samtalsterapi, bara medicin som drogade ner honom. Hur han till slut kom ut, men försvann för gott. Mamma fick aldrig se honom innan hon dog.

"Vet ni vad han hade drabbats av?" frågade Mikael.

"Vi vet inte, depression möjligen, samma som mamma kanske. I alla fall tog inte Lillhagen reda på det."

Agneta berättade om hur hon började tänka på Arne igen efter det att hon hade fått barn. Hon avstod från att berätta om tablettmissbruket och terapeuten, det fick komma vid ett annat tillfälle.

"Han undviker mig, springer undan. Jag skäms för det som hände när han tvingades till Lillhagen, samtidigt vet jag att jag inte kunde göra något då. Det här känns väldigt jobbigt, men jag var ung och det var mamma som drog i trådarna och fick honom omhändertagen. Vi hjälptes åt för att få ut honom, när allt blev fel med behandlingen."

Båda satt tysta en lång stund. Agneta såg hur Mikael försökte ta in det hon hade berättat. Hans ansikte var spänt och de kraftiga käkarna rörde sig åter igen. Efter en stund sa Mikael.

"Har du något foto på Arne?"

"Nej. Han har sprungit undan och jag skulle inte våga ta kort på honom."

Det lät i ytterdörren och prasslet av påsar hördes. Mikael gick till hallen för att hjälpa till med att bära in kassarna till köket. Agneta satt kvar, villrådig. Även om hon var gäst kändes det som att hon också ville hjälpa till. Men hon blev sittande kvar och tittade ut på den konstiga björken. Hur skulle den se ut på sommaren när alla gröna blad smyckade den, hur syntes bollarna då?

På kvällen låg hon i gästrummet. Sängen var bred, bredare än den hon hade hemma. Allting i huset var flott, många rum och fräscht överallt. I källaren fanns gillestuga med bastu, jacuzzi och träningslokal med cykel och roddmaskin. Vem tränade där? Varken Mikael eller hans fru såg ut att träna med sina korpulenta kroppar. Vardagsrummet var enormt stort och hade en öppen spis centralt i rummet. Det fanns en inglasad veranda, också den stor och möblerad med vackra korgmöbler och stora gröna palmer och olivträd.

De verkade leva gott med varandra, på alla sätt. Det var svårt att förstå att de hade varit nära en skilsmässa. Hon låg på ryggen med händerna på täcket och tittade ut genom fönstret. Hon tänkte på samtalet under dagen. Det var fantastiskt att ha fått en bror samtidigt som hon hade förlorat en. Det var en trygghet i att veta att det fanns en släkting som hon hörde ihop med. Mikael hade under dagen berättat om uppväxten, som hon inte visste så mycket om. När hon och Arne var småbarn och hur styvpappan och mamman bråkade. Hur spänt det hade varit hemma och att han vantrivts. Han tyckte då att mamman brydde sig mer om Agneta och Arne, men det var nog att hon inte orkade. Han hade känt sig osedd och blev bråkig. Som tonåring struntade han i skolan och rökte hasch med kompisar. En dag tröttnade han att bo hemma och stack till en äldre kompis som han fick bo hos ett tag. Då började en strulig period med sprit och hasch och dumheter och tillfälliga jobb. Han gjorde saker som han inte borde ha gjort. Till slut ordnade det upp sig, han fick jobb hos bilverkstaden, lärde upp sig och ett antal år senare köpte han företaget.

Mikael var inte som hon hade förväntat sig – hård. Han var snäll och omtänksam. Det var ett mysterium för henne varför hennes mamma hade dolt så mycket om Mikael. Hade hon skämts? Känt sig misslyckad som förälder för att ha fått en strulig son som blev alkoholist? Agneta funderade på om hans "struliga" ungdom hade inneburit mer än inbrott. Hon hade velat fråga, men det fick komma senare. De skulle ses mer.

Framöver ville hon bjuda Mikael och Ann-Mari till Göteborg, men direkt kom tanken – vad skulle de tänka om hennes enkla trea? De skulle få hennes sovrum förstås, men frågan var om de fick plats i den lilla sängen. Skulle Per och hon få plats i sängen? Direkt steg värmen i kroppen och ryggen blev fuktig. Konstig reaktion, muttrade hon generat för sig själv och vände sig om för att få svalka.

Nästa dag skulle färden gå till centrala Stockholm för en promenad i Gamla Stan. Hon hade aldrig varit i huvudstaden, det var skamset att erkänna. Mikael hade sett roat på henne när hon nämnde det. Han hade föreslagit lunch i Gamla Stan innan det var dags för tåget hem till Göteborg. Han krävde att få bjuda, innan hon hann säga att hon ville betala för sig. Vilken helg, tänkte Agneta, en helg utan ensamhet. Tankarna kom åter tillbaka till Per som också nyss hade varit i Stockholm för att träffa sonen. Agneta log när hon lovade sig själv att bara tänka en liten kort stund på Per, det var verkligen dags att sluta ögonen.

KAPITEL 36

Det var en befrielse att vara tillbaka i Göteborg igen. Hon var ingen van resenär, nervös för att missa tågtider och för att sätta sig på fel tåg. Dessutom ovan att sova i någon annans hem. Allt hade gått bra ändå. På kvällen fick hon ett telefonsamtal som värmde i hjärtat. Det var Mikael som ville höra om resan hade gått bra och om hon hade kommit hem ordentligt. Det hade hon inte förväntat sig, med tanke på det han hade sagt om att höra av sig. Omtanken kändes skön och omtumlande.

Agneta satt i köket och pustade ut efter middagen. Maten hade tagit en timme att laga och Anton hade ätit upp på fem minuter och rusat tillbaka till datorn. Hans högljudda diskussion med någon gick genom den stängda dörren. Spelandet hade olika former, ibland med kompisar och glada skratt och tjut, men lika ofta lugnare med helt nya människor någonstans i världen.

Det hade tagit henne trettio minuter att städa upp och plocka i ordning. Rester skulle ner i plastbyttor och därefter var det dags för disken. Hon hade ingen diskmaskin och hade valt att inte sätta in någon, köket var för litet. Dessutom, hon levde ensam de veckor Anton inte var hos henne. Idag hade hon inte orkat ropa tillbaka honom för att hjälpa till. De hade inte setts på två veckor så första dagen var alltid speciell, men i morgon skulle hon säga till. Bara rusa i väg så där, tänkte hon harmset. Hon hade trott att han skulle sitta kvar en stund och prata, men nuförtiden fanns andra roligare saker att göra än att prata med sin gamla mamma.

När hon var klar med allt plock, satte hon sig med en kopp te. Tankarna kom på helgen i Stockholm. Det var härligt att få en bror att hälsa på och det var en bra start på en syskonrelation. De hade varandras mejladresser och skulle hålla kontakten. Redan dagen efter hemkomsten till Göteborg väntade ett mejl från honom med en kort hälsning. Hon blev rörd och glad och svarade direkt.

Tillbaka i vardagen och allt kändes riktigt bra för en gångs skull. Det fanns två saker att ta itu med – Per och Arne. Hittills hade Per varit den som tagit kontakten, men det skulle det bli ändring på. Hon ville lära känna honom mer och hoppades på att de spirande känslorna skulle visa sig vara rätt. Ibland dök tvivlet fram, det kanske fanns något som förstörde som hon inte hade upptäckt ännu. Var det möjligt ändå att få uppleva kärlek, det som hon nästan hade gett upp. Plötsligt stod Anton där i dörren, stampade med fötterna, pannan rynkad mer än någonsin.

"Varför svarar du aldrig? Jag har ropat jättemycket."

"Förlåt, jag satt i tankar. Vad är det då?"

"Jag ska duscha, men jag hittar inte min handduk, fattar du väl. Har du tagit den?"

"Men snälla nån, den är i tvätten förstås. Du vet ju var det finns nya handdukar."

Anton försvann surmulet i väg. Han var alltid under tidspress, ville snabbt tillbaka till spelet. Hon gillade inte hans kommentarer om att hon inte "fattade". Själv tänkte han inte på anledningen till att strumpor var försvunna, var skolboken tagit vägen eller var nycklarna fanns. Antons ordning hade försämrats med tonårshormonerna.

Efter förra perioden när Anton hade åkt till sin pappa, hade hon som vanligt gått in på hans rum för att städa. Det luktade illa och hon upptäckte strax anledningen. Under sängen stod tallrikar med matrester, ordentligt intorkade. Antagligen fick han inte plats på skrivbordet med skolböcker och datorn och därför hade ställt undan tallrikarna under sängen. Där tog de ju ingen plats. Under sängen låg dessutom flera kalsonger och smutsiga strumpor som var ihoprullade som bollar.

Hon hörde duschljudet och insåg för sent att hon borde ha gått på toaletten. Först nu märkte hon hur kissnödig hon var. Och Anton som brukade duscha så länge. Hon såg framför sig hur irriterad han skulle bli när hon knackade på dörren för att avsluta hans duschning. Två toaletter hade varit bra, bättre än en diskmaskin. Bara för att hon tänkte på den fyllda blåsan blev det värre. Hon gick till vardagsrummet och lade sig på soffan med dagens tidning och post och försökte tänka bort trycket där nere. Bland reklamposten såg hon det. Per hade skickat ett vykort från Stockholm. Hon läste det om och om igen. Där stod det som brukar stå på vykort, om att han hade det bra och hoppades att hon hade det lika bra. Texten avslutades med "kram". Hon lade kortet i byrålådan, ville inte att Anton skulle se och undra.

Anton gick i väg nästa morgon för att ta spårvagnen till skolan. Tisdagar började han senare. Hon såg efter honom i fönstret, den gängliga gestalten som försvann bort. Det syntes att han fortfarande var ungdom, en vuxen gick inte med armar och ben flaxande åt olika håll. Hon kände ett vemod, snart var han vuxen och skulle leva sitt liv och inte behöva henne mer. Vad skulle hon då ha för mening i livet? Hon skrattade till, livet hade faktiskt tagit en annan vändning. Kinderna hettade till när Per dök upp i huvudet. Hon såg honom framför sig, hans ansikte, ögonen som blev som streck när han log, den spänstiga kroppen som var något böjd när han gick. Hon lyfte händerna, som om han stod framför henne och smekte hans tänkta ansikte i luften. Skulle det kunna bli så?

Efter att Anton hade gått i väg till skolan gjorde Agneta i ordning frukosten och läste tidningen samtidigt som hon åt. Det var en njutning att få starta dagen med en lugn frukost. Hon skulle börja arbeta först klockan ett. En stund senare var tidningen utläst. Hon skrev en lapp till Anton att han kunde laga vad han ville till middag, men föreslog kött-färsen eftersom den var upptinad. Visserligen hade hon sagt samma sak igår, men ofta försvann det fullständigt ur hans medvetande. När hon påminde, oavsett om han kom ihåg eller inte, då sa han att hon "tjatade".

Med beslutsamhet tog hon mobilen som låg på bordet. För varje telefonsignal som gick fram, minskade hoppet om att Lise-Lott skulle vara där. Först på femte signalen svarade en andfådd Lise-Lott.

"Hej, det är Agneta, har du tid en stund eller är du upptagen? Ska jag ringa senare?"

"Nej, nej, ta det nu men jag måste gå om en stund. Det var ett bra tag sen vi hördes. Jag har slutat på kaféet och börjat på kommunen."

"Jaha", svarade Agneta och blev ställd.

Hon famlade i tankarna efter hur hon skulle göra nu när Lise-Lott hade slutat.

"Vad gör du på kommunen då?" undrade Agneta.

Besvikelsen växte för att Lise-Lott inte längre fanns kvar på kaféet, hon som kände till Arne och hennes historia. Nu kunde antagligen inte Lise-Lott hjälpa henne.

"Jag är projektledare. Ett uppdrag som handlar om att hitta verktyg för att hjälpa hemlösa till en nystart i livet. Jag är stolt över att jag blev tillfrågad, ämnet ligger mig varmt om hjärtat, som du vet. Jag har nog blivit uppmärksammad genom mina föredrag om människor i utanförskap. Hur har det gått för dig och din bror, har du hittat honom?"

Agneta berättade om att hon hade "hittat" Arne, men att han flydde henne. Senast hon såg honom var på centralen, sovande. Lise-Lott avbröt.

"Jag tycker du ska komma till mig, så kan vi prata i lugn och ro. Jag är på språng nu, ska till en konferens."

"Var kan vi träffas och när?" undrade Agneta ivrigt. "Du jobbar ju inte kvar längre?"

"Du kan komma till mitt nya kontor på Vallgatan. Det går bra."

De bestämde att ses tisdagen veckan därpå, innan Agneta skulle på kvällsskiftet.

KAPITEL 37

Trött och matt gick hon ut genom sjukhusets svängdörrar. Ingenting hände som förbättrade arbetssituationen. Hur länge skulle överbeläggningarna hålla på? Patienter i dagrummet, i korridorer och utanför expeditionen. Ständigt kämpa med patientsäkerheten i de kaotiska situationerna och uppleva att inte räcka till, absolut inte för det mänskliga behovet. Fötterna värkte, hon hade inte suttit ner på hela dagen. Hon kände sig gråtfärdig, idag var nog den värsta dagen hittills. Om det hade varit så här när hon valde yrke en gång i tiden, hade hon tänkt om. Upplevelsen av stressen ökade också ju äldre hon blev. Skulle det fortsätta på samma sätt skulle hon inte orka jobba till pensioneringen. Ändå var det de unga som blev utbrända eller sökte sig därifrån, hur kom det sig?

Det var mörkt och kallt denna januaridag. Blåsten ven omkring henne och hon skyndade sig för att snabbt komma till spårvagnen. Det nöp i öronen, mössan drog hon ner djupare och halsduken fick extra varv runt halsen. Spårvagnens ljus lyste för avgång, dörrarna gick igen och hon fick rusa de få metrarna för att kasta sig in. Det blev en snabb nick till chauffören som tack för att han öppnade dörren igen. Hon sjönk utmattad ner på sätet och lutade huvudet mot fönstret. Ett pösljud från sätet bredvid fick henne att förstå att någon hade satt sig bredvid henne. Ett hummande hördes och hon tittade irriterat upp. Det första hon såg var en stor svart plastväska.

"Är du här?" sa Agneta med hög röst. "Jag såg dig inte. Det har varit fruktansvärt, det finns ingen som kan ana hur det är att jobba när vi är så få och alla extra patienter och jag är dödstrött."

Hon blev generad, hörde själv hur argt det hade låtit när hon huvudlöst hade vräkt ur sig. Var fick hon den rösten ifrån? Hon tittade ner på sina kängor, tätt ihop krampaktigt.

"Jag är glad att se dig", sa Per mjukt. "Du behöver inte ursäkta dig, jag vet hur det är. Du ser ordentligt trött ut, stackars dig. Jag tänkte ringa, men visste inte om du var tillbaka från Stockholm."

Per tog hennes hand och kramade lätt, inte så som Mikael hade kramat. Agnetas blick sögs till Pers hand som omslöt hennes, det var första gången de hade kroppslig kontakt. En stöt gick genom kroppen. Det var som när hon var ung. Per harklade sig, släppte handen som om han hade bränt sig.

"Skulle vara roligt om jag kunde få bjuda på lite kvällsmat. Vi kan åka till mig eller äta ute, men du kanske inte orkar nu?"

Hon ville men allt var fel, det var inte så här hon ville träffa honom – utarbetad, ofräsch och på gränsen till gråtfärdig. Och Anton som var hemma. Per hade tidigare föreslagit att de skulle gå på bio och äta efter, hade han glömt det?

"Det går inte", sa hon osäkert. "Anton är hemma och jag är helt slut, behöver sova."

"Jag förstår, men vi kan väl höras. Ring mig när du kan och har lust."

De småpratade om hans resa till Stockholm. Han nämnde kort om en kvinnlig kollega i Stockholm. Utan att det fanns anledning och trots att hon inget visste om deras relation, kom stinget av svartsjuka. Det förargade henne, hon hade ingen rättighet att ha åsikter om vem han träffade.

När hon gick den sista biten från spårvagnen hem, blev hon orolig. Hade han blivit stött för att hon inte ville träffa honom? Det var synd att de hade träffats när hon var sitt värsta jag. Men hon borde ha varit förberedd, det var på tisdagar som de ofta sågs då hon arbetade sent och han kom från orkesterträningen. Med en tung suck låste hon upp dörren. Ljud hördes från Antons rum. Han spelade dataspel men klockan var mycket och han borde vara i säng. Hon knackade på dörren till Antons rum och öppnade den sedan. Det var mörkt därinne, förutom bordslampan som lyste och det blå-violetta skenet från datorskärmen. Anton tittade inte upp utan fortsatte koncentrerat att spela. Bredvid tangentbordet låg matteboken uppslagen. Hon hoppades att han hade gjort sin läxa, men det var för sent att göra något åt det nu.

"Du måste lägga dig. Du får inte sitta uppe och spela så här sent", sa hon irriterat.

"Strax. Jag ska sluta strax", svarade Anton. Ansiktet var fixerat mot skärmen, där figurer sprang runt, sköt och försvann i explosioner.

"Har du ätit middag?"

"Ja."

"Vad gjorde du för mat då?"

"Korv, men sluta nu", Antons röst gick upp i falsett. "Jag är upptagen ser du väl? Vi kan prata när jag är klar."

Agneta stängde dörren lite onödigt hårt. Tröttheten blev som bortblåst med irritationen. Tio minuter fick han, sedan skulle hon säga till på skarpen. I hallen drog hon fram mobilen ur handväskan och funderade. Det skulle inte gå att somna innan hon fått veta om hon hade varit *för* avståndstagande. Hon fick i väg ett sms: "Hoppas du inte tog illa upp, men jag var trött. Jag ringer i morgon/Agneta". Hon hann inte stänga dörren till badrummet, förrän plinget kom från mobilen. I sms-et stod: "Inga problem, ring när du kan/kram Per". Det var en lättnad, men hon ångrade att hennes sms hade gått i väg utan ett "kram", som Per hade skrivit.

Utvilad efter gårdagens intensiva arbete satt hon vid köksbordet och letade bland lösa papper efter adressen till Lise-Lotts nya kontor. Allt material som rörde Arne hade hon lagt i en plastficka, men inte hjälpte det. Hon bläddrade fram och tillbaka. Uppgivet gick hon till bryggaren och satte på kaffe. Kaffet rann långsamt ned i glaskannan medan hon intensivt grubblade över var lappen hade tagit vägen. Då såg hon pappret bredvid listan för matinköp. Var det stressen från arbetet som påverkade minnet?

Med en snabb blick på klockan på köksväggen, insåg hon att det inte var så gott om tid. Det fick bli några snabba, heta klunkar av det nybryggda kaffet. Oroliga tankar om gårdagens arbete dök upp, hur skulle det bli idag? Hon hoppades att de som var sjukskrivna hade tillfrisknat, några vikarier hade inte funnits. "Gick inte att få tag i så snabbt" hade chefen sagt. Själv misstänkte hon att den snåla budgeten medförde att cheferna inte ansträngde sig för att jaga vikarier. I stället fick de anställda ta smällen. Resten av kaffet hällde hon ut. Hon tog med sig matlådan till hallen där den precis fick plats i handväskan. Där lade hon också det handskrivna pappersarket med adressen till Lise-Lotts nya kontor.

Kontoret var i en gammal byggnad som såg ut att vara från artonhundratalet. Hon undrade hur kommunen kunde få tag i sådana unika lokaler för sina verksamheter. Hon steg in i en mörk hall men hittade lysknappen, en svart rund knapp som såg ut att vara gjord av gammal bakelitplast. Hallen var imponerande, högt i tak och entrégolvet var lagt i ett vackert mönster. De sirligt utformade järnräckena följde de breda stentrapporna upp. Hon föredrog att gå de två våningarna upp i stället för att ta hissen. Hissen var av den gamla sorten, där man var tvungen att skjuta för en dörr innan den trånga hissen kunde skramlande kämpa sig uppåt. Det spelade ingen roll att skylten om besiktning intygade hissens kondition, hon litade inte på hissen ändå.

Hon ringde på dörrklockan, sedan kände hon att dörren inte var låst och gick in. Närmast entrédörren satt en kvinna i ett rum och arbetade vid datorn. Hon tittade upp med en disträ blick och frågade vem Agneta sökte. Agneta blev hänvisad längre ned i korridoren. Rummen låg på rad i den långa korridoren. Ett stim av röster hördes och ett intensivt diskuterande i rummen. Nästan längst ned i korridoren satt Lise-Lott i ett stort rum och pratade i mobil. Med handen visade hon att Agneta kunde slå sig ned i en av de två stolarna som fanns mittemot skrivbordet. Agneta stängde dörren till rummet, satte sig ned i den anvisade stolen och placerade handväskan på golvet bredvid sig. Hon rättade till matbyttan i väskan för säkerhets skull så att inget skulle läcka ut. Samtalet som Lise-Lott förde verkade inte gå mot sitt slut och Agneta tittade diskret på klockan på armen. Det var synd om hon inte skulle hinna prata i lugn och ro med Lise-Lott och behöva rusa till arbetet. För att distrahera ängslan såg hon sig runt. På väggarna hängde tavlor med motiv av hav. Lugna hav och stormande hav, med eller utan fyrar. Fönstren var höga och breda och på fönsterbrädena fanns gott om plats att ställa krukväxter på, men där fanns inga. Hon tittade ut på de gröna koppartaken, där det satt ett flertal måsar samlade med flackande huvuden som om de tittade runt för att lyfta till något bättre ställe. Till slut avslutades samtalet och Lise-Lott såg på henne med ett leende.

"Trevligt att se dig. Du berättade i telefonen förra veckan att du hade sett Arne men att han flyr i väg."

"Det är tråkigt, men jag kan ju inte tränga mig på honom även om det är min egen bror."

Agneta tittade ner, flyttade med kängorna handväskan på golvet, trots att den inte stod i vägen.

"Jag förstår hur du känner dig, men alla gör sitt val i livet. Jag skulle tro att han inte klarar en kontakt med dig och att det gör ont att träffa dig. Det är lättare att fly än att ta tag i det jobbiga."

Lise-Lotts mobil klingade till, hon tittade efter och tryckte bort samtalet, sköt undan mobilen längre bort på skrivbordet.

"Han har valt sitt liv, hur konstigt det än kan låta. Det är ett hårt liv, varje dag är en kamp för att överleva men han klarar det. Han har ju gjort så i många år eller hur?"

Agneta andades ut tungt. Bet på läppen.

"Jag förstår att jag måste tänka så, det är svårt ... men jag har en fråga som hänger över mig."

Agneta stannade upp, minnesbilden kom för henne och hugget i magen direkt.

"Jag åkte till Stockholm förra veckan. Det har jag inte berättat, men jag har fått kontakt med min halvbror ... efter fyrtio år. I förra veckan besökte jag honom."

"Vad roligt. Du tar tag i saker måste jag säga. Det är bra, det är så man ska göra."

"Det var inte det jag ville berätta om. Min fråga gäller Arne igen. På morgonen, strax innan jag skulle gå på tåget, såg jag honom. Han satt på den hårda träbänken och sov. Jag vet att han får gå ifrån mitt i natten när de stänger centralen och på morgonen går han tillbaka.

Det är bedrövligt, jag hade hoppats på att han sov på ett härbärge. Hur kan man sova så? Och hur går det för ryggen?"

Strupen snörde ihop sig och hon kände ögonen bli blanka, ville inte gråta och fick skärpa sig för att få tillbaka självbehärskningen. Hon knöt ihop händerna så hårt hon kunde, nära på att det gjorde ont. Lise-Lott gick runt skrivbordet och satte sig på den andra besöksstolen, lade sin hand på Agnetas arm.

"Jag har också hört mig för om Arne, efter att vi pratade förra veckan. Vi känner varandra i branschen. Det är som du berättar. Han sover nästan alltid där och då blir det sittande. Han är inte ensam om att sova där. De som sover sittande får svårt att ligga raklånga. Ryggen påverkas efter att ha suttit många nätter. Det är ganska vanligt."

Agneta tittade förfärat på henne, drog undan armen och sträckte sig upp.

"Det är fruktansvärt, att ryggen blir förstörd så att man inte kan sova normalt."

Agneta tittade ner på sina kängor, rörde dem fram och tillbaka. Tittade på Lise-Lott.

"Jag vill göra nåt men jag vet inte vad?"

"Det finns saker man *inte kan* göra något åt. Det hjälper inte din bror om du blir ledsen av hans sätt att leva. Du hjälper heller inte din bror genom att leva ett dåligt liv och att du ständigt tänker att han inte har det bra. Skulle jag ta åt mig allt lidande som jag ser och har sett under alla dessa år så skulle jag inte ha klarat av mitt arbete."

"Hur många är det som lever som min bror, utan någonstans att sova på natten?"

"Exakt? Ingen vet, men runt nittio. Det är betydligt fler som är hemlösa, som bor på härbärgen och andra tillfälliga boenden, tre tusen kanske."

Lise-Lott gjorde en paus, inväntade att Agneta behövde smälta det hon hade sagt.

"Det är så din brors liv är", sa Lise-Lott tålmodigt. "Han har fullt upp med att leva från ena dagen till andra och hålla sin ångest borta. Han har på ett sätt själv valt att leva så här. Du har också ett val hur du vill leva. Du har en son. En dag kanske Arne vill träffa dig, då kan du göra något. Eller han kanske aldrig kommer. Oavsett vad som än sker, så måste du se till att ha ett bra liv, för din skull och för din sons skull. Du kommer aldrig kunna hjälpa din bror genom att ha dåligt samvete."

"Jag förstår", sa Agneta tungt, "eller jag tror det. Men hur ska jag göra när jag ser honom?"

"Jag skulle nog göra så här. Gå förbi bara, inte mot honom utan passera. Du kan nicka att du känner igen honom, men låt honom vara. Därigenom visar du att du accepterar att han inte vill ha kontakt. Det är nog på den nivån som det får bli tills han visar annat."

"Ja, så får det väl bli", sa Agneta lågt.

Utanför fönstret flög måsarna upp och nya måsar landade på de gröna taken. Vilket skränande det måste vara på våren när de fick ungar. Det som Lise-Lott hade föreslagit lät vettigt. Den tidigare oron ersattes av ett lugn som kändes trygg i kroppen. Det var tyst i rummet men svaga ljud hördes från intilliggande rum, mummel från röster och stolar som skrapades. Lise-Lott avvaktade om Agneta skulle ha fler funderingar. Agneta räckte fram en hand till Lise-Lott och tackade högtidligt. Reste sig sakta, tog upp handväskan från golvet, log och tackade ännu en gång för att Lise-Lott hade velat träffa henne, lyssna och ge råd.

Lise-Lott tittade efter den lilla gestalten som försvann ut genom dörren, var det sista gången som hon träffade Agneta? Att vara hemlös var tufft, men att vara anhörig var väl så tufft många gånger. Ibland kunde hon tycka mer synd om dem som levde med dåliga samveten och vetskapen om att inte kunna göra något.

KAPITEL 38

Rebecka såg långt efter honom, han gick med kraftfulla steg. En sådan man. För en stund sedan hade de dansat och hon hade njutit av varje svettigt steg. Hela hösten hade hon en gång i veckan gått på salsakurs med arbetskollegan. Där hade hon sett honom, en av få killar som hade vågat att gå på danskursen. Han var lång och smärt, precis som hon. Mörkt kortklippt hår och blå-gröna ögon. Och han kunde hålla takten. Under lektionen höll hon hela tiden uppsikt över var han fanns på dansgolvet och hon märkte efter hand att han gärna bjöd upp henne mer än någon av de andra tjejerna. Det var inte lätt att småprata mellan danserna då läraren pratade, men de lyckades slänga några meningar innan de blev hyssjade av dansläraren eller av paren bredvid. Efter kursen gick hon till omklädningsrummet, lade dansskorna i påsen och satte på sig en tröja över den svettiga t-shirten, därefter jackan. Duscha skulle hon göra hemma.

När hon gick ut genom de stora entrédörrarna satt han på bänken utanför, med en skopåse i handen. Han reste sig direkt upp när hon kom ut och hon förstod att han väntat på henne. Det var första gången. Han log svagt.

"Hej, det är trevligt att dansa med dig. Har du lust att ta en fika nån gång, även om vi är svettiga?"

Hjärtat dunkade så högt att hon trodde att han kunde höra det.

"Gärna", sa hon och kunde inte hindra leendet. "Det låter trevligt. Ska vi ta det idag? Jag kan."

"Nja, det är bättre för mig nästa gång. Vad bra du dansar. Visserligen verkar kvinnor generellt dansa bättre än män."

"Du är duktig, håller takten och det är roligt att dansa med dig. Jag glömmer allt när jag dansar, det är så härligt och att få känna sig frisk."

"Det låter som om du har varit sjuk."

Rebecka ångrade sin beskrivning, så onödigt att gå in på det, men nu hade hon försagt sig.

"Jag har varit utbränd tidigare."

"Oj, allvarligt? Så du har inte kunnat arbeta?"

"Ja, men jag är återställd och jobbar igen."

"Då har vi något gemensamt", log han och avvaktade.

"Vadå?" sa hon förvirrat.

"Jag är bra på just utbrändhet. Jag släcker bränder, är brandman."

"Du är tokig", sa hon och skrattade. "Är du ... på riktigt?"

"Ja", sa han med eftertryck. "Kan vi fika nästa gång? Men jag kan inte vara borta för länge, måste hem till min lilla tjej som väntar på mig."

Nej, tänkte Rebecka, han har barn. Vilken otur.

"Min lilla hundtjej alltså, jag vill inte att hon ska vara ensam för länge."

Rebecka svalde – en hund. Var det bättre? Hon kunde inget om hundar. Stora hundar var hon rädd för och de små gillade hon inte, de som bara skällde och var ouppfostrade.

"Vad är det för en hund?" frågade hon.

"En pitbull, en snäll tik som älskar människor och barn."

"Oj, är inte de farliga?"

"Nej, inte mer än någon annan ras. Men de är starka och kraftiga, de avlades fram för att de skulle vara starka. Det är därför de är populära i vissa olämpliga kretsar som förstör dem, använder dom för hund-kamptävlingar. Fel människor kan förstöra den här rasen, precis som vilken annan ras som helst. Nelly formligen älskar alla människor, alltså är hon ingen bra vakthund. Om jag får barn någon gång så har jag tänkt att Nelly ska få dra barnet i en släde eller kälke."

"Jaha .... Nästa gång kan jag."

"Bra, då ses vi utanför som idag. Ha en bra vecka."

Rebecka stod kvar och drog upp mobilen för att skriva in träffen, var det en dejt? Det var det nog. Efter tio meter vände han helt om och ropade.

"Vad tokigt! Jag vet inte vad du heter?"

"Rebecka! Och du?"

"Andreas."

Rebecka såg långt efter honom, hur skulle hon stå ut en hel vecka? Och lyckas med att glömma hunden?

Under spårvagnsfärden tillbaka bestämde sig Rebecka för att gå in på Nordstans affärscentra, hon behövde handla D-vitaminer och andra vitaminer på apoteket. Nu skulle hon hålla sin kropp frisk och stark. Hon tänkte på sin kommande dejt med den vältränade mannen. Från apoteket gick hon vidare, funderade på att titta efter en ny tröja. Det var då som ögonen föll på den ensamme Faktumsäljaren, hade hon sett honom tidigare på kaféet? Någon annanstans? Kanske. Hon gick fram, köpte en tidning, sa tack och gick vidare. Efter tio meter stannade hon till, tanken slog henne som en blixt från klar himmel. Hon gick tillbaka.

"Jag ska nog köpa en till, för mitt jobb."

Det var då hon såg det. På brickan som hängde på hans jacka. Det stod – Arne.

"Förlåt, jag tar tre tidningar i stället, vi har flera avdelningar."

Arne tog med en uttryckslös min upp tre tidningar och lämnade. Rebecka gick vidare med de fyra Faktumtidningarna under armen. Munnen var torr, tagen av det hon hade sett.

Klockan nio på kvällen satt Rebecka med mobilen i knät och funderade. Var det för sent att ringa? Hon var tvungen.

"Hej, det är Rebecka. Är det för sent?"

"Nej, det går bra, men jag ska strax lägga mig, börjar sju i morgon. Roligt att höra av dig, jag har tänkt ringa men ..."

"Jag såg Arne idag, i Nordstan. Jag såg legitimationen och köpte fyra tidningar, skyllde på att jag skulle ha till jobbet."

"Så snäll du är. Hur såg han ut?"

"Bra tycker jag, bättre än många av dem jag sett på kaféet. Han är ju ingen alkoholist eller knarkare. Han hade beige byxor, mörk jacka. Gummistövlar på fötterna, det såg inte så bra ut, det är ju kallt nu, det var väl det enda."

"Ah", sa Agneta och tystnade. Tänkte på att han inte hade kängorna längre. Var de utslitna, men varför inga nya, varför gummistövlar?

"Hur är det med dig då?" frågade Agneta.

"Jättebra, det funkar så bra med arbetet. Jag har en superbra chef."

"Du låter riktigt glad, härligt att höra dig så uppåt. Blev det något med ekonomen?"

"Nej, det rann ut i sanden, i alla fall från min sida. Vi flörtade lite bara. Men jag har en dejt nästa vecka, en kille som dansar salsa i samma grupp. Vi får se. Till något annat, vet du vad jag grunnat på ett tag?"

Rebecka stannade upp.

Agneta var tyst, inväntade fortsättningen.

"När jag blev utbränd och inte kunde arbeta som journalist, då var det som om mitt liv föll samman. Min önskedröm var ju att få arbeta på en tidning. Jag förlorade meningen med livet. Jag hade lagt allt på ett bräde som drogs undan och det var grymt. Under året när jag arbetade som volontär och när jag träffade dig, så hände något inom mig. Jag förstår bättre idag att livet kan vara så mycket mer. Att jag måste se andra värden och hitta nya mål och sånt jag tycker är kul. Idag känner jag mig lycklig och inget ska få förstöra mitt liv igen."

"Så klokt", sa Agneta. "Du har kommit långt i tankarna."

"Nu ska jag inte störa dig längre, du ska ju upp tidigt!"

De önskade varandra stillsamt god natt. Agneta reflekterade över hur glad hon var för att ha lärt känna Rebecka, och vilken snabb bedömning hon hade gjort av henne första gången de träffades på stadsbiblioteket. Rebecka var hennes vän nu. Nästa gång de pratades vid, visste hon vad hon skulle berätta om.

KAPITEL 39

Agneta småsprang till spårvagnen, rädd för att missa, hade valt mellan kläder in i det sista. Men inte var hon sen, det var hon ju aldrig utan hon fick vänta på spårvagnen. Utanför Bergakungens biosalong stod hon också och väntade. Tittade sig omkring åt olika håll, varifrån skulle han komma?

Bioföreställningen skulle börja klockan 18.15 och efter bion skulle de gå på restaurang. Per hade envisats med att få bjuda – igen. Hopplöst, tänkte hon, ville inte känna sig köpt. Som om Per hade läst hennes tankar, hade han förklarat att han verkligen ville bjuda, att han var gammaldags och skulle ta illa upp om han inte fick. Det sista hade han sagt med glimten i ögat. Så vad kunde hon göra, mer än att acceptera?

Hon granskade kritiskt sina kläder, blev de bra? Kjolen som var femton år gammal, toppen som var tio år. Smycken som hon haft sedan hon var i tonåren och kappan som var minst tio år gammal. Skinnstövlarna hade hög klack. Det var hon ovan med, det kändes som om hon stod i nedförslutning. Trots åldern såg de nästan nya ut, eftersom hon använde dem sällan. Vanligtvis blev det kängorna till och från arbetet eller när hon skulle ut och promenera. Trots allt såg hon nog välklädd ut, Per skulle ändå inte få veta att allt var gammalt.

Det var kallt, i slutet av januari. Solen hade inte synts på länge och i flera dagar hade det varit grått, ruggigt och blåsigt. Hon hoppades att han skulle komma tidigare, hon hade börjat frysa eller var det nervositeten inför kvällen? Vad skulle de prata om efter filmen? Tänk om hon fick tunghäfta och det blev tyst? Hon skrattade till och tänkte på att åldern inte hade någon större betydelse, inte blev hon mer säker med åren och nervös var hon. De sista veckorna hade tankarna vandrat fram och tillbaka, från lycka och spirande känslor till oro över att allt skulle visa sig vara fel. Att de inte passade för varandra. Att Per skulle bli besviken för att hon inte var den han förväntade sig. Att den lycka hon kände emellanåt skulle vändas till ledsamhet och besvikelse. Skulle hon klara det?

På långt håll kände hon igen den raska stilen, lätt framåtböjd, han kom exakt på slaget. Snart stod han framför henne med ett brett leende och de bruna, glittrande ögonen som blev som smala streck när han skrattade. Han såg fantastisk ut och den lilla gropen i hakan var söt. Hon fick en kram och det spratt till. I biosalongen hängde hon kappan över stolsryggen och satte sig ner. Per lutade sig mot henne och viskade: "Så fin du är."

"Tack", sa hon enkelt och undrade om han tyckte det eller sa det av artighet?

Hon var tacksam för mörkret i salongen som dolde den blossande rodnaden i ansiktet. Efter filmen promenerade de en kort sträcka till en italiensk restaurang som Per hade bokat. Däremot hade hon bestämt vilken film de skulle se. Nu började hon känna sig hungrig, vilket hon inte hade varit på hela dagen. Det var säkert förväntningarna inför kvällen som hade dämpat hungern. De satt vid ett bord för två, med rödvit duk och fladdrande stearinljus. Varje gång som entrédörren öppnades rann ytterligare en ljus rännil stearin ner på foten av ljus-hållaren som var full av det vita stelnade. På bordet stod en brödkorg och glasskålar med pesto och tomatröra. Servitören kom in med två vinglas och en flaska italienskt rött vin. Efter provsmakningen hälldes vinet upp i glasen. Hon knaprade på en skiva vitt bröd med pesto på och Per bredde röror på varsin brödskiva.

"Vad tyckte du om filmen?" undrade hon mellan tuggorna.

"Den var bra", svarade Per. "Jag undrar vad det är som gör att danskarna alltid lyckas med filmer. Du får välja film nästa gång också!"

Hon skrattade till. Servitören kom med två stora djupa tallrikar. Pastan låg som ett berg, täckt med sås och doften av gorgonzola nådde hennes näsa och kittlade. Det blev signalen för magen som började kurra, hon hoppades att ljudet inte hördes i den stimmiga restaurangen.

Servitören hällde upp mer av vinet från flaskan. Efter maten kom efterrätten, tiramisu och kaffe.

"Jag är glad över att ha fått träffa dig", sa Per. "Och inte bara på spårvagnen", tillade han med ett brett leende. "Jag hoppas att få lära känna dig mer."

"Detsamma", sa Agneta.

Det gick inte att låta bli att le, hans leende smittade av sig. Med vin i kroppen klarade hon av att se in hans pepparkaksbruna ögon utan att känna rodnad eller bli tvungen att titta bort för den intensiva blicken. Hon tänkte på första gången när de hade träffats, då han hade avbrutit och försvunnit i väg. Något hade känts fel.

"Får jag fråga en sak?" sa hon osäkert.

"Självklart, fråga på, det behöver du inte fråga om", sa Per milt.

Hon berättade om deras träff förra gången.

"Jag förstår att det kan verka konstigt", sa Per och tystnade.

Han lyfte vinglaset och den röda drycken fick rulla runt. Han höjde blicken mot henne.

"Det var jobbigt efter skilsmässan. Jag ville inte skiljas, det var min fru som gjorde uppbrottet. För mig var det utan förvarning, men hon menade att jag borde ha förstått."

Per suckade och stannade upp. Han luktade på vinet och tog en klunk, blundade kort.

"Hon hade träffat en ny på arbetet och de hade varit ihop ett halvår. För mig blev allt svart, jag tappade fotfästet. Jag blev riktigt ledsen, ja deprimerad. Vår gemensamma framtid bara försvann. Jag blev bränd. Jag har inte träffat någon ny, trots att det har gått fem år. Efter konserten, när vi satt på puben och hade det trevligt ... jag blev rädd för att gå in i ett förhållande för snabbt, bli sårad. Jag agerade tvärtemot hur jag ville."

Agneta lade sin hand över hans i ett kort ögonblick.

"Tack för att du förklarade. Jag har levt ensam länge, tio år och jag vet inte om jag klarar att vara ihop med någon." Agneta skrattade. "Jag vet inte hur man dejtar till exempel och nu sitter jag här."

Per log.

"Men det gör du bra. Då är vi nog på samma nivå, försiktiga, vi får hjälpas åt", sa Per och höll handen över hennes hand. "Vi har all tid i världen. Det får ta sin tid, eller hur?"

"Ja", svarade hon och betraktade sin hand som doldes under hans.

Det var varmt i restaurangen, men den största värmen fanns vid deras bord. Agnetas ansikte blossade rött och hjärtat bara slog och slog. "Får jag vara oförskämd", sa Per, "och fråga om du vill följa med mig hem?"

"Ja ... till båda frågorna", sa Agneta och blev tyst.

Borde hon ha sagt nej och följt med honom nästa gång? Men hon ville och litade på honom. Eller fanns det någon varningsflagga? Osäkerheten och rädslan fanns aldrig när hon var ung. När blev hon så här försiktig?

"Du behöver inte vara orolig, jag har gästrum men du behöver inte sova över. Jag betalar en taxi till dig, jag vill att du kommer hem säkert."

Hon blev rörd och slappnade av.

Agneta vandrade långsamt runt och tittade storögt i lägenheten. Det var högt i tak och vackra stuckaturer i alla rum. I vardagsrummet fanns stora fönster i djupa nischer och ett brett valv mellan vardagsrum och hall. Trösklarna till rummen var höga. Per måste vara tvungen, insåg hon, att lyfta dammsugaren mellan rummen. Väggar och tak var vitmålade, hela lägenheten andades ljus och luft. Utanför, runt innergården, såg hon andra hus. Agneta ropade till Per och frågade hur gammalt huset var och fick som svar att det var byggt på 1890-talet.

Sovrummet var däremot helt modernt i svart och vitt. Manligt, konstaterade hon, inte den mysighet som hon hade i sitt sovrum. Hon gick till köket där hon mötte Per i den breda dörröppningen, bärande på en silverbricka med en immande flaska vitt vin, vackra slipade vinglas, en skål jordgubbar och en glastallrik med dessertostar och kex. Agnetas ögon vandrade mellan ostarna och det vita vinet.

"Jag har aldrig druckit vitt vin till ost."

Per log.

"Det finns så många förståsigpåare. Vitt vin och ost passar alldeles utmärkt, däremot passar rött vin inte till alla ostar."

De satte sig i hörnskinnsoffan, i färgen oxblod. Hon höll det tunga vinglaset andäktigt. Hade velat fråga, men avstod, om det var gammalt och av kristall. Per berättade om hur han hittat lägenheten. Den hade varit dyr men eftersom han hade sålt sitt hus hade han kunnat köpa den. De pratade i timme efter timme, hon blev hjälplöst förlorad. Han höjde glaset och hon blev undrande.

"Får jag?" sa Per.

Han ställde glaset på bordet, böjde sig långsamt mot henne och kysste först på kinden och sedan på munnen. Vinet och osten och allt det andra blev kvar på bordet, det kom aldrig till köket den kvällen.

Senare på natten låg de tätt sammanflätade. Det hade hon inte trott, att åtrån kunde återuppväckas. Den var inte lika stark som när hon var ung, men den fanns där. De hade älskat långsamt och försiktigt, utforskande varandras kroppar. Efteråt låg hon med huvudet på hans bröstkorg, han med armen om henne. Hon hörde hans hjärtljud och kände hur det egna huvudet höjdes i takt med hans andning. Styrkan i hans arm runt henne gav en trygghet. Efter flera timmar med småprat bestämde de att det var dags att sova, men ingen av dem kunde somna trots att klockan var mer än två på natten.

"Sover du?" viskade Agneta.

"Nej. Jag tänker på dig."

"Jag kan inte slappna av", viskade Agneta.

"Varför viskar du?" skrattade Per. "Vi är ensamma."

Hon fnittrade, kände sig busig för första gången på många år. Tankarna kom på frågan, nu ville hon veta.

"Jag undrar … hur kom det sig att du började prata med mig, jag menar på spårvagnen?"

Per smekte henne över kinden och en ljudlig suck hördes i mörkret.

"Jag har sett dig många gånger på spårvagnen. Det var efter att vi fick låna lokaler på Östra, förut spelade vi i en skola men det var alltid krångligt med larmet och nycklar. Jag tror inte att du såg mig i början. Ibland såg du så trött ut när du sjönk ner på sätet. En dag tog jag mod till mig och pratade med dig, men du såg förskräckt ut."

Per skrattade till vid minnet.

"Eller var det inte så?"

"Jo", erkände Agneta. "Du skulle bara veta allt jag tänkte. Jag visste inte om du var en knäpp patient som förföljde mig."

"Oj då", sa Per. "Jag som trodde att jag såg ut som en gentleman."

"Jo, det gör du men …"

"Du behöver inte förklara dig, jag förstår."

"Det är tur att det är söndag i morgon", sa Agneta, "med en sån här sömnlös natt."

"Jag ska jobba", sa Per, "men inte förrän på eftermiddagen. Jag behöver några timmars sömn åtminstone. Vi försöker sova igen. Behöver du vatten, något annat?"

"Nej, nej, allt är bra. Vi försöker, god natt."

Agneta lyssnande på Pers andning, som efter en stund ändrades och hon insåg att han sov. Hon njöt av att betrakta honom. Från dagens gråväder hade kvällen blivit molnfri. Månens ljus lyste in mellan persiennerna och hon kunde skönja hans ansikte. Plötsligt spratt det till i henne av gränslös lycka, en känsla som steg upp i kroppen och ville ut. Efter ett tag fick hon tillbaka lugnet och andades i hans takt, kroppen blev tyngre och tyngre.

KAPITEL 40

Veckan därpå skulle Anton bo hos henne och därmed träffade hon inte Per på två veckor. Det var så det fick bli. De hade nyss träffats och att ta in Per i hennes och Antons liv var för tidigt – men snart, tänkte hon. De skickade sms och mejlade varje dag. På tisdagskvällen, efter kvällspasset, förväntade hon sig att de skulle träffas på spårvagnen men hon såg honom inte. När hon satt på spårvagnen skickade hon ett sms till Per. Hon fick svar strax efteråt, han var hemma, träningen var inställd för dirigenten var sjuk. "Det var synd" skickade hon tillbaka och hon tänkte att bara en kort stund hade varit fantastiskt. Han hade svarat kort: "Detsamma". Frånvaron av honom gjorde henne orolig. Hade han ångrat sig? Ibland nöp hon sig, kanske lite barnsligt, för att känna att allt var på riktigt. Smärtan påminde henne om att livet var här och nu och för henne.

Fredag eftermiddag ändrades planeringen. Anton hade bestämt samma dag i skolan med kompisarna att de skulle lana, spela datorspel tillsammans hela natten. Så var det alltid, plötsligt bestämdes något utan förvarning. Problemet var att kompisarna fanns där hans pappa bodde och det var mycket packning som behövde transporteras. Datorn med skärm och alla sladdar, sovsäck, väska med kläder och mängder av colaburkar och chips. Agneta ringde Antons pappa för att få hjälp. Det var aldrig krångel, kunde han så hjälpte han alltid till. Anton och hon väntade i hallen med alla väskor, det blev trångt i den lilla hallen. De hörde bilen stanna utanför lägenhetsdörren och de bar ut packningen till bilen.

Efteråt när Anton och hans pappa hade åkt i väg, kom tystnaden och ensamheten. Hon ville ringa Per, fråga om de kunde träffas. Men hon var osäker på när Anton skulle vara tillbaka, han hade nämnt något om hämtning mitt på lördagen. Samtidigt – det fanns tillräckligt att göra hemma med att handla, städa och ta itu med brev och räkningar som var i en enda röra. Dessutom borde tvätten köras. Men beslutet blev annat. Nu fanns möjligheten att få träffa Per. Anton kunde nå henne oavsett om hon var hemma eller hos Per. Han svarade direkt och lät glatt överraskad. Han sa att han kunde fixa mat. Visserligen hade han inget hemma, men affären låg i grannhuset. Han hade tänkt köpa thaimat men nu när Agneta kom ville han laga till något.

"Men det får bli en tidig morgon", förklarade Per. "Jag börjar klockan åtta. Antingen kan du vara kvar och låsa när du går eller så går du upp tillsammans med mig. När kommer du?"

Agneta tittade på klockan, halv sju. En dusch behövdes och tid för packning. Resan med ett byte av spårvagn skulle innebära att om en dryg timme borde hon kunna vara hos honom.

Det kändes som att hon var på väg till ett kalas när hon satt på spårvagnen. Det pirrade i magen, hon kände sig vacker och välklädd och var för ovanlighetens skull sminkad. Parfymflaskan som var trettio år gammal hade hon hittat längst in i badrumsskåpet och hälften var kvar, så lite hade hon använt den. Doften var samma, blommig, aromatisk och hon tog bakom varje öra som hon en gång blivit lärd av sin mamma.

Vid Brunnsparken gick hon av för att byta, men spårvagnen gick precis framför ögonen på henne. Nästa skulle komma en kvart senare. Då fick hon ett infall och gick genom köpcentrat Nordstan. Där såg det ut som det brukade göra, mest ungdomar som handlade denna fredag kväll. Hade de inget annat roligare att göra? Men shopping kanske var deras nöje, funderade hon.

Hon såg *de där människorna,* som hon tidigare inte hade reagerat för. De dåligt klädda, som satt eller gick långsamt med sina tomma, håglösa blickar och fulla påsar. Eller de som gick med långa steg till ett ställe, dit vanliga människor inte gick för att få sova.

Hon passerade genom gångtunneln mot centralen. Där satt en romsk dragspelare på en filt på stengolvet och spelade en sorgsen melodi där skalorna slingrande sig upp och ned. Hans blick dröjde vid henne, som för att få henne att stanna kvar och ge en slant. Hon vände bort blicken, skämdes och gick vidare. Hon började längst ned i södra delen av centralstationen och gick metodiskt norrut genom den centrala hallen. Hennes ögon irrade fram och tillbaka från vänster till höger och samtidigt ville hon inte se ut som om hon letade efter någon. Hon kom fram den lilla hallen vid utgången mot tåget där hon sett honom tidigare. Han satt där. Fastän hon var förberedd blev hon ändå ställd. Han hade inte sett henne utan tittade ut genom de stora fönstren mot tågen.

Det fanns två möjligheter, antingen att gå vidare utan att han såg henne eller att gå ut genom den dörren där han satt. Det sista var det som Lise-Lott hade föreslagit – bara passera, utan att störa eller säga något. Vågade hon? Eller skulle hon åter tvinga honom att rusa i väg, vilket hon absolut inte ville? Hon tog ett djupt andetag och gick med hög fart som om hon hade bråttom för att hinna med ett tåg och passerade honom. Hon vände ansiktet åt hans håll när hon var på väg ut genom dörren, en svag nick och sedan rusade hon ut som för att hinna till tåget. Hon vände sig skyggt om för att se om han hade gått ut genom samma dörr, men såg honom inte. Hon andades ut och hoppades att hon inte hade skrämt i väg honom. Slängde en blick på klockan och såg att det bara var tre minuter innan spårvagnen skulle gå. Halvspringande tog hon sig till hållplatsen. Spårvagnen stod inne och hon fick kasta sig upp på den. Hon sjönk utmattad ner på sätet och knäppte upp kappan och tog av sig halsduk och mössa. Svetten trängde fram i pannan och på ryggen. Hon blev irriterad på sig själv, ville absolut inte komma fram svettig och ofräsch. Tankarna återkom om Arne. Hade det gått bra? Hon kunde ju inte veta huruvida han satt kvar lugnt eller om han gått i väg, störd av sin oönskade syster. I kväll skulle hon inte tänka mer på Arne, det fick bli i morgon. Gick hon upp samtidigt med Per, skulle hon kunna ta samma tur genom centralstationen igen.

Hon fick den längsta och hårdaste kramen hittills. Den goda doften av rakvatten tillsammans med de stormande känslorna gjorde henne yr och hon vinglade till. Per drog fram en stol, höll henne om handleden som om han ville kolla pulsen och skakade på huvudet.

"Kramade jag för hårt eller mår du dåligt?"

Agneta skakade leende på huvudet, ville inte förklara att det var känslorna som var ostyriga och kanske var det annat också, som att komma in från kylan till värmen. Per hade ett svart skinnförkläde på sig, en röd-vit handduk hängde från ena fickan. Mysigt, tänkte Agneta. Efter att hon hade fått av sig ytterkläderna gick de tillsammans till köket. På bordet stod en gratäng med en gulbrun bubblande yta. I en flätad korg låg småbröd och doften av det nybakade spred sig till Agneta där hon stod och betraktade matbordet.

"Hur har du hunnit med allt? Jag är imponerad."

Per skrattade brett, såg förtjust ut. Han tog av sig förklädet och rättade till en servett som hade hamnat på sniskan.

"Om du visste hur mycket jag kan fuska. Med lövbiff, crème fraiche, timjan och dijonsenap kan man laga till något gott och snabbt. En fråga. Dricker du öl? Det är folköl, jag har rött vin om du hellre vill ha det. Jag tar folköl eftersom jag börjar tidigt i morgon."

"Öl blir alldeles utmärkt och jag vill gå upp samtidigt med dig", sa Agneta.

Nästa morgon satt hon på spårvagnen tillbaka mot stan. Per tog spårvagnen mot andra hållet till sjukhuset. Hon kände sig trött och snurrig. Det hade blivit en sen kväll, även om de hade lagt sig i tid. I sängen blev det prat och kärlek. Helt underbart, så här borde livet vara – jämt. Hon hade trots allt kommit ihåg att ringa Anton, även om det var sent på kvällen. Anton hade inte tid att prata, var mitt uppe i ett spel. Hon insåg att han hade det bra och att hon hade nog gjort sitt som mamma. Att ta om hand sin avkomma och uppfostra, men det var vemodigt att släppa taget. Till hösten skulle Anton börja i gymnasiet. Han är nästan vuxen, tänkte hon sorgset.

Hon missade hållplatsen Brunnsparken som hon hade tänkt gå av vid, satt i tankar på Per och fick i stället ta nästa, Drottningtorget. Hon vandrade, som under gårdagen, genom centralstationen och dit där

Arne hade suttit under gårdagen. Platsen var tom. Hon gick vidare och tittade sig grundligt runt. Då såg hon honom. På en annan bänk utanför Pressbyrån. Han åt på något som var förpackat med papper runt om. Hon dolde sig bakom ett skyltfönster, såg honom genom rutan och väntade tills han hade ätit upp. Därefter agerade hon på samma sätt som kvällen innan. Gick raskt förbi och ut genom entrédörrarna med en snabb nick efter att ha passerat honom.

Därefter gick hon runt centralen, in en annan väg och tillbaka till samma ställe. Hon ställde sig dold bakom samma skyltfönster och kikade. Känslan av att snoka och smyga var inte trevlig och hon hoppades att ingen såg vad hon höll på med. Till sin lättnad satt han kvar. Hon hade inte skrämt honom. Han accepterade att hon passerade och förstod att hon inte tvingade på honom en kontakt. Det var det här hon måste godta – acceptera hans liv och val, även om orsaken till det låg i det förgångna. Själv måste hon leva väl, inte gräma sig över det hon inte kunde göra något åt. Det hon hade möjlighet till var att ta hand om sonen och gå in i det nya livet med Per. Inte låta det dåliga samvetet ta över, som att hon inte borde få uppleva lycka med tanke på Arnes situation. Tack, Lise-Lott, sa hon tyst till sig själv, du har hjälpt mig och fått mig att förstå.

KAPITEL 41

Per och Agneta promenerade långsamt på den smala stigen till Lilleby-badet. Den slingrade sig upp och ner och hela tiden nära havet som låg blått och stilla. Det var en vacker februaridag. Solen lyste, men utan någon större värme. Himlen var klarblå och utan moln, en svag vind kunde noteras av den makliga rörelsen av grenarna på björkarna och barrträden. Mittöver sundet, bara ett par hundra meter från strand-kanten, låg en liten ö. Det var som om den hade växt upp ur havet. I horisonten syntes fler öar. I det blå havsvattnet fanns vita stråk, det gick inte att avgöra om det var is eller om det var skum på ytan. De slingrande stigarna fortsatte och de passerade mjukt rundade berg av gnejs. Nere vid strandkanten smekte havet tålmodigt kanterna för att göra dem mjukare. Ute på havet fanns guppande stora vita fåglar. Ibland försvann huvudena ner i vattnet och endast kropparna syntes ovanför vattenytan, som vita bollar. Agneta stannade tvärt till.

"Svanar", utbrast Agneta. "Men så många? Jag trodde inte de var kvar på vintern?"

Hon räknade högt och fick ihop till sexton.

"En del flyttar, här i södra Sverige är de oftast kvar", sa Per dröjande. "Vet du om att de lever i par hela livet?"

"Nej, det visste jag inte, så fint. Är du duktig på fåglar?"

"Lite kan jag. Min far var mycket intresserad av fåglar och drog med mig ut. Sen när jag blev ungdom satte jag stopp, då var det musiken som kom först."

De stod en stund och betraktade svanarna som lät de långa halsarna dyka ner med jämna mellanrum i havsvattnet.

"Så vackra de är", sa Agneta hänfört.

Per nickade utan att säga något. Agneta följde hans blick. Den var fästad mot en långsmal ö längre bort.

"Björkö", sa Per utan att hon hade frågat.

"Och så stor solen är", sa Agneta förundrat.

Strax över ön syntes solen, stor och tung som om den vilade på ön.

"Den står lågt på vintern", sa Per.

De vandrade vidare och rundade udden. Då, samtidigt, såg de att ovanför bergen lyste månen, stor och rund.

"Otroligt!" sa Agneta. "Att solen lyser starkt och är stor och månen är på motsatta sidan nästan lika stor och syns så bra, mitt på dan. Och helt blå himmel. Det är väl inte så vanligt."

"Vet inte", sa Per. "Det kanske är en förtrollad dag som vi går här, du och jag. Vi har ju inte mött någon ännu, har du tänkt på det?"

Agneta log, en känsla steg upp inom henne.

Han vände sig mot henne och drog henne till sig. Hon kände de starka armarna om sig och mötte hans varma, mjuka läppar. En lång stund stod de omslingrade, tätt, varmt. Sedan släppte han henne.

"Kom, vi går vidare. Jag ska visa dig en sak ... en bit bort."

"Vadå?" sa hon nyfiket.

"Nja, du får tåla dig."

Per log snett och tog henne i handen. Stegen blev betydligt raskare. De kom fram till Sillvik – en vik, skyddad mot havet. Där var det möjligt att bada från både strand, klippor och bryggor. Längst bort vid vatten-brynet såg de ett annat par som stod vänt ut mot havet.

"Det är vackert här", sa Agneta och suckade.

"Vad glad jag blir", svarade Per kort med ett finurligt leende som fick Agneta att åter undra vad han egentligen menade.

De kom in på en smal väg, med plats för en bil i bredd. Vägen ledde uppåt och på vardera sidan om vägen låg kolonistugor med trädgårdar. De verkade gamla med uppvuxna häckar, bärbuskar och fruktträd. I rabatter fanns rester av vissnade blommor och småbuskar med kala grenar. Efter att ha passerat ett antal kolonistugor slutade stigningen. Per ledde in henne på en sidoväg, de passerade ett rött hus och bakom fanns ett vitt hus. Per gick fram till huset. Agneta stannade tvärt.

"Men Per, kan vi verkligen gå in här, är vi inte på en tomt?"

Per vände sig mot henne med ett okynnigt leende.

"Vi får gå här, det är min stuga. Jag köpte den för flera år sen. Kom."

Per gick fram till dörren, ur rockfickan drog han upp nyckelknippan och låste upp. Nu förstod hon hans ivrighet med att de skulle ta en promenad i Lilleby-Sillvik. De kom in i en liten hall och tog av sig skorna, ytterplaggen fick vara på. Det var iskallt i stugan. Till höger fanns ett kök med rustika köksmöbler i furu, klädda i blått tyg. Från hallen kom de till vardagsrummet, där dominerade en hörnsoffa i furu, också klädd i blått tyg.

"En bäddsoffa för två", sa Per.

Bakom en stängd dörr fanns ett litet rum med bara en våningssäng, där den undre var bredare än den övre. I alla rummen hängde söta gardiner som Agneta inte förknippade med Pers stil.

"Har du fixat allt? Inredningen, möbler, gardiner?"

Per skrattade.

"Jag förstår vad du menar. Det har jag inte. När jag köpte stugan tog jag över allt löst bohag i den. Det var bekvämt. Kom så går vi ett varv i trädgården också. Det är kallt här inne."

I trädgården fanns ett äppleträd, några vinbärsbuskar och ett igenväxt trädgårdsland.

"Trädgårdslandet är mitt dåliga samvete. Jag är inte duktig även om jag vill fixa så det ser någorlunda okej ut. Mitt stora intresse är att snickra."

"Det är verkligen idylliskt här", sa Agneta. "Ja utom trädgårdslandet" sa hon med ett skratt.

De gick vidare runt huset och på andra sidan låg plattor på marken. En berså av vinternakna syrener och andra växter ramade in det som var en uteplats.

"Här har jag soffgruppen. På sommaren kan man njuta av den fina utsikten över dalen och solnedgången. Och på kvällen kan man dessutom njuta av doften av syren och kaprifol."

Agneta tvärvände mot honom med uppspärrade ögon.

"Kaprifol?"

"Ja, gillar du inte kaprifol? Är du allergisk?"

"Nej. Det är jag inte. Jag tycker mycket om kaprifol. Den doften förknippar jag med barndomens somrar. Jag minns hur härligt kaprifol doftade på kvällarna, den doftar inte på dagen."

"Det visste jag inte om kaprifol," sa Per och log.

"Hur kommer det sig att du har stugan?"

"Efter skilsmässan behöll jag huset i Askim och löste ut Kristina. Efter ett år i huset kändes det ensamt, ödsligt och tråkigt att bo kvar med alla minnen. Så jag sålde huset och köpte lägenheten i Vasastan. Efter ett tag saknade jag att inte ha trädgård och inte ha nåt att greja med händerna. Det blev kolonistuga. Det är perfekt, på vintrarna håller jag på med musiken och går på konserter, men på sommaren vill jag ha ett ställe nära havet. Jag älskar att bada."

"Var har du trädgårdsmöblerna?" undrade Agneta och såg sig om.

Per pekade mot ett litet skjul som såg ut som en lekstuga för barn.

"Jag hoppas", sa Per, "att du vill vara här med mig. Du kan koppla av, läsa en bok, vi kan bada i havet och promenera i skogen. Här finns ett naturreservat, med blåsippor på våren och orkidéer på sommaren."

"Det låter underbart", sa Agneta. "Men jag har en pojke också."

"Klart att han kan vara här. Det brukar finnas fullt av barn och ungdomar i koloniområdet. Annars kan han ta med sig en kompis hit."

Det spratt till av glädje när hon insåg att hon numera självklart ingick i Pers planer och hans liv.

"Ska vi fika?" sa Per.

"Ja", sa Agneta tveksamt.

Hon gled runt med blicken.

"Inte här", förklarade Per leende. "Jag vet ett mysigt kafé borta vid Klippan, där kan vi sitta inne och titta ut över älven, se Älvsborgsbron och inloppet till stan. Det tar bara en kvart dit med bilen."

Hon hade aldrig varit vid Klippan tidigare, trots att hon bott många år i Göteborg. De åt varsin semla och njöt av det heta kaffet. De hämtade påtår och njöt av utsikten över älven. Per tittade med en fundersam blick på henne.

"Jag har berättat om min familj, mina barn och om min släkt. Men jag vet inte så mycket om dig. Du har berättat om din son och att du har en halvbror – det är allt. Jag vet knappt något om din familj eller vad som hänt dig tidigare. Du har gått runt det hela när vi pratar om våra tidigare liv. Du behöver inte vara orolig, jag ändrar inte min uppfattning om dig, vad det än är."

Agneta tittade ner i bordet. Förr eller senare skulle hon få frågan. Det var inte det att hon saknade förtroende för honom, utan det var för att hon inte orkade. Det skulle kräva så mycket. Att berätta om det som hade hänt deras mamma, de hemska minnena från barnhemmet och det som hade hänt Arne. Hon tänkte intensivt medan sekunderna gick. Lyfte blicken mot honom och de bruna glittrande ögon som hon inte kunde se sig mätt på.

"Kan du göra mig en tjänst?"

"Du menar att du inte vill berätta", sa Per besviket.

Han tittade bort över älven med pannan rynkad.

"Nej, det menar jag inte. Men jag ska berätta på ett annat sätt. Du ska få en bok av mig när vi kommer hem till mig. En ung tjej som jag har lärt känna har skrivit min berättelse. Ingen annan har läst den. Du blir den första."

Pers ögon blev stora och blicken fastnade på henne.

"Du är verkligen en kvinna som förvånar. Kan vi prata efteråt när jag har läst klart? Jag kanske har frågor?"

"Det är okej", sa hon lågmält.

De gick i tysthet den korta biten från kaféet till bilen. Blåsten ven runt dem, vinden hade tilltagit sedan de kom från Sillvik och de skyndade sig mot parkeringen. De gick lutade i motvinden och sjönk lättade ner i bilen. Där vände han sig mot henne och gav henne en innerlig kram.

"Du behöver inte vara orolig, det är helt okej för mig att läsa. Bara jag får vara med dig och leva med dig, det är det som är det viktiga. Jag hoppas att du en dag vill prata med mig om det som är speciellt."

Agneta log och kysste honom på munnen som svar. Bilen var kall, men det fanns ingen kyla i världen som kunde ta bort värmen som glödde i hjärtat.

TACK

Denna roman har jag visserligen skrivit själv men jag har haft ovärderlig hjälp av en person som jag vill tacka av hela mitt hjärta. Du är revisor för mitt företag, du fixar krånglande skrivare, du sköter hemmet när jag är i skrivfasen och du läser oförtröttligt mina manus om och om igen och lämnar synpunkter. Inte hade det blivit några ljudböcker om inte du hade funnits där med ditt ljudtekniska kunnande, dina special-program och intresse för redigering av ljudfiler. När jag misströstar om kvaliteten av romanen så är du där och hejar på mig. Sist, men inte minst, du är min man och livskamrat, tack Lennart.